I0573502

# SALVARE ANNIE

## Delta Force Heroes, Libro 11

## SUSAN STOKER

Titolo originale: *Rescuing Annie*

Traduzione dall'inglese di Patrizia Zecchin per One More Chapter Translations

Editing di Mimma Maio

Soccorrere Sidney (15 Aprile)
Soccorrere Piper (1 Giugno)
Soccorrere Zoey
Soccorrere Avery
Soccorrere Kalee
Soccorrere Jane

## Armi e Amori
Proteggere Caroline
Proteggere Alabama
Proteggere Fiona
Il Matrimonio di Caroline
Proteggere Summer
Proteggere Cheyenne
Proteggere Jessyka
Proteggere Julie
Proteggere Melody
Proteggere il Futuro
Proteggere Kiera
Proteggere i figli di Alabama
Proteggere Dakota

## Forze Speciali alle Hawaii
Trovare Elodie
Trovare Lexie
Trovare Kenna (19 Oct 2021)
Trovare Monica (10 Maggio 2022)
Trovare Carly
Trovare Ashlyn

## CAPITOLO UNO

Il capitano Ann Fletcher si guardò intorno, cercando di capire come avesse potuto andare tutto a puttane così in fretta. Lei e il suo team delle forze speciali dei Berretti Verdi erano usciti per fare un po' di ricognizione... e si erano trovati nel bel mezzo di uno scontro a fuoco.

Erano arrivati nell'Afghanistan orientale una settimana prima e da quel momento avevano passato il tempo concentrati sulla configurazione dell'area e sui movimenti e i seguaci del loro obiettivo. Nei prossimi dieci giorni sarebbero stati impegnati a pianificare un raid; Ann e la sua squadra avrebbero guidato un centinaio di commando afgani nel tentativo di uccidere o catturare Sahib Lal Wakil, il nuovo leader del gruppo talebano locale e uno dei più brutali. I rapporti affermavano che non avesse esitato a uccidere il suo stesso figlio per averlo contraddetto di fronte ai suoi seguaci.

Lei e il suo team non appena arrivati nel paese si erano subito messi al lavoro, incontrando i funzionari afgani per cercare di trovare il modo migliore per arrivare a Wakil, che era rintanato in una piccola città situata nel mezzo di una grande catena montuosa. Raggiungerlo non sarebbe stato facile dato che era impossibile avvicinarsi di sorpresa nel luogo che aveva scelto come base. Il modo più rapido sarebbe stato in elicottero, ma non appena il mezzo si fosse avvicinato lo avrebbero sentito, rendendo l'operazione estremamente rischiosa. Ciò nonostante, le informazioni che fossero riusciti a raccogliere sulla posizione degli uomini del terrorista e il numero effettivo di seguaci, sarebbero state preziose per sconfiggerlo una volta per tutte.

Quella di quel giorno avrebbe dovuto essere una semplice ricognizione della valle che avrebbero dovuto attraversare per *raggiungere* il villaggio in cui si trovava Wakil, ma si era trasformata in uno scontro a fuoco in piena regola.

Lei e la sua unità erano stati portati lì senza incidenti, ma poco dopo essersi messi in cammino erano stati attaccati dal fuoco dell'artiglieria, proprio mentre si trovavano nella stretta valle, e si erano dovuti rifugiare sul fianco della montagna dalla parte opposta a dove i nemici avevano preso posizione. Mentre si occupavano dei rivoltosi, Wakil aveva fatto avvicinare alcuni dei suoi uomini ai Berretti Verdi, circondandoli in modo efficace e impedendo loro la ritirata. Ann e la sua squadra ce la stavano mettendo tutta per evitare di essere eliminati uno per uno.

Due dei sei compagni erano rimasti feriti e sembrava che l'attacco non accennasse a diminuire. Cercavano comunque di andare a segno con ogni colpo, non sparavano in modo indiscriminato, ma per ogni insorto che facevano fuori sembrava che un altro prendesse immediatamente il suo posto.

«Bell! Hai ottenuto il supporto aereo?» gridò Ann.

«Positivo!» urlò in risposta il sergente Charlie Bell, sforzandosi di farsi sentire al di sopra degli spari. «Due minuti all'arrivo!»

Annuì mentre si concentrava a stringere il laccio emostatico attorno alla gamba di Green. Aveva l'esperienza medica maggiore tra tutti quelli della squadra e si era presa l'impegno di fare il possibile per il suo compagno. Tenendo d'occhio il nemico, divise la sua attenzione tra Green e assicurarsi che nessuno tentasse di arrampicarsi sulla cresta dietro cui si erano rifugiati. Il soldato era stato colpito al ginocchio da un cecchino e il tourniquet, il laccio emostatico arterioso, stava facendo il suo dovere, cioè impedirgli di morire dissanguato, ma aveva decisamente bisogno di cure mediche più intensive.

Purtroppo, più a lungo rimanevano su quella cresta, più alte erano le probabilità che nessuno di loro ne uscisse vivo. Anche il braccio sinistro di Shef era stato messo fuori uso da uno dei cecchini, ma per fortuna era destrorso e non aveva smesso di rispondere al fuoco.

Frammenti di roccia volavano intorno a loro, mentre i proiettili colpivano il fianco della montagna. L'aria era carica di polvere provocata dalla terra e dalle rocce colpite, rendendo sempre più difficile vedere il nemico, ma allo stesso modo era anche più difficile per gli altri vedere *loro*, e poteva essere un vantaggio. Tuttavia, Ann aveva bisogno del supporto aereo *subito*; potevano non avere due minuti. La squadra era letteralmente spacciata. Erano sparsi lungo la cresta cercando di eliminare i cecchini, facendo del loro meglio per usare i grandi massi come copertura mentre rispondevano al fuoco.

Sette soldati delle forze speciali contro chissà quanti terroristi non avevano molte possibilità. Sarebbe bastata una granata a propulsione a razzo e li avrebbero fatti tutti a pezzi.

Sorprendentemente, non si fece prendere dal panico, semmai la sua concentrazione si acuì. La raffica di spari svanì sullo sfondo mentre si assicurava che il laccio emostatico sulla gamba di Green reggesse. Quando finì, il sergente non esitò a rimettersi subito in gioco. Ann percepì l'odore del sangue che era penetrato nella sua uniforme e che le aveva imbrattato le mani, il proprio sudore e il fetore dello sporco e della sabbia. La situazione si stava complicando, ma non aveva intenzione di lasciarsi abbattere.

«Venti secondi!» gridò Bell, avvertendo tutti che stava per scoppiare il caos.

Ann sapeva bene come chiunque altro che le probabilità di uscire vivi da quel fottuto casino erano praticamente nulle. Anche con il supporto aereo che avrebbe lanciato l'artiglieria sulle coordinate fornite da Bell ai piloti, l'estrazione non era garantita.

Nonostante tutto, il rumore dei Black Hawk che arrivavano a tutta potenza dal crinale verso di loro, fu una delle cose più belle che avesse mai sentito. La capacità di fuoco degli elicotteri era impressionante e spaventosa. L'attacco aereo si stava avvicinando un po' troppo pericolosamente al loro sito, ma era necessario per impedire ai rivoltosi di invadere la loro posizione.

———

Quattro ore dopo, tutti e sette i Berretti Verdi erano feriti in un modo o nell'altro. Gli elicotteri avevano fatto il loro lavoro, tenendo a bada i rivoltosi. L'attacco era scemato, ma non abbastanza da permettere alla squadra di Ann di tirarsi fuori in sicurezza a piedi. I cecchini nemici stavano ancora facendo del loro meglio per eliminarli e a causa di quello e delle ferite che la squadra aveva subito, l'unico modo per abbandonare l'area era farlo in elicottero.

Green non stava affatto bene e avrebbe dovuto essere prelevato ore prima. Ann avrebbe voluto continuare a muoversi per rendere più difficile ai cecchini colpirli, ma con gli infortuni subiti dai suoi uomini, era stato meglio rimanere fermi. Aveva fatto il possibile per mettere in sesto Green, anche mentre lui e Shef continuavano a combattere.

Joe era scivolato sulle rocce, ammaccandosi e rompendosi delle costole; i ragazzi lo avrebbero preso in giro per anni. Gabe era stato sfiorato alla testa dal colpo di un cecchino. Se non si fosse girato a guardare Green all'ultimo secondo, il proiettile gli avrebbe trapassato la fronte. La mano destra di Bell era stata centrata mentre stava comunicando con la lingua dei segni con Gabe. Anche Mack era stato colpito, ma il proiettile aveva attraversato la parte carnosa del braccio.

Ann stessa non ne era uscita illesa. Lei e Bell si erano affrettati a cambiare posizione mentre gli uomini di Wakil si avvicinavano furtivamente, sfruttando una pausa negli attacchi aerei, ed era inciampata come una stupida; stava correndo e aveva perso l'equilibrio, sbattendo la fronte a terra. Glielo avrebbero ricordato a vita, ma non le sarebbero dispiaciute le prese in giro dei suoi compagni di squadra se ne fosse uscita viva. Anche con l'elmetto in Kevlar, si era lacerata un bel pezzo di pelle sopra il sopracciglio. Da quel momento aveva dovuto sopportare il sangue che le gocciolava nell'occhio, ma non le aveva comunque impedito di eliminare la sua buona parte di rivoltosi.

Finalmente era arrivato il momento di sparire da lì. L'estrazione dalla loro attuale posizione non sarebbe stata facile, gli elicotteri avrebbero ricevuto molto fuoco nemico e Ann e il suo team sarebbero stati esposti. Ma stava calando il crepuscolo e dovevano andarsene prima che fosse completamente buio. Gli uomini di Wakil conoscevano quella zona molto meglio di loro, e anche se l'oscurità avrebbe coperto i movimenti della squadra permettendo la fuga, sarebbe stato così anche per il nemico che avrebbe potuto tendere loro un'imboscata.

Essendo il soldato di grado più alto del gruppo, Ann era abituata a prendere decisioni. Non sempre le piaceva farlo, ma non si era mai sottratta al suo dovere.

«Quando arriverà il primo elicottero, io prenderò Green. Mack, tu e Gabe state pronti con il fuoco di copertura. Joe, ho bisogno che aiuti Shef» disse agli uomini del team. «Sembra che ci saranno due estrazioni separate. Con la quantità di mitraglieri necessari, non ci entreremo tutti in un solo elicottero. Una volta che il primo sarà andato, rivaluteremo la situazione e Bell si coordinerà con la seconda squadra di Night Stalkers. I due elicotteri arriveranno a distanza di pochi minuti l'uno dall'altro, quindi non aspetteremo a lungo. Ce ne andremo tutti da qui. Insieme. Capito?»

«Cazzo sì.»

«Sì, Signora.»

«Mi sono perso il pranzo.»

Ann non riuscì a trattenersi dal ridere alle parole di Mack. Aveva sempre fame. Non era sorprendente dato che era un figlio di puttana grande e grosso; era contenta di non dover portare il suo culo fuori di lì. Era forte, ma anche trasportare Green sarebbe stata una sfida dato che pesava più di centotredici chili contro i suoi sessantotto.

Dopo trenta minuti di attesa, giunse il momento. Per quanto la riguardava, i piloti Night Stalkers erano i veri eroi in ogni tipo di scontro a fuoco. Erano sempre un bersaglio per i lanciarazzi, e gli uomini e le donne dietro i comandi di quegli enormi mezzi avevano delle incredibili abilità di volo a cui Ann aveva assistito di persona. Quel giorno non faceva eccezione.

L'area in cui si trovavano era stretta, e anche se la squadra si era arrampicata sul terreno scosceso alle loro spalle, uscendo dalla valle e giocandosela alla pari con i rivoltosi, i piloti avrebbero avuto il loro bel da fare per assicurarsi di non avvicinarsi troppo al fianco della montagna.

Il pilota stava facendo librare l'elicottero vicino a un affioramento di rocce, mantenendolo fermo mentre i mitraglieri scaricavano una potenza di fuoco sufficiente a costringere anche i cecchini più tenaci a mettersi al riparo. Il mezzo era in una posizione precaria; una raffica di vento avrebbe potuto spostarlo, facendo sì che le pale del rotore colpissero la montagna che era a pochi metri di distanza.

Ann non ebbe il tempo di ammirare il coraggio e l'abilità del pilota e degli artiglieri. Doveva far salire a bordo Green in modo che potesse ricevere le cure mediche necessarie. Era passato troppo tempo da quando gli avevano sparato. Si sentì travolgere dalla frustrazione; era un medico davvero bravo e odiava non poter fare di più per lui.

Segnando alla sua squadra che era ora di muoversi, Ann si sollevò in spalla il sergente Green e corse il più velocemente possibile verso l'elicottero in attesa, seguita da Joe e Shef. Mack, Gabe e Bell li coprirono, così come i soldati all'interno del velivolo; i proiettili volavano a un ritmo convulso.

Prima di rendersene conto arrivò al punto di estrazione e praticamente gettò Green dentro l'elicottero, sollevata quando i due mitraglieri che erano a bordo lo misero al sicuro, poi si voltò per aiutare Joe e Shef.

Una volta a bordo, il mezzo si allontanò dalla montagna e volò via velocemente.

Ann percepì più che vedere un proiettile sfrecciarle vicino alla testa, si gettò sulla pancia e strisciò all'indietro verso la dubbia sicurezza di un masso.

L'eco degli spari era assordante, facilmente udibile nonostante il rumore dell'elicottero che si alzava nel cielo. Guardando verso Bell, Mack e Gabe, usò il segno che indicava che stava bene, che non era stata colpita. Quando ricevette lo stesso segno in risposta, tirò un sospiro di sollievo. Tre andati, ne mancavano altri tre.

Prendeva sul serio la sicurezza della sua squadra. Nei cinque anni e mezzo in cui era stata nell'esercito, aveva perso un bel po' di uomini sotto il suo comando e ognuno di loro aveva lasciato un vuoto nel suo cuore. Avrebbe fatto tutto il possibile per portare in salvo i suoi compagni.

Nessuno si sarebbe mai permesso di dire che il capitano Fletcher non era qualificata per essere un Berretto Verde. Si era fatta il culo per arrivare lì, il suo percorso era stato spianato da soldati come Aspen Mesmer, ora Temple. Lei era stata una delle prime donne soccorritore militare assegnate a un'unità di Ranger e aveva attraversato l'inferno per dimostrare di essere in grado di svolgere quel lavoro bene quanto un uomo.

Fece un respiro profondo e si concentrò sulla sua situazione. Adesso avevano tre uomini in meno come potenza di fuoco ed erano più vulnerabili mentre aspettavano il secondo elicottero. Sapeva bene quanto i suoi soldati che la seconda estrazione sarebbe stata due volte più pericolosa della prima. Gli uomini di Wakil sapevano cosa aspettarsi e sarebbero stati ancora più decisi di assicurarsi che non scappassero.

Rimanendo sulla pancia e grata per la polvere che i rotori avevano sollevato nell'aria, offrendole ulteriore copertura, tornò strisciando verso il punto in cui Bell stava rispondendo al fuoco e presidiando la radio trasmittente. «Quanto?» gli chiese.

«Quattro minuti» rispose teso.

Merda. Erano un'eternità, ma si limitò ad annuire. Era troppo ben addestrata per mostrare ansia a coloro che erano sotto il suo comando.

I successivi quattro minuti furono i più lunghi della sua vita. Gli spari si avvicinavano man mano che i seguaci di Wakil avanzavano furtivi verso la loro posizione, come se sapessero che quella era la loro ultima possibilità di uccidere o catturare i nemici.

Il piano prevedeva che il Black Hawk atterrasse a un centinaio di metri di distanza dal punto in cui era atterrato il primo. Sarebbero sopraggiunti da un'altra direzione per depistare gli insorti. Ciò significava che Ann e i suoi uomini avrebbero dovuto attraversare una stretta sporgenza lungo il crinale per raggiungere la zona di atterraggio. Sarebbero stati dei bersagli facili, ma non potevano fare diversamente.

*Pronti?* segnò agli altri. Per Ann usare la lingua dei segni era naturale quanto respirare. L'aveva imparata da bambina ed era un modo molto efficace per comunicare con i suoi uomini quando si trovavano in situazioni in cui non potevano sentirsi o erano troppo lontani per parlare in sicurezza. La prima squadra che aveva comandato si era rifiutata di apprendere anche i segni più semplici, ma dopo una missione particolarmente atroce, alla fine ne avevano visto i benefici. Da quel momento in poi, si era impegnata a insegnare a tutti coloro che erano sotto il suo comando più parole possibili con la lingua dei segni.

Mack e Gabe risposero allo stesso modo che erano pronti e anche Bell accanto a lei.

«Trenta secondi» avvertì lui un minuto dopo.

«Via!» segnò agli altri due uomini che si arrampicarono e percorsero la stretta sporgenza mentre lei e Bell li coprivano. Ann trattenne il respiro finché non furono dall'altra parte e vide Gabe darle il via libera.

«Tocca a te» disse al compagno. «Ti copro io e quando arriverai dall'altra parte, tu coprirai me.»

Notò l'esitazione nei suoi occhi, ma lei gli ordinò con tono duro: «Vai!»

Il sergente annuì e si avviò verso la sporgenza. L'attrezzatura di radiocomunicazione sopra la testa e sulle spalle era ingombrante e non gli consentiva di muoversi velocemente come i suoi compagni di squadra.

Ann vide un cecchino sdraiarsi e puntare verso di lui.

«Oh, cazzo no» mormorò, preparandosi anche lei a mirare. Mentre Mack e Gabe facevano del loro meglio per impedire agli uomini di Wakil di colpire il loro compagno di squadra, Ann fece un respiro profondo e premette il grilletto.

Un'ondata di sollievo la pervase quando riuscì a eliminare il nemico prima che potesse sparare, e si preparò ad attraversare la stretta sporgenza. Sentì in lontananza il Black Hawk arrivare a tutta velocità; non aveva molto tempo.

Mentre si alzava per iniziare a correre, colse l'inconfondibile rumore dello sparo di un RPG.

All'improvviso, la granata a propulsione a razzo colpì in pieno la sporgenza che stava per attraversare. Se fosse partita cinque secondi prima, sarebbe stata disintegrata insieme al fianco della montagna.

Imprecando, sentì i soldati nell'elicottero rispondere al fuoco con i lanciarazzi. Quando la polvere si diradò abbastanza, Ann vide di non aver alcuna possibilità di unirsi ai suoi compagni di squadra. C'era un buco che la tagliava fuori.

Stringendo la mascella, osservò Gabe, Mack e Bell lanciarsi dentro l'elicottero. Poi Mack si voltò verso di lei e le segnò delle indicazioni.

Le stava proponendo un'azione quasi impossibile,

ma non aveva altra scelta; o correva il rischio o sarebbe stata uccisa, e Ann non era pronta a morire.

Segnò di aver capito e fece un respiro profondo; poteva non essere pronta a morire, ma la morte non prendeva in considerazione le speranze e i sogni di una persona.

Si sfilò l'arma dalla testa e la lasciò cadere a terra. Si slacciò l'elmetto e si asciugò il sangue per liberare il campo visivo. Si tolse tutto ciò che avrebbe potuto ostacolare la libertà di movimento o appesantirla. Non si preoccupò dell'attrezzatura che si sarebbe lasciata alle spalle e che avrebbero recuperato i rivoltosi. Quelle poche armi non sarebbero state d'aiuto alla loro causa.

Tenendo gli occhi sull'elicottero, lo vide sollevarsi da terra, poi trattenne il respiro mentre il mezzo compiva una brusca virata, provvedendo al fuoco di copertura e dirigendosi verso il punto in cui si trovava lei.

Due soldati si sporsero dal portellone aperto e tesero le mani.

Dieci metri. Otto. Sei. Quattro metri. Tre.

O adesso o mai più.

Il pilota si era avvicinato il più possibile al bordo in cui si trovava. Quei tre metri sembravano più di cento, ma non esitò minimamente. Aveva saltato e si era arrampicata su percorsi a ostacoli per tutta la vita, quella sarebbe stata una passeggiata.

Ann ebbe lo spazio sufficiente per una rincorsa di tre falcate prima di volare in aria, con le braccia tese e gli occhi incollati alle mani allungate verso di lei.

Tutto il resto svanì. Gli spari. Le urla. Il rumore dell'elicottero.

Per una frazione di secondo pensò che non ce l'avrebbe fatta. Che avrebbe mancato di pochi centimetri l'obiettivo. Ma a differenza di tutti i percorsi a ostacoli che aveva superato in passato, se fosse caduta sarebbe morta.

Passarono solo pochi secondi che le sembrarono un'eternità, poi si sentì sbattere contro l'elicottero. Il dolore fu immenso, ma Ann lo notò a malapena mentre il suo corpo iniziava a scivolare all'indietro. Annaspando per cercare un punto d'appoggio mentre le gambe penzolavano oltre il bordo dell'apertura, provò un attimo di panico prima che le sue braccia venissero chiuse in una stretta ferrea.

Fu trascinata a bordo dai due soldati ai lati del portellone proprio mentre l'elicottero virava e accelerava, sfrecciando fuori dalla valle.

Fece un respiro profondo, rimpiangendolo quando le sue costole incrinate protestarono, e alzò lo sguardo per incontrare quelli dei suoi compagni di squadra.

«Porca puttana, Fletcher!» sussurrò Bell.

«Non credo di aver mai visto niente del genere prima» disse Gabe.

«Palle d'acciaio» aggiunse Mack scuotendo la testa.

«Tutto bene, capitano?» chiese uno degli uomini che l'aveva tirata a bordo.

«Alla grande» rispose.

«Tenetevi!» gridò il pilota mentre l'elicottero si inclinava improvvisamente a destra.

Ann chiuse gli occhi. Sapeva che avrebbe dovuto alzarsi e aiutare come poteva, ma in quel momento era troppo sollevata di essere viva. Ci era andata vicino. Troppo vicino. Nelle ultime sei ore non aveva avuto la possibilità di pensare a nient'altro che a sopravvivere, ma in quell'istante si sentì crollare tutto addosso.

Doveva tener duro, ma riusciva solo a pensare a quanto fosse stata vicina a perdere *ogni cosa*.

Compreso un futuro con l'uomo che amava.

Per la prima volta in assoluto, i dubbi su ciò che stava facendo della sua vita la attanagliarono.

Aveva voluto servire il suo Paese da che riusciva a ricordare. Per fare la differenza come suo padre e il suo team della Delta Force. Aveva voluto salvare delle vite, non stroncarle, anche se capiva che far parte di una squadra d'élite delle forze speciali come i Berretti Verdi significava che occasionalmente avrebbe dovuto uccidere il nemico.

Aveva voluto dimostrare a suo padre, a tutti i suoi zii onorari e a se stessa di poterci riuscire. Renderli orgogliosi.

Ma mentre era sdraiata nell'elicottero, dopo aver letteralmente fatto un salto irripetibile, all'improvviso non poté fare a meno di chiedersi cosa diavolo stesse facendo. Era davvero quello che voleva fare per i successivi quindici anni o più? Era così che voleva morire? Ferita e sanguinante a migliaia di chilometri di distanza da coloro che amava? Se fosse morta in missione, nessuno avrebbe saputo esattamente cos'era successo. Era un dato di fatto per un soldato delle forze speciali.

Si sentiva confusa. Essere un Berretto Verde significava correre dei rischi per proteggere il mondo da dittatori e terroristi che volevano fare del male agli innocenti. Ma stava davvero facendo la differenza? Anche se avessero ucciso Wakil, ci sarebbe stato qualcun altro pronto e disposto a sostituirlo. Le guerre si combattevano fin dall'alba dei tempi... nel grande schema delle cose, era davvero così importante ciò che stava facendo?

Suo padre e il suo team non sarebbero stati meno orgogliosi di lei se *non* avesse messo a rischio la sua vita. Razionalmente lo sapeva, ma ciò non alleviava il senso di ansia al solo pensiero di deluderli.

Odiava le emozioni sconosciute che la stavano travolgendo, ma non riusciva a fermarle.

Qualcosa era cambiato su quel crinale e non sapeva come comportarsi. Sapeva solo che il lavoro per cui aveva lottato tutta la vita... all'improvviso non sembrava più così affascinante.

Aveva ventisette anni, ma si sentiva più vecchia di decenni. Aveva visto più della sua buona dose di morte, distruzione e discriminazione nel suo periodo nell'esercito. Il suo corpo aveva più dolori di quanti ne avrebbe dovuti avere una persona della sua età, per averne abusato nel corso degli anni. A ogni missione, aumentava la possibilità che rimasse permanentemente disabile a causa di un proiettile. Oppure avrebbe potuto essere fatta prigioniera o addirittura uccisa. Fu quell'ultimo pensiero che la fece inspirare bruscamente. Non riusciva a immaginare il dolore che avrebbero provato i suoi cari se ciò fosse accaduto.

Con il sangue che dal taglio sopra l'occhio le colava lungo il lato del viso, e con ogni respiro che sembrava una pugnalata al petto a causa delle probabili costole rotte, Ann chiuse gli occhi e pensò all'unica persona che avrebbe voluto vedere più di chiunque altro al mondo. L'uomo che l'aveva fatta sentire al sicuro. Da cui faceva di tutto per tornare dopo ogni missione. L'uomo che amava da quando aveva sette anni.

Frankie.

# CAPITOLO DUE

Frankie Sanders camminava nervosamente avanti e indietro nella piccola casa che aveva affittato con Annie. Era notte fonda, ma non riusciva a scrollarsi di dosso l'inquietudine. Gli aveva detto che si sarebbe messa in contatto con lui dopo essere tornata dalla ricognizione. Era passato più di un giorno.

Sapeva quanto fosse complicato tenersi in contatto mentre era in missione, ma per qualche ragione, aveva una brutta sensazione.

Non passava minuto in cui non fosse preoccupato per lei quando era lontana. Sapeva benissimo che era un soldato dannatamente bravo, ma ciò non significava che non lo agitasse non sapere dove fosse e cosa stesse facendo.

Amava Annie fin da quando era un bambino. Era stata la sua roccia, la sua più grande sostenitrice per tutta la vita. Non ricordava un compleanno in cui non lo avesse chiamato. Non c'era stata una festa in cui non fosse riuscito a vedere il suo viso sorridente sull'iPad. Lei era stata il suo primo tutto: la prima cotta; il primo amore; il primo bacio.

Avevano addirittura perso la verginità insieme. Quella volta Frankie l'aveva invitata in California per partecipare al suo ballo di fine anno e, sorprendentemente, entrambi i loro padri erano stati d'accordo. Erano andati alla festa, avevano scattato qualche foto, ballato una canzone, poi l'aveva portata nella stanza d'albergo segretamente affittata per la notte. Aveva reso tutto il più romantico possibile, con le fragole ricoperte di cioccolato, tre dozzine di rose, un bagno di bolle e aveva persino portato le candele, sebbene fosse illegale usarle in hotel.

Invece di essere nervoso, Frankie era stato rilassato e desideroso di rendere più bella possibile la loro prima esperienza sessuale. Quella sera avevano riso, entrambi un po' insicuri, ma così innamorati che quel po' di imbarazzo non aveva turbato nessuno dei due. Non aveva potuto tenerla tra le braccia tutta la notte come aveva sognato di fare, il coprifuoco era alle due, ma quelli erano stati momenti che nessuno dei due avrebbe mai dimenticato.

Era solo uno dei tantissimi bei ricordi della sua fidanzata. Stare con Annie era facile. Lo accettava esattamente così com'era, e lui non rideva mai così tanto come quando erano insieme.

Il giorno che le aveva chiesto di sposarlo era stato

uno dei migliori della sua vita. Non erano più vicini a recitare le loro promesse di quanto lo fossero allora, ma non gli importava quanto tempo avrebbe dovuto aspettare per farla diventare sua moglie. Per lei valeva la pena farlo.

Era orgogliosissimo di Annie, ma ciò non significava che l'ansia che provava quando partiva diminuisse. Il suo lavoro era pericoloso e c'era sempre la possibilità di poterla perdere. Quindi, che non si fosse fatta viva quando invece gli aveva detto che avrebbe chiamato, gli aveva impedito di dormire.

Potevano esserci un milione di ragioni per cui non l'aveva fatto: non c'era campo; niente Wi-Fi; la missione era durata più a lungo del previsto; riunioni.

Ma la ragione che lo teneva sveglio era quella che temeva di più.

Il telefono gli vibrò in mano e Frankie diede un'occhiata allo schermo. Non riconobbe il numero, ma non esitò a rispondere.

«Pronto?»

«Sono io.»

Ogni muscolo del suo corpo si rilassò al suono della voce di Annie. «Stai bene?»

«Sì.» Sembrava stanca.

«Ero preoccupato» le disse.

«Lo so e mi dispiace. Mi dispiace tanto.» La sua voce si incrinò e a Frankie mancò il respiro.

Poteva contare su una mano il numero di volte in cui l'aveva vista piangere. Non aveva la lacrima facile, proprio come sua madre raddrizzava le spalle e andava avanti, qualunque cosa stesse succedendo nella sua vita. Odiava non essere lì con lei. Non poterla vedere. Quando era in missione, non potevano fare videochiamate su FaceTime, dipendevano dalle limitazioni del telefono satellitare che portava con sé per comunicare.

«Non dispiacerti» le disse con fermezza. «Io sono a posto. Qui va tutto bene. Devi solo prenderti cura di te stessa e tornare a casa da me.»

«Be', la buona notizia è che sarò a casa prima di quanto pensassi.»

«È fantastico, piccola. Quando?»

«Probabilmente tra più o meno quattro giorni. Prima dobbiamo fare una deviazione in Germania.»

«Annie?» Si irrigidì di nuovo. Sapeva cosa significava. La base in Germania aveva un ospedale vero e proprio ed era il primo posto in cui mandavano molti soldati quando venivano feriti in battaglia mentre erano oltreoceano.

La sentì inspirare profondamente. «Alcuni dei miei uomini sono feriti. Tutto il team sta volando in Germania per venire valutato, poi chi avrà l'ok potrà tornare a casa.»

«Ma *tu* stai bene?» le chiese.

«Ho alcune costole rotte e un brutto taglio sulla testa» rispose.

Frankie apprezzò la sua onestà, anche se dentro si sentiva male. Odiava quando veniva ferita. Sapeva che era una potenziale conseguenza del suo lavoro, ma non poteva fare a meno di temere che venisse uccisa. Non poteva proteggerla e lei non avrebbe voluto che lo facesse... ma Dio, se lo voleva.

«Ti amo» le disse con dolcezza.

«Non quanto ti amo io» rispose. «Come vanno le cose lì? Hai nuovi clienti?»

Sapeva cosa stava facendo, cercava di cambiare argomento per non parlare di lei. Avrebbe voluto abbracciarla. Vedere di persona che stava davvero bene, che non stava minimizzando le sue ferite per non farlo preoccupare. Il che era impossibile, si sarebbe sempre preoccupato per lei. «Qui va tutto bene. Nessun nuovo cliente, ma ricordi quel maggiore con cui ho lavorato?»

«Quello che ha perso il braccio e l'udito nell'esplosione di una mina sei mesi fa?» gli chiese.

«Sì. Penso di essere finalmente riuscito a convincerlo. Abbiamo avuto una conversazione con la lingua dei segni proprio oggi.»

«Sapevo che ci saresti riuscito» gli disse con evidente orgoglio nella voce.

Frankie ridacchiò. «Ha avuto difficoltà ad accettare la sua disabilità. Ma lo scorso fine settimana era allo zoo con suo nipote e ha visto un bambino scivolare e cadere in uno degli stagni delle anatre. Ha salvato il ragazzo prima che qualcuno si rendesse conto di ciò che stava succedendo. Penso che quello gli abbia fatto capire che nonostante la perdita dell'udito e del braccio, non è inutile. Che può ancora fare la differenza anche se non è più nell'esercito.»

«Ottimo» replicò Annie con dolcezza.

Frankie sentì qualcuno chiamarla in sottofondo. «Devi andare» mormorò.

«Sì, mi dispiace.»

«Non c'è problema. So quanto sei impegnata. Grazie per aver chiamato.»

«L'ho fatto non appena tornata alla base» gli disse. «Ma il mio comandante mi sta alle calcagna perché vada in ospedale.»

«Porca miseria, Annie, non hai ancora fatto vedere le tue ferite a un dottore?»

«No. Avevo bisogno di sentire la tua voce.»

Pensò di nuovo che avrebbe voluto vederla. Sembrava giù e non era affatto da lei. In genere, dopo le missioni era piena di adrenalina o preoccupata per gli uomini della sua squadra. Quel giorno sembrava... abbattuta, e a Frankie non piaceva proprio per niente. «Be', l'hai sentito» disse in tono severo. «Ora porta il tuo culo dal dottore.»

Annie rise, un suono che lo fece sentire meglio. Ma solo un po'.

«Ok, ok, vado. Chiamerò quando arriveremo in Germania e avrò una data un po' più precisa del mio ritorno.»

«D'accordo. Ti amo.»

«Ti amo anch'io.»

«A presto.»

«Non sarà mai abbastanza presto per me» disse Annie. «Ciao.»

«Ciao.»

Frankie chiuse la chiamata ma non si mosse. Rimase in piedi in mezzo al soggiorno a fissare il vuoto.

C'era qualcosa che non andava.

Be', forse non era così... ma c'era qualcosa di diverso.

Lui e Annie avevano bisogno di parlare. Odiava sapere che qualcosa la preoccupava e non essere in grado di fare niente per aiutarla.

Pensò a ciò che il suo padrino, Cooper Nelson, gli aveva consigliato molti anni prima, quando aveva conosciuto Annie e gli aveva detto che la voleva sposare.

*"Aspetta che arrivi il momento giusto. Potrebbe voler andare al college, o volare sulla luna, e tu devi permetterglielo. Falle solo sapere che sei proprio lì accanto a lei, che la sostieni, che tu sia letteralmente lì vicino o a migliaia di chilometri di distanza. Quando arriverà il momento giusto per reclamare la tua donna, lo saprai."*

Aveva preso a cuore le parole di Cooper. Frankie aveva fatto qualsiasi cosa per lei. Era rimasto al suo fianco durante le scuole medie e superiori, il college e il campo di addestramento. Avevano cambiato tre diverse città da quando era entrata in servizio, e Frankie avrebbe vissuto in altre cento se ciò l'avesse resa felice.

Quella sera era la prima volta che aveva avuto sentore che *non lo fosse.*

Forse era stata la scarica di adrenalina dopo una missione intensa, o magari le ferite le facevano più male di quanto avesse lasciato credere. Ma non pensava fosse per quello.

Non aveva mai sentito Annie così... triste.

Quando le aveva chiesto di diventare sua moglie, lo aveva avvisato di quanto sarebbe stato difficile essere sposato con un soldato, soprattutto con qualcuno delle forze speciali. Era una situazione che lei aveva vissuto dato che la madre era sposata con un operatore della Delta Force. Frankie l'aveva rassicurata dicendole che l'avrebbe seguita fino ai confini della terra, che l'avrebbe amata incondizionatamente a prescindere da tutto.

Anche Fletch, il padre di Annie, aveva cercato di avvertirlo che le cose sarebbero state difficili.

Ma non gli era importato. Aveva ascoltato e compreso i pensieri di tutti, ma quello che non avevano capito era che lui avrebbe fatto tutto il necessario per rendere Annie felice. Ed essere nell'esercito, far parte di una squadra delle forze speciali, era stato il suo obiettivo di tutta la vita. Non le sarebbe stato d'intralcio, l'avrebbe incoraggiata e sostenuta ad ogni passo.

Fece un respiro profondo e andò nella loro camera da letto. Era esausto e avrebbe dovuto alzarsi alla solita ora, cioè entro... guardando l'orologio, sospirò. Tre ore. L'indomani il turno all'ospedale dei veterani sarebbe stato lungo, ma aver parlato con Annie ripagava per la stanchezza che avrebbe dovuto sopportare.

Lavorare con i veterani che avevano perso l'udito, in parte o completamente, era una vocazione per Frankie. Sapeva com'era vivere da sordo in un mondo incentrato sui suoni, e aiutare uomini e donne in quella transizione era qualcosa che gli dava un profondo senso di realizzazione.

Quando era in prima media, suo padre aveva fatto sì che gli venisse applicato un impianto cocleare. All'inizio era stata dura adattarsi, e uno psicologo dell'ospedale molto paziente e comprensivo lo aveva aiutato ad abituarsi alla sua nuova normalità.

Una delle cose più belle che aveva udito in vita sua era stata la risatina di Annie la prima volta che aveva chiamato per dirle che poteva sentire.

Andò in bagno, si lavò i denti e poi si infilò sotto le coperte, nel letto che sembrava troppo grande e vuoto senza di lei. Si tolse il microfono esterno, il trasmettitore e il processore vocale che indossava dietro l'orecchio e che consentiva al ricevitore interno e al sistema di elettrodi di ricevere segnali, permettendogli di sentire. Il magnete che lo teneva in posizione rendeva semplice la rimozione e il collegamento del dispositivo.

Ancora adesso gli era difficile credere che esistesse quella tecnologia.

Chiuse gli occhi al gradito silenzio e rotolò sulla schiena. Era grato di poter sentire, gli aveva reso la vita molto più facile, ma non poteva negare che c'erano volte in cui era felice di poter spegnere le orecchie. Gli altri sensi prendevano il sopravvento quando non sentiva e poteva apprezzare le cose in modo diverso rispetto a una persona udente.

Come la fragranza di Annie sul cuscino sotto la sua testa. Prendeva sempre il suo quando non c'era, desiderando avere vicino qualcosa di lei, anche se era solo il suo profumo. Anche dopo una settimana e mezza di assenza, poteva ancora percepirlo. Aprì gli occhi e guardò le scarpe che si era tolta prima di andare a letto la sera precedente alla sua partenza; erano ancora in mezzo alla stanza. Si era rifiutato di spostarle, perché gli piaceva vedere qualcosa di così normale che gliela ricordasse.

Poi c'era il suo sapore.

Si mosse inquieto mentre il suo cazzo diventava duro. Aveva davvero bisogno di dormire un po' ma non riusciva a smettere di pensare ad Annie, soprattutto dopo quella telefonata. Era esuberante e non aveva problemi ad assumere il comando in quasi tutti gli aspetti della sua vita, ma a letto lasciava che lo prendesse lui. Era quasi timida, anche dopo anni che stavano insieme. Arrossiva ancora quando le apriva le gambe e l'assaporava.

Ignorò l'erezione e si girò sul fianco. Non era dell'umore giusto per masturbarsi, soprattutto sapendo che proprio in quel momento Annie stava vedendo un dottore perché era ferita.

Ancora qualche giorno e avrebbe potuto vedere di persona che stava bene. Che era al sicuro.

Frankie prendeva ogni sua missione come veniva, non riusciva a pensare al futuro, a dove poteva essere mandata e a ciò che faceva. In quel momento, era sollevato che fosse riuscita a superarne un'altra. L'avrebbe amata e supportata fino alla successiva.

Annie non avrebbe mai saputo quanto si preoccupava per lei mentre era via. Non aveva mai voluto essere un peso, quindi avrebbe affrontato un giorno alla volta, sorridendo e sostenendo l'unica donna che avrebbe mai amato.

## CAPITOLO TRE

I RITORNI A CASA di Annie non erano come quelli degli altri soldati. Non c'erano sfilate, né grandi folle in fila per accogliere gli eroi che tornavano. Il più delle volte, nessuno sapeva che quelli delle forze speciali che scendevano dall'aereo all'aeroporto militare, tornavano da una missione top secret in cui avrebbero potuto aver salvato dozzine, centinaia o migliaia di vite.

Non era amareggiata per quello. Quando si era candidata per diventare un Berretto Verde sapeva come sarebbero andate le cose. Eppure, in qualche modo, ogni volta che tornava a casa dall'estero Frankie era lì. Anche quando non gli aveva fornito l'orario d'arrivo, lui lo aveva sempre saputo. Sospettava che Tex, il vecchio amico di suo padre, gli passasse i dettagli sul suo ritorno, ma non glielo aveva mai chiesto, e lui non le aveva mai fornito spiegazioni. Ma adorava che fosse sempre lì ad aspettarla. Era la ricompensa per aver superato ogni missione.

Quel giorno non fu diverso.

Annie attraversò la pista verso il piccolo edificio che ospitava gli uffici amministrativi dell'aeroporto. Non era mai stata così felice di tornare a casa. Si sentiva ancora destabilizzata e non sapeva perché. La missione non era stata poi così diversa dalle altre e non era la prima volta che aveva rischiato grosso, e probabilmente non sarebbe stata l'ultima.

Allora perché si sentiva oppressa da quel senso di terrore?

Sapeva che c'entravano i pensieri che aveva avuto sull'elicottero dopo l'estrazione. Pensieri che da allora l'avevano perseguitata.

Quando intravide Frankie fuori ad aspettarla, l'oscurità nella sua anima sembrò schiarirsi. Muovendosi lentamente per non forzare le costole, ricambiò i saluti che riceveva dai soldati di grado inferiore mentre si dirigeva verso l'uscita.

«Bentornata a casa» disse l'uomo che amava più della sua vita.

Annie andò dritta nel suo abbraccio, rannicchiandosi contro di lui come se fossero passati anni dall'ultima volta che lo aveva visto. Nascondendo il viso nella pelle del suo collo, inspirò profondamente, avendo bisogno di sentire il suo profumo legnoso e muschiato. Dio, le era mancato tutto quello. Le era mancato *lui*.

Frankie strinse le braccia intorno a lei con cautela,

come se ricordasse che se l'avesse abbracciata forte le avrebbe fatto male. Certo che lo ricordava. Era l'uomo più premuroso che avesse mai incontrato in vita sua.

«Mi sei mancato» borbottò.

«Non più di quanto sei mancata a me» rispose.

Il conforto della familiarità dei loro botta e risposta la rasserenò. Sollevò la testa mentre le prendeva il borsone. Glielo lasciò fare e gli avvolse un braccio intorno alla vita mentre si giravano per andare al parcheggio.

Frankie non era un uomo di molte parole, lasciava che le sue azioni parlassero per lui. Aveva ammesso più di una volta di sentirsi imbarazzato dal modo in cui suonava quando parlava. Dato che per anni non aveva sentito suoni mentre cresceva, le sue parole non erano sempre completamente formate, a volte le pronunciava in modo sbagliato e la sua voce era in un certo senso monotono. Ma ad Annie non importava. Per lei, era semplicemente Frankie.

Alzando la mano libera, gli chiese con la lingua dei segni: «Tutto bene?»

Lui annuì. Le sue mani erano occupate, una intorno alla sua vita e l'altra reggeva il borsone, quindi rispose ad alta voce. «È tutto ok. Non ho dato fuoco alla casa, ho falciato il prato e stamattina sono anche andato a fare la spesa.»

Annie ridacchiò. Ovvio che Frankie avrebbe mandato avanti le cose regolarmente in sua assenza. Lo faceva da anni. Aveva persino dovuto coordinare il loro trasferimento dal Colorado al Kentucky da solo, quando l'avevano inviata in missione all'improvviso poco prima che arrivassero i traslocatori a imballare la loro roba.

Si sentì di nuovo pervadere dal senso di colpa. La sua vita nell'esercito non era per niente come quella dei suoi genitori. Per la maggior parte della sua carriera, Fletch era stato di stanza in Texas. Non aveva dovuto trasferirsi nemmeno una volta dopo che i suoi si erano sposati. Lei e Frankie in circa sei anni, si erano già trasferiti tre volte.

«Smettila» le ordinò.

Lo guardò sorpresa. «Cosa dovrei smettere?» gli chiese.

«Di rimuginare. Non mi piace vederti così... preoccupata.»

Annie fece un respiro profondo. L'ultima cosa che voleva era mettergli più pressione di quanto già non facesse.

«E smettila anche con quello.»

Scosse la testa e gli sorrise.

«Sei a casa. Siamo insieme. Ieri ho preparato un enorme teglia di stufato al peperoncino verde perché so che è il tuo preferito. Ci rilasseremo. Poi parleremo, mi dirai ciò che puoi sulla tua missione per liberarti da quel peso, ti esaminerò dalla testa ai piedi per vedere di persona dove sei stata ferita, poi andremo a letto e dormiremo tutta la notte.»

«Mi conosci così bene» gli disse, mentre si avvicinavano al suo pick-up.

«Sì. Proprio come tu conosci me.»

Dopo aver messo il borsone nel bagagliaio, Frankie la premette contro il veicolo, i suoi occhi andarono sul taglio alla testa. Annie si era tolta la fasciatura quella mattina perché le dava fastidio, le faceva prudere la ferita. Se l'era cavata con soli tre punti, ma i lividi sulla fronte erano piuttosto brutti.

Lui sollevò una mano e sfiorò delicatamente la ferita con le dita. Invece di parlare, segnò: *Hai mal di testa? La luce ti dà fastidio?*

*Sto bene*, rispose Annie allo stesso modo. *Giuro.*

Frankie si sporse in avanti e baciò il livido. Le sue labbra furono leggere come ali di farfalla contro la sua pelle.

Sentendosi sull'orlo delle lacrime, si premette di più contro di lui, volendo nascondere la propria vulnerabilità. Era sempre felice quando tornava a casa, ma quel giorno percepiva il suo essere mortale più che mai. Era così dannatamente sollevata di essere viva e con lui, che era quasi opprimente.

Come se percepisse la sua tensione, Frankie non la spinse a parlare, la strinse semplicemente a sé. La sua presa fu un po' dolorosa, ma Annie ignorò la fitta. Aveva bisogno di quel gesto. Aveva bisogno di lui.

«Andiamo» le disse dopo un minuto. «Si muore qui. L'umidità oggi è intorno all'ottantadue percento e, a differenza di te, io mi sciolgo al caldo.»

Sorrise, sollevata che lo sconforto che stava

provando sembrasse finalmente svanire. Era merito di Frankie. Lo faceva sempre.

«Be', allora è meglio che andiamo a casa prima che tu diventi nient'altro che un mucchio di sudore con gli occhi» scherzò.

Quando non si mosse subito per salire sul pick-up, Annie aggrottò la fronte. «Frank?»

«Ti amo» le disse. «Così tanto che non puoi capire.»

«*Sì* che lo capisco. Perché ti amo allo stesso modo.»

Frankie annuì. «Andiamo. Hai chiamato tuo padre?»

«No. Lo farò più tardi.»

«Va bene. Ma non aspettare troppo. Sai che ormai Tex gli avrà detto che sei a casa.»

Quello era solo un motivo in più per cui sospettava che Frankie e Tex fossero più legati di quanto sapesse. Nominava l'ex SEAL troppo spesso perché *non* parlassero su base quasi regolare. Annie probabilmente avrebbe dovuto essere più irritata dal fatto che quell'uomo ficcasse il naso nella sua vita, ma non poteva. Voleva bene a Tex quanto agli ex compagni di squadra di suo padre. Ghost, Coach, Hollywood, Beatle, Blade, Truck e persino Fish e Chase, erano tutti come degli zii ma somigliavano a dei fratelli rompipalle; erano iperprotettivi e impiccioni, ma sapeva che si comportavano in quel modo perché l'amavano.

Se Tex vegliando su di lei dava conforto a tutti quelli a cui teneva, ne era felice. Inoltre, se c'era qualcuno che avrebbe voluto come supporto, era lui; aveva dimostrato di volta in volta di avere i contatti giusti per fare qualsiasi cosa.

«Lo so. Lo chiamerò dopo mangiato.»

Frankie annuì.

Mentre tornavano a casa, Annie gli chiese: «Mio padre ti dà ancora il tormento sul fatto di fare di me una donna onesta?»

La guardò prima di riportare l'attenzione sulla strada. «No. Perché? Sta dando il tormento a *te* per non aver fissato una data per il matrimonio? Se è così, gli parlerò e gli dirò di smetterla.»

Lo fissò. Era stato un adolescente allampanato, ma era diventato un uomo davvero bello. I suoi capelli scuri erano un po' lunghi in cima e aveva un'ombra di barba. Indossava una maglia grigia a maniche corte che metteva in risalto i suoi bicipiti tonici e muscolosi e gli addominali erano scolpiti da allenamenti regolari. Il naso era leggermente storto per averlo rotto cadendo dalla bici quando era alle medie. In quel momento aveva le sopracciglia aggrottate per l'apprensione, come se fosse infastidito anche dal solo pensiero che suo padre la assillasse.

Annie non era mai stata il tipo di donna che aveva bisogno, o voleva, che un uomo la difendesse. Era perfettamente in grado di cavarsela con chiunque le avesse dato problemi. Non esitava a intervenire quando qualcuno veniva preso di mira o molestato, ma sapere che quell'uomo straordinario, meraviglioso e sexy da morire era irritato per lei, le provocava un turbinio di farfalle nella pancia.

«Non è niente che non possa gestire» gli disse.

«Sul serio, Annie. Se ti sta addosso, gli parlerò. Non sono affari suoi quando ci sposiamo o non ci sposiamo. Lo faremo quando sarà il momento giusto per entrambi. E se ci vorranno altri vent'anni, o anche se non dovesse succedere mai, non significa che ci amiamo di meno.»

«Non ti vuoi sposare?» gli chiese sorpresa.

«Non ho detto questo. So da quando avevo sette anni che voglio sposarti, Annie. Non c'è niente che desideri di più che farlo davanti ai nostri amici e alle nostre famiglie, ma non ti metterò mai fretta per qualcosa che non vuoi o per cui non sei pronta.»

«Non è che non voglio sposarti» protestò lei.

«Lo so, piccola. Capisco. Hai così tante responsabilità e obiettivi e le persone contano su di te quando ne hanno bisogno. Va bene. Come ho detto, non ho problemi ad aspettare il tempo necessario. Tu sei quella giusta per me. Non ci sarà mai un'altra donna. Mai. Quindi se tuo padre ti sta dando il tormento, gli dirò di darci un taglio.»

Annie sbuffò. «Dirai a Fletch di darci un taglio?» chiese scettica.

«Ok, forse non con queste parole esatte» rispose con un sorriso. «Non la prenderebbe molto bene. Probabilmente mi sfiderebbe a duello nel cortile di casa o qualcosa del genere.»

«Non è così tremendo.»

«Ceeerto» disse Frankie, allungando la parola. «Quando sono andato da lui per avere il permesso di chiederti di sposarmi, mi ha fissato così intensamente che, giuro, pensavo stesse per esplodere. Poi mi ha fatto un discorsetto di un'ora riguardo al fatto che se mai ti avessi fatto piangere o torto un capello, lui e i suoi amici mi avrebbero fatto sparire così bene che nessuno avrebbe mai trovato alcuna prova della mia esistenza... e di certo non avrebbero lasciato tracce che dimostrassero cosa avevano fatto.»

Annie rise. Aveva già sentito quella storia tante volte e ogni volta che la raccontava, la arricchiva sempre di più. In realtà, sua madre le aveva detto che Fletch aveva pianto e acconsentito subito. *Poi* aveva avvertito Frankie che se avesse fatto del male alla sua bambina, conosceva dieci modi diversi per far sparire un corpo senza lasciare traccia.

Gli mise la mano sulla coscia e percepì i suoi muscoli contrarsi... e all'improvviso, fu pervasa dal desiderio. Solo lui la faceva sentire in quel modo, come se sarebbe morta se non l'avesse toccata. Certo, con le costole rotte fare l'amore sarebbe stato difficile e lui sembrava sempre capire quando gli nascondeva qualcosa, compreso il dolore.

«Voglio sposarti» gli disse seria.

«Lo so.»

«È solo che... mia madre vorrà una festa enorme e dovremo invitare così tante persone che sarà un manicomio. Il mio comandante finora non ha mai fatto problemi a concedermi del tempo libero, ma sembra tutto così travolgente.»

«Basta che lo dici e possiamo andare a Las Vegas» replicò Frankie.

Fu impossibile per lei non percepire il bisogno nella sua voce. Era un'altra cosa per cui si sentiva in colpa.

Non gli aveva mai detto il *vero* motivo per cui aveva rimandato così a lungo il matrimonio. Non era che non lo amasse, anzi. Ma all'inizio della sua carriera nell'esercito, aveva sentito un generale parlare di lei con un altro ufficiale di alto rango. Era rimasto colpito dal suo entusiasmo e dalla sua dedizione, ma poi aveva detto: *"Sono sicuro che se ne andrà via per sposarsi, rovinando la sua carriera. Vorrà avere bambini e diventerà grassa e fuori forma. È davvero un peccato, perché me lo vedo il tenente Fletcher salire di grado se si dedicasse alla sua carriera"*.

Le sue parole erano state offensive, dispregiative e discriminatorie, e l'avevano disgustata, eppure non era mai riuscita a scrollarsele di dosso. Erano penetrate nella sua psiche come un virus invasivo.

Aveva lavorato più duramente di tutti gli altri soldati per dimostrare a quel generale, e a chiunque la pensasse come lui, che non era come le altre donne. Che era seria riguardo alla sua professione, sull'essere il miglior Berretto Verde che l'esercito avesse mai avuto. Avrebbe dovuto fregarsene di ciò che pensavano di lei... ma si vergognava di dover ammettere che non l'aveva fatto.

Erano passati tre anni da quando le aveva chiesto di

sposarlo e lei aveva accettato, ma ancora non era successo.

Frankie le prese la mano e intrecciò le dita con le sue. «Ma stasera non andremo da nessuna parte» disse con leggerezza. «Mangeremo, chiamerai tuo padre per fargli sapere che sei a casa, poi ti coccolerò un po'. Un giorno alla volta, giusto?»

«Giusto» concordò lei. Ne avevano parlato anni prima, quando si erano trasferiti alla sua prima sede di servizio. Lui aveva trovato un lavoro con il VA, il Dipartimento Affari dei Veterani, e gli era stato utile durante i loro diversi traslochi; gli permetteva di mantenere l'impiego lavorando per un ospedale diverso in ogni nuova città. Non si era mai lamentato, affrontava semplicemente ogni ostacolo che incontrava con una grazia e una dignità che lei ammirava.

«Chiudi gli occhi e rilassati» le ordinò.

Sorridendo, Annie gli strinse la mano e obbedì. Era al sicuro con lui, lo sapeva fin nel profondo. Parte dello stress che aveva accumulato nell'ultima settimana svanì. Frankie era il suo porto sicuro. Il suo più grande sostenitore. Con lui poteva essere davvero se stessa.

Era consapevole di dover prendere molte decisioni, ma per il momento era a casa. Era viva. Ed era con l'uomo più incredibile del mondo. Tutto il resto poteva aspettare.

———

Più tardi quella notte – molto più tardi – Frankie, sdraiato a letto accanto ad Annie, la guardò dormire e poté finalmente abbassare la guardia. Quando l'aveva intravista appena arrivata, era quasi caduto in ginocchio. Aveva un livido che le copriva tutta la fronte; era ancora nella fase viola e rossa, il che significa che era abbastanza fresco. I punti della ferita non lo preoccupavano quanto quel livido.

Dopo cena e mentre lei rassicurava suo padre che stava davvero bene, Frankie era andato di sopra e le aveva preparato un bel bagno caldo. Le era sempre piaciuto stare immersa nell'acqua bollente a lungo, e non era riuscito a pensare a un regalo di bentornata a casa migliore di un rilassante bagno di bolle.

Era stato in quel momento che aveva visto il suo busto. C'era un lungo livido viola intenso sul petto, proprio sotto i seni. Gli aveva spiegato che se l'era provocato colpendo il bordo dell'elicottero su cui era saltata. Aveva minimizzato l'incidente, ma sapeva che in realtà ciò che aveva descritto era stato dieci volte più terrificante.

Sapeva anche, senza che lei dovesse ammetterlo, che aveva rischiato di morire sul lato di qualunque montagna in cui era stata.

Quel livido lo aveva spaventato da morire. Sembrava dolorosissimo, e le costole rotte facevano capire quanto era stato forte il colpo.

Non avrebbe mai insistito affinché Annie smettesse di fare ciò che amava. Si era fatta il culo per arrivare dove si trovava, a capo della sua squadra di Berretti Verdi, e ovviamente era estremamente brava. Ma se gli avesse dato la minima indicazione di voler fare qualcosa di diverso nella vita, l'avrebbe incoraggiata senza riserve.

Frankie moriva un po' dentro ogni volta che tornava da lui ammaccata e malconcia.

Non era una persona molto dominante in generale. Con la sua disabilità e il modo in cui lo avevano preso in giro mentre cresceva, aveva imparato a rimanere nello sfondo, ma ciò non significava che non avrebbe protetto Annie con tutto se stesso. Era l'unica persona che non lo aveva mai giudicato. Dal primo momento in cui si erano incontrati, non aveva esitato a fare amicizia con lui e a impegnarsi a imparare a comunicare. Nessun altro lo aveva mai fatto. Le era fedele al cento per cento. Se avesse potuto, avrebbe ucciso a mani nude chiunque avesse provato a farle del male. Lei significava davvero tanto per lui.

Ma in quel momento si sentiva impotente; Annie era tormentata da qualcosa di cui non era pronta a parlare. Le avrebbe dato tutto il tempo e lo spazio di cui aveva bisogno per lavorare sul problema, qualunque fosse. Non aveva dubbi che alla fine glielo avrebbe confessato. Nel frattempo, avrebbe fatto ciò che faceva sempre: si sarebbe assicurato che sapesse quanto l'amava. Non era esattamente un sacrificio.

Fare l'amore era fuori discussione per almeno qualche settimana, fino a quando le costole non fossero guarite. Conosceva la sua Annie, faceva finta di non soffrire, anche se dentro urlava di dolore. Quindi sarebbe toccato a lui essere abbastanza forte da non cedere al loro desiderio. Non sarebbe stato facile, ma Frankie non le avrebbe fatto del male. Mai.

Allungò una mano e le mise il palmo sopra la camicia da notte, all'altezza del livido sul petto. Strofinò delicatamente il pollice avanti e indietro, come se ciò avesse potuto cancellare l'orrore che c'era sotto il tessuto.

«Frank?» sussurrò lei.

Si era già tolto il processore vocale dell'apparecchio acustico, ma riuscì a leggere facilmente le sue labbra alla luce fioca della lampada. «Shhhh» mormorò. «Dormi.»

Si spostò per rotolare verso di lui, ma sussultò per il dolore provocato dal movimento.

Le mise la mano sulla pancia e premette leggermente. «Stai ferma, amore.»

Lei annuì, poi coprì la mano con la sua e sospirò contenta mentre si riaddormentava.

Non sapeva quanto tempo rimase sveglio a guardare la sua fidanzata dormire, ma alla fine non riuscì più a tenere gli occhi aperti. Le si avvicinò di più in modo da poter sentire se si fosse agitata nel cuore della notte e avesse avuto bisogno di un altro antidolorifico, e alla fine si addormentò.

## CAPITOLO QUATTRO

«Sei eccitato quanto me per questo mese di ferie?» chiese Annie a Frankie qualche settimana dopo, mentre erano su un aereo diretti in Texas.

«Sì» le rispose semplicemente.

Il livido sulla fronte era scomparso e la cicatrice sopra l'occhio una volta guarita non sarebbe stata affatto evidente. I ragazzi del suo team di Berretti Verdi erano a vari stadi di guarigione. Green e Bell non sarebbero tornati; le loro ferite erano troppo importanti per poter far parte della squadra. Shef era incerto e, in ogni caso, lui e Mack sarebbero stati trasferiti in un'altra sede di servizio, e quindi in un altro team.

Annie non era legata a loro come lo era stato suo padre con i suoi compagni, perché l'esercito non le aveva dato la possibilità di avere quel genere di rapporto; continuavano a spostare ogni membro in basi diverse.

La data del suo riarruolamento si stava rapidamente avvicinando. Annie aveva completato i primi sei anni obbligatori e stava seriamente valutando di smettere.

Invece di dissolversi, quei sentimenti che l'avevano oppressa mentre era sull'elicottero erano rimasti con lei per settimane, diventando solo più forti, ricordandole cosa sarebbe potuto succedere la volta successiva che l'avrebbero inviata in missione e che avrebbe potuto non essere di nuovo così fortunata. Ma ogni volta che pensava di parlarne con Frankie o suo padre, sopraggiungevano il terrore e il panico. Soprattutto per quanto riguardava Frankie. Aveva rinunciato a così tanto per lei affinché realizzasse il suo sogno. Come poteva pensare di smettere ora?

Tuttavia, il fatto che non vedesse l'ora di fare quella vacanza... la rendeva sempre più certa di non volersi riarruolare. Non riusciva a ricordare l'ultima volta che avevano trascorso un mese intero insieme, senza doversi preoccupare che il telefono squillasse per essere convocata per una missione.

Sarebbero andati prima a Killeen per il diploma di Doug, il fratello di Annie. Anche Ethan sarebbe tornato a casa per l'occasione, dall'Università di Boulder in Colorado. Era passato molto tempo dall'ultima volta che tutta la famiglia si era riunita. I suoi tre fratelli erano sempre occupatissimi, anche John, che aveva tredici anni, sembrava fosse più via che a casa.

Dopo la cerimonia di diploma, lei e Frankie sarebbero partiti per un viaggio indimenticabile; avrebbero trascorso due settimane su un veliero a quattro alberi. Era una grande imbarcazione, con una sessantina di ospiti e trenta membri d'equipaggio. L'itinerario stabilito li avrebbe portati in alcune delle isole minori dei Caraibi, molte delle quali non le aveva mai sentite nominare.

Era più la vacanza da sogno di Frankie che di Annie, dato che era un po' un fanatico dei natanti. Ormai ce n'erano poche in funzione di quelle enormi barche a vela, e sapeva che lui era impaziente di vedere l'equipaggio issare e ammainare le vele ogni giorno; lo facevano alla vecchia maniera, arrampicandosi sugli alberi e spiegando le vele a mano.

Dato che Annie lavorava tanto e si prendeva del tempo libero raramente, avevano risparmiato un sacco di soldi, abbastanza da potersi concedere quel viaggio.

«A cosa stai pensando così intensamente?» le chiese.

Lo guardò. Il suo uomo quel giorno aveva un aspetto eccezionale. Indossava un paio di pantaloni color cachi e una polo, riempiendo perfettamente entrambi gli indumenti. Alla fine si era tagliato i capelli e aveva notato diverse donne squadrarlo in aeroporto. A volte Annie quasi non riusciva a credere che lui fosse suo. Sapeva di non essere affatto orribile, ma era un po' troppo muscolosa, troppo determinata. Non le interessava molto truccarsi e mettersi dei vestiti femminili per attirare l'attenzione degli uomini. A Frankie non importava, l'amava esattamente com'era.

«Che sono davvero prontissima per questa vacanza» gli rispose.

Lui le prese la mano e se la portò alle labbra, baciandone il dorso. «Anch'io. Parlerai con tuo padre del riarruolamento?»

Sbatté le palpebre sorpresa, ma cercò subito di nascondere la sua reazione. «Perché dovrei farlo?»

Frankie la guardò con così tanta dolcezza e amore che le venne voglia di piangere.

«Perché sei stressata e stai pensando di non riarruolarti.»

A quello fu sinceramente scioccata. Non gli aveva detto una parola riguardo ai suoi dubbi, ma in realtà non avrebbe dovuto essere troppo stupita che lui riuscisse a capirla così bene.

Sospirò. «È così ovvio?» gli chiese sommessamente.

«Solo per me. Annie, ti conosco. So quando sei felice o arrabbiata. So quando sei stressata o triste. Non ho detto nulla perché volevo darti spazio per risolvere le cose da sola, e speravo che saresti venuta a parlarmene una volta che fossi stata pronta. Ma da quando sei tornata dalla tua ultima missione, sei tesa. Ogni volta che suona il telefono sussulti e il fatto che abbiano diviso la tua squadra ti ha sconvolta più di quanto non abbia fatto in passato.»

Lo fissò. Non era mai riuscita a nascondergli nulla. Era sempre stato completamente in sintonia con quello che lei provava. Ed era chiaro che il suo umore avesse inciso anche su di lui. Un'altra cosa che la fece sentire in colpa.

«Io... ho sempre voluto essere nell'esercito. Nelle forze speciali. Mi sono fatta il culo per arrivarci, e mi sento orribile a voltargli le spalle» disse dopo un lungo momento.

«Non hai più sette anni. O tredici. O diciotto. O anche venticinque. Le persone cambiano, Annie. I nostri desideri e bisogni cambiano. Non c'è niente di sbagliato nel fatto che tu voglia qualcosa di diverso. *Cosa* vuoi?»

Incontrò lo sguardo di Frankie a testa alta. «Voglio tornare a casa da te ogni giorno. Voglio ridere di più. E non voglio morire in un deserto chissà dove. Non voglio che tu debba affrontare qualcosa del genere. Sono orgogliosa di ciò che ho raggiunto, ma è come se la vita mi stesse passando accanto.»

Era bello ammettere finalmente i suoi pensieri più intimi. Avrebbe dovuto farlo prima. Un aereo non era il posto migliore per confessioni profonde, ma quando aveva guardato negli occhi scuri di Frankie, non era riuscita a stare zitta.

«Ci sono molte cose che amo dell'esercito. È sempre stato così e lo sarà per sempre. C'è un cameratismo che non posso far comprendere perfettamente a chi non l'ha sperimentato. Mi piace anche la disciplina. C'è conforto nella routine, non so se capisci cosa intendo. Sapere che sto facendo la mia parte per tenere le persone al sicuro, appaga qualcosa nel profondo di me. In realtà mi piace striscire per terra e vedere la sorpresa sui volti delle persone quando si rendono conto che sono una donna... e far loro il culo. Sono orgogliosa di ciò che ho realizzato e ogni volta che indosso l'uniforme, mi viene voglia di essere una persona migliore.»

«Ma?» chiese Frankie.

Sospirò. «Voglio essere la signora Annie Sanders» rispose con dolcezza. «Voglio trovare un posto dove sistemarci e sapere che rimarremo lì per più di due anni. Non ho amici, Frankie. Voglio dire, i ragazzi con cui lavoro alla base sono fantastici, ma non ho nessuno con cui trovarmi, come fa mia madre con la sua cerchia. Lo desidero. Voglio qualcuno da poter chiamare per parlare di banalità. Con cui ubriacarmi ogni tanto. Con cui spettegolare. In questo momento non vedo la possibilità che possa accadere, non finché sarò alla mercé dell'esercito. E soprattutto, voglio che *tu* possa fare quello che vuoi. Finché sarò un Berretto Verde, dovrai sempre mettere i tuoi desideri e i tuoi bisogni dopo i miei. Lo odio.»

Le mise la mano dietro al collo, attirandola a sé e posando la fronte sulla sua. «Vuoi sapere cosa *voglio*, amore?»

Lei annuì.

«Voglio che tu sia felice. Posso trovare un lavoro con il Dipartimento Affari dei Veterani ovunque l'esercito ti mandi, quindi quello non è un problema. Non mi interessa dove sono, purché sia con te.»

Annie fece un respiro profondo per non scoppiare a

piangere. «Provo i tuoi stessi sentimenti, ma ultimamente non siamo stati in grado di trascorrere tanto tempo insieme. Lo odio, Frankie. Ho passato tutta la mia infanzia a sentire la tua mancanza e anche se ora viviamo insieme, sono stata più via che a casa. Non voglio arrivare a odiare l'esercito per questo, ma sto iniziando a farlo.»

«Cos'è successo nell'ultima missione?» le chiese.

Sapeva che non le stava chiedendo i dettagli, ma era ovvio che per lei fosse cambiato qualcosa. Non gli aveva mai parlato delle volte in cui aveva rischiato di morire, volendo proteggerlo da quell'aspetto del suo lavoro. Ma lui non era un idiota, sapeva che ciò che faceva era pericoloso; aveva visto i postumi delle sue ferite, eppure era ancora al suo fianco ed era il suo più grande sostenitore.

Frankie si spostò, sollevò il bracciolo tra loro e attirò Annie più vicino. Le mise un braccio intorno alle spalle e lei si rannicchiò contro di lui come meglio poté sullo scomodo sedile dell'aereo. Era più facile parlare quando non lo guardava e non aveva dubbi che fosse stata quella la sua intenzione.

«Ci hanno teso un'imboscata. Eravamo solo noi sette contro chissà quanti nemici armati. Li abbiamo tenuti a bada per ore, ma siamo stati lentamente messi fuori combattimento uno per uno. Quando l'elicottero è venuto a prelevarci, eravamo tutti esausti e feriti. Ho iniziato a pensare a ciò che stavo facendo. Al perché lo stessi facendo. Se fossi morta là fuori, nessuno avrebbe saputo i dettagli. Sarei solo diventata un'altra missione segreta in un file nascosto chissà dove, con la maggior parte delle informazioni oscurate. Mi sarei persa l'occasione di invecchiare con te. Di sperimentare tutto ciò che fanno le coppie normali. La gente avrebbe detto: "Oh, Annie Fletcher, è morta facendo ciò che amava." Ma sai una cosa?»

«Cosa?»

«Non sono più sicura di amarlo così tanto» sussurrò, come se anche pronunciare quelle parole ad alta voce fosse, in un certo senso, blasfemo. Si affrettò ad aggiungere: «Non sto dicendo che voglio iniziare a indossare un vestito, truccarmi e mettere i tacchi ogni giorno per sedermi dietro a una scrivania, ma stare sdraiata per terra, cercando di uccidere persone di cui non so nulla e che probabilmente hanno famiglie che amano, come me... non ha più l'attrattiva che aveva una volta.»

«Allora, cosa vorresti fare?» le chiese.

Annie chiuse gli occhi. Quello era solo uno dei milioni di motivi per cui lo amava. Non cercava di minimizzare come si sentiva, la sosteneva senza riserve, senza condizioni. Voleva fare lo stesso per lui. Aveva la sensazione di essere stata egoista durante tutta la loro relazione. Frankie aveva lasciato ottimi lavori per seguirla in giro per il Paese e nemmeno lui aveva amici. Voleva stabilità per entrambi. Voleva quello che avevano i suoi genitori.

«Non lo so» ammise. «Non so chi sia Annie Fletcher senza l'esercito. So che non dovrebbe importarmi di ciò che pensano gli altri, ma se dovessi lasciare non potrei fare a meno di avere la sensazione di aver deluso tantissime persone. Mio padre si vanta sempre di me, anche con i cassieri del supermercato. Non perde occasione di informare tutti quelli che non lo sanno già, che sono stata una delle prime donne accettate nei Berretti Verdi. L'ultima cosa che voglio è vedere la delusione negli occhi delle persone che amo di più.»

«Le persone che ami continueranno ad essere orgogliose di te, qualunque cosa deciderai di fare.»

Annie fece un respiro profondo. In realtà lo sapeva, ma era difficile pensare di fare qualcosa di diverso dal soldato.

«Se potessi scegliere qualsiasi cosa esistente al mondo, cosa vorresti fare?» le domandò. «Avere il comando dei soldati che vanno in battaglia? Sederti su una spiaggia con i piedi nella sabbia e senza alcuna responsabilità? Imparare una lingua straniera, trasferirti in un altro paese e trovare un lavoro? Non pensarci troppo, segui il tuo istinto... e il tuo cuore.»

Anche se aveva affermato solo un minuto prima di non sapere cosa avrebbe voluto fare se fosse uscita dall'esercito, non era del tutto vero. «Mi piace essere un medico» rispose. «Mi piace la possibilità di guarire le persone piuttosto che ucciderle.» Fece un respiro profondo e disse ciò che non aveva mai avuto il coraggio di ammettere ad alta voce. «Penso... penso di voler provare a essere un dottore.»

«Vuoi cambiare la tua specializzazione professionale? Potresti vedere se l'esercito ti può mandare a scuola.

Potresti rimanere ed essere un dottore allo stesso tempo» replicò Frankie.

Annie ci pensò su un attimo. Era una possibilità, ma sarebbe stata ancora alla mercé del governo. Avrebbero potuto mandarla ovunque, in qualsiasi momento, e lei non avrebbe avuto altra scelta che andare. Non era sicura che ciò l'avrebbe resa più felice. Voleva mettere radici, il che era estremamente difficile restando nell'esercito.

«Saresti un dottore straordinario» le disse con dolcezza.

«Significherebbe tornare a scuola» ribatté Annie scettica. «E probabilmente all'inizio dovrei stare comunque un sacco di tempo lontana da casa, sai, lunghe ore di studio, il tirocinio e tutto il resto. Sarebbe assurdo, davvero.»

«No, non lo è» replicò con fermezza. Le sollevò il mento e la costrinse a incontrare il suo sguardo. «Sai perché ne sono sicuro?»

«No» sussurrò.

«Perché sento la passione e l'eccitazione nel tuo tono. Non sarai mai felice con un lavoro sedentario. Hai bisogno dell'adrenalina. Dell'eccitazione. Della sfida. Che è un'altra ragione per cui puoi uscire dall'esercito adesso. Mi hai già detto che arriverà il momento in cui verrai trasferita a fare lavoro d'ufficio per via del tuo grado; non saresti in campo a fare ciò che sai fare meglio, rimarresti bloccata dietro le quinte.»

«So che hai ragione, ma la scuola di medicina costa un sacco» protestò. «E starò comunque via molto.»

«Il punto è questo... già da quando eravamo al liceo sapevo che sarei sempre stato in secondo piano rispetto a te» disse Frankie.

Annie aprì la bocca per protestare, ma lui continuò senza lasciarla parlare.

«E mi va benissimo. Non mi piace essere sotto i riflettori. Lo sai. Suono strano quando parlo e ciò scoraggia le persone. È un loro problema, non mio, ma sono molto più felice di rimanere dietro di te e coprirti le spalle, piuttosto che essere quello che fa strada. Non mi dispiace essere il fidanzato del capitano Fletcher e di certo non mi dispiacerà essere il marito della dottoressa Sanders.

Hai un dono, Annie. Tutti ti amano. Non possono farne a meno. È solo ciò che sei. Penso che saresti un dottore straordinario. Lotteresti per i tuoi pazienti e se non riuscissi ad aiutarli, troveresti qualcuno che possa farlo. Non ti fermeresti finché non avessi scoperto qual è il loro problema e lo risolveresti, invece di limitarti a prescrivere solo farmaci. Posso solo dirti che se fossi malato o ferito, vorrei che fossi tu il mio medico, perché so che faresti tutto il necessario per farmi stare di nuovo bene. Non mi interessa quale specializzazione sceglierai, so già che sarai la migliore nel tuo campo.»

Dio. Non lo meritava. «Non suoni strano» gli disse.

Frankie sorrise e scosse la testa esasperato. «È *l'unica cosa* che hai sentito di tutto il mio discorso?» chiese.

Annie scrollò le spalle. «Non mi piace quando ti sminuisci. Sei incredibile, Frankie. E chi non riesce a vederlo è un idiota.»

«Quindi... parlerai con tuo padre di questa cosa?» le chiese, sviando l'attenzione da lui come faceva sempre.

Fece una smorfia e si rannicchiò di nuovo al suo fianco. «Non voglio deluderlo.»

«Non succederà.»

«Non conosci mio padre» mormorò.

Ma Frankie la sentì. «Sì invece» insistette. «Lo conosco quasi da quanto lo conosci tu. È vero, non ho vissuto con lui, ma quell'uomo ti ama più di ogni altra cosa al mondo. Sei la sua bambina. La sua unica figlia. Il suo folletto. Si è fatto in quattro per tutta la vita per assicurarsi che tu fossi felice.»

«Lui è una leggenda» protestò. «Ne parlano ancora con ammirazione del suo team Delta Force. Hanno fatto così tante missioni di successo e lui viveva e respirava l'esercito; aiuta ancora alla base anche se non è più esattamente giovane. Ho visto quanto è stato orgoglioso quando ho ricevuto il grado di ufficiale il giorno della laurea. Non posso sopportare di vedere la delusione nei suoi occhi quando gli dirò che voglio lasciare.»

«Penso che tu lo stia sottovalutando.»

«Forse. O forse no. Per non parlare degli altri. Mi ucciderebbe deludere Ghost e tutti gli altri. E Truck... Dio, non posso dirglielo. Penso che sia stata sua l'idea di procurarmi quel carro armato quand'ero piccola. Guidavo quell'affare in giro come una scatenata.»

«Ho visto i video» disse Frankie con una risatina. «Ma ripeto, non credo che saranno affatto delusi da te.»

«Prendere la decisione di lasciare l'esercito mi spaventa a morte. È tutto ciò che conosco. Non sono sicurissima di *voler* uscire. Voglio dire, è possibile che quest'ultima missione mi abbia un po' incasinato la testa. Tra una settimana probabilmente ripenserò a questa conversazione e mi stupirò di aver pensato, anche solo per un secondo, di smettere» replicò con una piccola scrollata di spalle.

«O magari avrai la sensazione che sia stata la decisione migliore che tu abbia mai preso» ribatté Frankie.

«Potrei far finta di essere ancora dentro per il resto della mia vita. Mio padre e gli altri non hanno bisogno di saperlo» scherzò Annie.

Sentì la risata di Frankie rimbombare sotto la sua guancia. «Ehm, ti sei dimenticata di Tex?» le chiese.

«Merda. Lui lo saprà non appena avranno archiviato i documenti, vero?» Era una domanda retorica. Ovvio che l'avrebbe saputo subito e sarebbe andato dritto da suo padre per assicurarsi che lei stesse bene. Per scoprire quale potesse essere il problema.

«Mi dispiace che tu sia oppressa da questo peso, ma qualunque cosa tu decida, sia che ti riarruoli o che tu scelga di andare alla scuola di medicina, o se vorrai anche solo star seduta su una spiaggia da qualche parte, ti sosterrò al cento per cento.»

«Non ti merito» gli disse Annie.

«Sì, invece. Eravamo destinati a stare insieme» replicò semplicemente.

Aveva ragione. Era proprio così. Tutti avevano pensato che la loro cotta sarebbe passata, soprattutto dato che era iniziata all'età di sette anni. Invece il loro amore era solo diventato più forte man mano che crescevano.

«Ti amo» sussurrò Annie.

«E io amo te.»

Lei sollevò lo sguardo. «Voglio sposarmi.»

Vide la scintilla di eccitazione – e sollievo? – nei suoi occhi, e quasi la uccise. Era colpa sua. Non aveva avuto intenzione di rimandarlo per sempre, ma il suo lavoro continuava a intralciarli e il pensiero di legarlo a lei, per poi magari essere uccisa, la faceva star male fisicamente. Non aveva voluto ferirlo, ma era proprio ciò che aveva fatto rimandando il matrimonio.

«Quando vuoi. Dove vuoi. Lo sai» replicò Frankie.

«Parlerò con mia madre.»

Sorrise. «Non permetterle di esagerare» la avvertì. «Lo sai che se farà a modo suo ci saranno mille persone e farà in modo che Tex inviti la regina d'Inghilterra o qualcosa del genere.»

Annie ridacchiò. Non aveva torto. «Mi dispiace di non averti parlato prima di ciò che mi impensieriva. Voglio dire, hai diritto quanto me di dire la tua sulle mie decisioni, dal momento che ti influenzano allo stesso modo.»

Frankie scosse la testa. «Non devi scusarti. Dovevi

riflettere da sola. Sei sempre stata così. È solo che non voglio che tu abbia paura di parlarmi. E non potresti mai deludermi. Mai. Se dicessi che vorresti smettere per diventare un clown, ti supporterei al cento per cento. Tutto ciò che voglio, che ho sempre voluto, è che tu sia felice. Se con l'esercito non lo sei più, allora devi trovare qualcos'altro.»

«Non voglio smettere e diventare un clown» disse Annie rabbrividendo.

«Lo so» rise. «Hai visto venti minuti del film *It* e abbiamo dovuto spegnere la TV.»

«Perché era *inquietante*! Preferisco mille volte un centinaio di ribelli con gli RPG piuttosto che un dannato pagliaccio. Frankie?»

«Sì?»

«*Tu* cosa vuoi fare? Cosa ti rende felice? Abbiamo parlato di me, di me e di me, ma non voglio che la nostra relazione ruoti solo intorno a ciò che desidero io.»

«Voglio fare quello che sto facendo. Aiutare gli altri ad adattarsi alla perdita dell'udito. Dimostrare loro che la vita non è finita, che possono vivere in modo produttivo e appagante. Che possono amare ed essere amati. E posso farlo da qualsiasi luogo. Riguardo a ciò che mi rende felice... sei tu. Sei sempre stata tu, Annie.»

Le sue parole le sciolsero il cuore. Frankie era un brav'uomo. Il migliore. Ed era suo. Poteva anche non essere un soldato delle forze speciali, non avere muscoli su muscoli, ma sapeva che in caso di necessità, l'avrebbe protetta con la sua vita. Era sempre stato una roccia e una risorsa, mai un ostacolo. Molte persone lo sottovalutavano per il modo in cui parlava e perché senza il processore vocale dell'impianto cocleare, era completamente sordo, ma Annie sapeva meglio di chiunque altro che era gentile per la maggior parte del tempo; quando era provocato, però, il suo uomo era una forza impossibile da ignorare.

Frankie la baciò sulla fronte e lei chiuse gli occhi. Si sentiva molto meglio ora che gli aveva parlato. Aveva ancora paura di affrontare suo padre... ma per la prima volta, provò un'improvvisa eccitazione. Diventare medico non sarebbe stato facile ma, d'altronde, non lo era nemmeno entrare nei ranghi dell'élite dei Berretti Verdi.

Non era ancora sicura di cos'avrebbe fatto, ma la trepidazione e l'entusiasmo che provava al pensiero di affrontare una nuova sfida, non potevano essere ignorati. Non si sentiva così per la sua carriera da molto tempo. Avrebbe potuto continuare a stare nell'esercito... ma il fatto era che non provava più quel brivido quando veniva convocata per una missione.

Prima di decidere qualsiasi cosa, doveva parlare con Fletch, nonostante le sue paure. Voleva la sua opinione. Teneva in gran considerazione ciò che pensava. Frankie aveva ragione; suo padre l'amava e voleva il meglio per lei, avrebbe ascoltato qualunque cosa avesse da dire e dato i suoi consigli e pensieri. Odiava che potesse provare anche solo un secondo di delusione, ma se non amava più il suo lavoro, poteva davvero continuare per i successivi quindici anni o più?

Non credeva proprio. Soprattutto perché la sua vita, e quella degli uomini e delle donne sotto il suo comando, dipendeva totalmente dal suo impegno. E non era più sicura di poterlo fare.

Annie avrebbe voluto avere la convinzione e la sicurezza di sé che aveva cinque anni prima. O dieci. Ma come aveva detto Frankie... le persone cambiavano. Doveva solo capire se i suoi attuali sentimenti riguardo all'essere un Berretto Verde, erano dovuti al fatto di averla scampata per miracolo nella sua ultima missione o a qualcosa di più profondo.

Fece un bel respiro cercando di schiarirsi la mente. Aveva un sacco di tempo per pensare a cosa avrebbe fatto della sua vita. Adesso, voleva godersi una meritata vacanza e non vedeva l'ora di rivedere la sua famiglia.

# CAPITOLO CINQUE

F RANKIE, seduto al tavolo da pranzo dei Fletcher, sorrise al caos intorno a lui. Quella mattina avevano partecipato tutti alla cerimonia di diploma di Doug e ora stavano cenando prima che il ragazzo uscisse per festeggiare con i suoi amici. L'indomani, la famiglia avrebbe organizzato una grande festa, e sapeva per esperienza che il numero degli invitati sarebbe stato pazzesco. Sembrava che Fletch ed Emily conoscessero tutti.

Ci aveva messo un po' per abituarsi; erano stati solo lui e suo padre per così tanto tempo che unirsi a quella grande e pazza famiglia era stato un po' uno shock. Non che ne fosse stato troppo sorpreso, aveva visto quanto potevano essere uniti i team delle forze speciali tramite il suo padrino Cooper e Kiera, la sua madrina. I due erano molto legati a una squadra di Navy SEAL in California, e Frankie e suo padre erano stati spesso invitati alle loro feste in spiaggia.

Al momento John, il fratello tredicenne di Annie, le stava raccontando della sua ultima competizione di dibattito, in cui era arrivato al secondo posto.

«Non sono sorpresa» scherzò lei. «Sei sempre stato un rompipalle polemico.»

«Ho imparato da te» ribatté il ragazzo.

«Qualcuno può per favore passare i panini?» chiese Ethan.

Fletch afferrò il cestino e lo porse al figlio maggiore. Emily si chinò e mise un altro cucchiaio di fagiolini nel piatto di John mentre lui e Annie discutevano bonariamente. Doug, che aveva continuato a guardare il suo telefono, chiese dopo un paio di minuti: «Posso lasciare la tavola?»

Suo padre si pulì la bocca con un tovagliolo. «Hai mangiato a sufficienza per stasera, figliolo?»

«Sì, papà. Grazie.»

«Il coprifuoco è all'una. So che ormai sei diplomato e tutto il resto, ma ciò non significa che non ci siano più regole. Divertiti. Se hai bisogno di me, chiama. Sarò sveglio.»

Quella era una delle cose che Frankie amava del padre di Annie. Era un duro, non c'erano dubbi. Si aspettava che i suoi figli prendessero bei voti, scegliessero dei buoni amici e fossero brave persone, ma sapeva anche che avrebbero commesso degli errori. Era inevitabile. Si era quindi assicurato che quando fosse successo, sapessero che avrebbe coperto loro le spalle, a prescindere.

Lo aveva anche colpito il sottile avvertimento sul fatto che lo avrebbe aspettato alzato, per assicurarsi che rispettasse il coprifuoco.

«Grazie papà. Io e i ragazzi ci troviamo a casa di Tom» disse.

«Julio non ha organizzato una festa stasera?» gli chiese Ethan.

«Sì, ma non ci interessa andare. Si ubriacheranno tutti e dato che chiunque in città sa cosa succederà, i poliziotti faranno una retata prima delle dieci. Fidati. Inoltre, Harley mi ha dato la versione più recente di *This is War* su cui sta lavorando e che uscirà fra due mesi. Vogliamo vedere in quanto tempo riusciamo a finirlo.»

«Buona fortuna» replicò Fletch. «Ho sentito che è la versione più difficile tra tutte.»

Gli occhi di Doug si illuminarono. «Vedremo.»

«Vai» gli ordinò il padre. «Ma prima porta il tuo piatto in cucina e mettilo in lavastoviglie.»

«E dai un bacio a tua madre» aggiunse Emily.

Doug si alzò, prese il piatto e baciò la madre prima di andare in cucina.

«Anch'io ho finito, papà. Posso lasciare la tavola?» chiese John. «Io e i miei amici dobbiamo lavorare alla sceneggiatura che stiamo scrivendo.» Si rivolse ad Annie. «Si tratta di un gruppo di ragazzi che devono salvare il mondo da una razza aliena che vuole prendere il controllo e schiavizzare tutti gli umani.»

«Vai» consentì Fletch con una risatina.

«Penso che dovresti inserire una ragazza nel gruppo» disse al fratello.

John le fece la linguaccia. «Perché dovremmo farlo? Le ragazze sono una seccatura.» Spinse indietro la sedia e scomparve in cucina con il suo piatto.

«E tu, Ethan?» chiese Emily. «Hai grandi progetti per la serata?»

Lui scrollò le spalle. «Chiamerò la mia ragazza, poi andrò fuori con Avi.»

«Come sta?» gli chiese Annie.

Avi era il migliore amico di Ethan fin da quando si erano conosciuti in seconda superiore, dopo che si era trasferito negli Stati Uniti dall'India. Era la persona più intelligente che Frankie avesse mai conosciuto. Aveva avuto una grande influenza su Ethan e i due erano ancora legati come quando frequentavano il liceo.

«Sta bene» rispose. «Sta studiando per ottenere la laurea di secondo livello mentre lavora al suo dottorato. Ha detto che aveva bisogno di una sfida.»

Tutti ridacchiarono.

«I suoi genitori stanno cercando di sistemarlo con una donna indiana da anni ormai, e lui continua a opporsi. Ma in realtà è andato d'accordo con l'ultima ragazza che gli hanno presentato. Si parlano via computer ogni sera da settimane. È tornata in India ma penso che lui ne sia innamorato.»

«È fantastico. Allora qual è il problema?» chiese Emily.

Ethan scrollò le spalle. «Penso che stia resistendo

perché non crede nei matrimoni combinati, anche se sono ancora molto comuni nella sua cultura. Non è un segreto che i genitori di entrambi abbiano parlato di farli sposare.»

«Vuoi il mio consiglio?» gli domandò la madre, senza dargli la possibilità di rispondere. «Digli di lasciar perdere tutto quel discorso. Se lui e questa ragazza si sono piaciuti subito, non ha importanza come si sono conosciuti e il motivo. Non è facile trovare qualcuno con cui ti senti in sintonia quindi, se ad Avi è successo, dovrebbe mettere da parte le circostanze del loro incontro e assecondare il sentimento.»

Lui sorrise. «È quello che gli ho detto anch'io.»

«Bene. Domani verrà alla festa, giusto?»

«Sì. Ha detto che non si perderebbe mai i tuoi rustici con i wurstel.»

Frankie scoppiò a ridere, insieme al resto della famiglia Fletcher. Avi era noto per il suo amore verso i cibi americani per bambini; crocchette di pollo, patatine fritte, pizza puff, pretzel dog, quesadillas, bastoncini di formaggio, maccheroni e formaggio, i mini snack Chex mix... e gli s'mores. Poteva anche essere un adulto, ma mangiava come un bambino di otto anni, e dal momento che la mamma di Annie faceva del suo meglio per viziare tutti, Avi amava andare a trovarli.

«Resti da lui stanotte?» chiese Fletch.

«No. Ho promesso a John che avrei letto la sua sceneggiatura in mattinata. Non dovrei tornare troppo tardi» rispose.

«È bello averti a casa, figliolo. Anche se non a lungo quanto vorremmo.» Padre e figlio si sorrisero prima che Ethan spingesse indietro la sedia e andasse in cucina.

«Guarda quanta roba è avanzata» disse Emily con un sospiro. «Ricordo quando sembrava che non riuscissi mai a cucinare abbastanza per i ragazzi, mangiavano in continuazione, e ora invece toccano a malapena il cibo perché devono alzarsi per uscire con i loro amici o per fare qualcosa di più interessante che tenere compagnia ai loro genitori.»

Fletch allungò il bracciò e attirò verso di sé la moglie, baciandola sulla fronte. «Forse se non avessi preparato quattro tonnellate di cibo, si noterebbe di più quanta roba è stata mangiata» scherzò.

«Vabbè» replicò lei alzando gli occhi al cielo.

Frankie ammirava la loro relazione. Era evidente che fossero completamente devoti l'uno all'altra e innamorati come quando si erano incontrati.

«Annie, ti va di aiutarmi a mettere via tutto?» chiese Emily alla figlia.

«Certo» rispose subito.

«Grazie. Devo anche finire di glassare la torta di Doug e infornare altri biscotti.»

«Come mai sapevo già che mi sarei ritrovata a doverti aiutare in cucina?» domandò alla madre con una risata.

«Perché mi conosci» le rispose con un sorriso.

Annie si rivolse a Frankie. «Starai bene?»

Prima che potesse rassicurarla che non avrebbe avuto problemi, intervenne Fletch.

«Cosa pensi che potrei fargli, folletto? Obbligarlo a fare flessioni in giardino? Portarlo alla base e costringerlo a correre il percorso ad ostacoli? Gesù, dai un po' di credito al tuo vecchio.»

Lei ridacchiò, gli si avvicinò e lo baciò sulla guancia. «Ovviamente no. Ma non ti faresti scrupoli a metterlo seduto per interrogarlo riguardo al nuovo sistema di sicurezza che abbiamo installato pochi mesi fa. Sai, solo per essere sicuro che sia *adeguato*.»

«Lo è?» domandò Fletch sollevando un sopracciglio.

Annie alzò gli occhi al cielo, somigliando così tanto alla madre che Frankie non poté che sorridere.

Emily Fletcher era una donna molto bella. Se Annie invecchiando lo fosse stata anche solo la metà, Frankie sarebbe stato un uomo fortunato. Ma onestamente, non gli importava nulla dell'aspetto esteriore, sperava solo che non perdesse mai la sua impertinenza. Era orgogliosa di sé e non le interessava di non essere conforme alle idee di molte persone riguardo a come dovesse apparire e comportarsi una donna. Non aveva paura di sporcarsi, faceva un milione di domande quando voleva capire meglio qualcosa, indossava raramente i tacchi alti e preferiva trascorrere il suo tempo libero a sudare in una giungla piuttosto che oziare in piscina o su una spiaggia ad abbronzarsi.

Annie non aveva mai dato molta importanza al suo aspetto. Aveva detto più di una volta che chi non la apprezzava per quella che era, poteva andare al diavolo. Non le interessava conoscere persone che la disprezzavano solo perché non si truccava e preferiva magliette larghe e vecchi jeans consumati. Anche adesso, i suoi capelli biondi che le arrivavano alle spalle erano arruffati perché prima di cena aveva strisciato sotto la terrazza di legno sul retro, solo per dare un'occhiata alla cucciolata di un gatto randagio che aveva partorito lì.

Frankie amava tutto di lei, compreso il suo atteggiamento positivo nei confronti della vita e il modo in cui spesso agiva prima di pensare. A volte lo spaventava a morte, ma lei era proprio fatta così.

«Ovvio che il nostro sistema di allarme è di alto livello» ribatté Annie. «Te l'ha consigliato Tex, quindi sai che è il migliore.»

Fletch si limitò a sorridere.

«Sii gentile, papà» lo avvertì. Poi andò da Frankie che era ancora seduto. Si chinò e lo baciò sulle labbra. Per anni, era stato imbarazzante baciarla davanti a suo padre, dato il suo elevato livello di intimidazione, ma visto che non aveva mai estratto un'arma e minacciato di ucciderlo all'istante, Frankie alla fine aveva allentato il freno che si era imposto sul baciarla o toccarla di fronte a lui.

«Ti amo» le disse.

«Ti amo anch'io» replicò Annie, poi prese tutti i piatti che riuscì a trasportare e tenendoli in modo un po' precario andò in cucina dietro a sua madre.

«Che ne dici di andare nel mio studio così stiamo più comodi?» gli chiese Fletch.

Frankie annuì. Se lo aspettava da quando lo aveva visto guardare la figlia con uno sguardo pensieroso. Non era sorpreso che avesse capito subito che qualcosa la stava turbando. Annie era stressata dall'idea di uscire o meno dall'esercito, e Frankie sapeva che lo sarebbe stata fino a quando non avesse parlato con suo padre e avesse sentito di persona che lui non sarebbe rimasto deluso se avesse deciso di fare qualcosa di diverso nella vita.

Si alzò e fece per prendere alcuni dei piatti che erano ancora sul tavolo, ma Fletch scosse la testa. «Lascia stare.»

Ne fu stupito, di solito era un sostenitore della suddivisione delle faccende domestiche e lo aveva insegnato ai figli. Lo aveva sentito dire più di una volta che Emily non era la loro governante e che dovevano imparare a prendersi cura di loro stessi, dato che mamma e papà non sarebbero stati lì a sistemare e pulire le loro cose per il resto della vita.

Notando la sua esitazione, Fletch disse: «Em farà del suo meglio per tenere occupata Annie per permetterci di parlare, ma so che mia figlia presto verrà a controllarci, e mi piacerebbe fare due chiacchiere con te senza essere interrotto.»

Annuì e lo seguì attraverso il soggiorno, lungo il corridoio e fino al suo studio. Conosceva quell'uomo da quasi tutta la vita. Lo aveva incontrato per la prima volta quando aveva sette anni; Cooper e Kiera erano andati in Texas a trovarlo e lo avevano portato con loro. Era stato allora che si era innamorato di Annie. Lui e Fletch avevano avuto molte conversazioni nel corso degli anni, inclusa quella in cui gli aveva chiesto il permesso di sposare sua figlia, ma non era stato così nervoso per quel discorso come lo era adesso.

Fletch gli piaceva. Lo rispettava. Ma *non* avrebbe assolutamente tradito la fiducia di Annie. Doveva essere lei a parlargli del cambio di sentimenti verso l'esercito e di ciò che avrebbe voluto fare in futuro. Non era compito di Frankie condividere i suoi pensieri più intimi. Avrebbe fatto qualsiasi cosa per lei, anche osato far incazzare suo padre non dicendo una dannata parola su ciò che la turbava. Però avrebbe fatto il possibile per spianarle un po' la strada.

Peccato non poter fingere che il suo impianto non funzionasse bene. Fletch conosceva la lingua dei segni proprio come Annie. Frankie era rimasto sbalordito la prima volta che gli aveva parlato con le mani. Sembrava che avesse compreso subito l'amore di sua figlia per lui, ponendo così tra le sue priorità la possibilità di poter comunicare.

Poteva dire con certezza che gli piaceva tutto di Fletch. Era protettivo, ma non in modo esagerato. Era incoraggiante, duro ma giusto, e il più grande protettore della sua famiglia. Sapeva anche essere il figlio di puttana più spaventoso del mondo quando qualcuno o qualcosa minacciava coloro che amava. Gli ricordava molto Cooper, il suo padrino.

Frankie si sistemò in una delle comode ed enormi poltrone nella stanza, mentre Fletch si accomodava in un'altra. Non si sedette dietro l'imponente scrivania nell'angolo. Non cercò di mettersi in una posizione di potere rispetto a lui.

«Vado subito al sodo» gli disse. «C'è qualcosa che tormenta Annie. E non parlo delle costole che ormai sono quasi guarite. Sembra... confusa. Sorride, ride e dice tutte le cose giuste, ma non è se stessa. È stressata all'idea di andare in vacanza? So quanto ami il suo lavoro e odi prendersi del tempo libero.»

«Non è per la vacanza» replicò con sincerità. «Voglio dire, so che non è eccitata quanto me di andare su una barca a vela, ma non vedeva l'ora di essere in ferie. La sua ultima missione è stata... difficile.» Era un eufemismo, ma Frankie non sapeva in che altro modo dirlo.

Lui ridacchiò, ma senza divertimento. «È stata un macello» disse scuotendo la testa.

Non era sorpreso che fosse a conoscenza di ciò che era successo. Sapeva sempre più dettagli di lui su dove fosse stata Annie e cos'avesse fatto. Benefici del suo lavoro precedente. Ma in quel momento, ciò che importava era l'impatto che la missione aveva avuto sul cuore e sulla mente di Annie, piuttosto che sul corpo.

Fletch si sporse in avanti e appoggiò i gomiti sulle ginocchia. «Come mai non vi siete ancora sposati? Siete fidanzati ufficialmente da più di due anni ormai.»

Frankie sbatté le palpebre. Non era ciò che aveva pensato gli avrebbe chiesto. Era convinto che avrebbe cercato di estorcergli i dettagli su cosa stesse preoccupando Annie, ma avrebbe dovuto immaginare che volesse parlare del matrimonio. Era stato eccitato e felice quando aveva fatto la proposta a sua figlia. Si era aspettato che ormai fossero già sposati. Cazzo, anche *lui* si era aspettato la stessa cosa.

«Non è pronta» gli rispose semplicemente.

Fletch socchiuse gli occhi. «Non lo dici solo per coprirti il culo, vero? Voglio dire, se hai un ripensamento, ammettilo e basta.»

Frankie si raddrizzò rivolgendogli uno sguardo duro. «Sposerei tua figlia domani se volesse farlo. Stare con Annie è tutto ciò che ho sempre desiderato. La amo da vent'anni. Un ripensamento?» Scosse la testa. «Nemmeno lontanamente.»

«Allora perché? Annie ti ama. Perché state aspettando?» gli chiese, aggrottando le sopracciglia confuso.

Sospirò. «Onestamente? Non ne sono completamente sicuro. Ma quando le ho chiesto di sposarmi ho promesso che non le avrei fatto pressioni. Quando sarà pronta, me lo dirà. Un anello e un pezzo di carta non faranno la differenza sul mio amore per lei. Non mi farà comportare in modo diverso nei suoi confronti.»

«Aiuterebbe la sua carriera» disse Fletch senza mezzi termini.

Frankie si irrigidì. Era un rischio parlare della carriera militare di Annie, ma non poteva ignorare quel commento. «L'esercito ora è diverso rispetto a quando c'eri tu. Senza offesa, ma gli ufficiali non hanno bisogno di essere sposati per essere promossi.»

«Ma aiuta» insistette. «Ascolta, non sto dicendo che sono d'accordo, anzi, è una stronzata. Sì, gli atteggiamenti sono cambiati. Guarda Annie. Vent'anni fa non avrebbe mai potuto essere un Berretto Verde. E una donna a capo di una squadra delle forze speciali? Impossibile. Ma ha dimostrato di potercela fare, di essere una risorsa e non un peso. Ciò non significa che non ci siano persone là fuori che credono che le donne dovrebbero rimanere sullo sfondo, che non dovrebbero avere posizioni elevate nell'esercito, ma solo sposarsi e fare figli. Sto solo dicendo che potrebbe aiutare la sua carriera se lo fosse. Voi due vi amate, quindi non capisco perché non vi siate già sposati.»

«Farei qualsiasi cosa per tua figlia. Letteralmente *qualsiasi cosa*. Lo sai. E se non è pronta per sposarsi, non la costringerò. Voglio essere un uomo su cui può contare, che la sosterrà e la amerà incondizionatamente. Non ho problemi a essere un marito casalingo, che lei salvi il mondo mentre io la incoraggio e resto in secondo piano. Quello che *non* mi sta bene è spingerla a entrare in quella dannata categoria in cui la società pensa dovrebbe essere. Non sposarla non me la fa amare di meno. Quando arriverà il momento giusto, faremo quel passo, ma se non arrivasse mai, va bene lo stesso. Io non vado da nessuna parte.»

Fletch lo fissò a lungo e Frankie non batté ciglio. Non era l'uomo più risoluto del mondo, non gli piacevano particolarmente i confronti, ma avrebbe tenuto testa a chiunque potesse mettere in dubbio Annie o le sue decisioni. Compreso suo padre.

Alla fine annuì con riluttanza e le sue spalle si abbassarono lievemente. «Sono solo preoccupato per lei.»

Frankie annuì. «Lo so.»

«È sempre stata il tipo di persona che se ne frega delle conseguenze. Ha fatto ciò che voleva, a prescindere da cosa ne pensavano gli altri. Ciò l'ha messa nei guai un paio di volte, ma soprattutto l'ha resa più forte. È una donna unica e sono davvero molto orgoglioso di lei.»

«Ha paura di deluderti» si lasciò sfuggire Frankie.

Lui si accigliò. «Come scusa?»

«Non hai idea di quanto ti ammiri. Hai avuto un'influenza straordinaria sulla sua vita e non vuole deluderti. In niente.»

Fletch sbuffò. «È impossibile. Non potrebbe mai farlo. Magari a volte prende decisioni che io non prenderei, ma ciò non significa che non siano giuste per *lei*. Anche se pensassi che stesse sbagliando, non ho dubbi che imparerebbe dall'eventuale errore, diventando alla fine una persona migliore, un soldato e un leader migliore. Ma riguarda il matrimonio?» chiese, sempre con uno sguardo confuso.

«No.»

I due uomini si fissarono a lungo. «Ok. Sembra che abbia bisogno di parlare con la mia bambina.»

«Sì, credo proprio di sì» concordò.

Fletch inclinò la testa mentre lo studiava. «Non so se te l'ho mai detto, ma sei un brav'uomo, Frankie. Quando Annie ci ha informati che un giorno ti avrebbe sposato, ero sicuro che avrebbe cambiato idea. Non riuscivo nemmeno a sopportare quel *pensiero* quando aveva sette anni. Ma nel corso del tempo, io ed Emily abbiamo visto quanto le sei devoto e ci siamo resi conto che eravate perfetti l'uno per l'altra. Apprezzo i sacrifici che hai fatto per sostenerla...»

«Non ho fatto alcun sacrificio» lo interruppe. «Nemmeno uno. Mi trasferirei in una nuova città ogni dannato anno della mia vita se ciò significasse stare con lei. Nessun lavoro è più importante di Annie. Niente lo è.»

«Vedi? È di questo che sto parlando. Tutto ciò che desidero per i miei figli è che trovino qualcuno che li ami tanto quanto io amo la mia Emily, e voi due avete un legame che non può essere spiegato. È come se foste stati destinati l'uno all'altra dal momento in cui siete stati concepiti. Non posso spiegarlo in nessun altro modo.»

Gli piaceva quel pensiero. No, lo *adorava*.

«Comunque, ti considero come un figlio, Frankie. Anche se tu e Annie non vi sposerete mai, farai sempre parte della mia famiglia. Spero che se mai avrai bisogno di qualcosa, non esiterai a venire da me. So che hai già tuo padre e anche Cooper... voglio solo che tu sappia che ti sosterrò proprio come loro.»

«Grazie» replicò Frankie sommessamente. Era

sempre stato un po' intimidito dal padre di Annie e dai suoi zii. Erano leggendari. Forti. Implacabili. Lui non era affatto come loro, tranne che in una cosa. La più importante.

Avrebbe fatto tutto il necessario per tenere Annie al sicuro.

La sua mancanza di udito non lo rendeva meno intelligente di chiunque altro. Non lo rendeva meno capace. Ma per molti lo rendeva debole o strano. In un certo senso meno uomo.

Annie era stata la prima persona nella sua vita, oltre a suo padre, a trattarlo come se fosse completo. La sua sordità non l'aveva scoraggiata o reso le cose imbarazzanti tra loro. Il suo entusiasmo e la sua completa accettazione erano tra le tante qualità che lo avevano fatto innamorare di lei così in fretta. Anche a sette anni Frankie sapeva riconoscere una bella cosa quando la vedeva, ed era stato abbastanza intelligente da capire di volerla tenere per sempre.

«C'è qualche possibilità che riesca a convincerti ad andare in cucina e cacciare via mia figlia così posso fare due chiacchiere con lei?» chiese Fletch.

«Certo. So che non serve dirlo, ma lo farò lo stesso. Cerca di andarci piano. Il discorso che tua figlia ti farà potrebbe essere il più importante di tutta la sua vita.»

Invece di non crederci, annuì. «È così brutto?»

«No, non lo è. È solo che ti vuole bene e ti ammira tantissimo; la distruggerebbe non avere il tuo sostegno.»

Fletch sospirò. «Preferirei tagliarmi un braccio piuttosto che ferire la mia bambina.»

«Non ha più dieci anni» lo avvertì Frankie.

«Lo so. Credimi, lo so. Sei sicuro di non potermi dare un indizio?» gli chiese speranzoso.

«Probabilmente ho già detto troppo» ribatté. «Per la cronaca, le ho detto che non aveva nulla di cui preoccuparsi e che non saresti rimasto deluso. Per favore, non farmi passare per bugiardo. Non vorrei dover trascorrere le vacanze a raccogliere i pezzi del suo cuore spezzato.»

Quando Fletch annuì, Frankie si alzò e si diresse alla porta. «Vado a prenderla.»

«Frank?»

Si voltò a guardarlo. «Sì?»

«Mi ha praticamente sempre avuto in pugno. Non la deluderò. E nemmeno te.»

Frankie sollevò il mento e Fletch ricambiò il gesto. Mentre andava in cucina, non poté fare a meno di ricordare quella volta in cui Cooper gli aveva insegnato a salutare in quel modo; aveva detto che era un saluto segreto tra uomini. Si era sentito così adulto e maturo, e negli ultimi vent'anni il gesto era diventato una seconda natura.

A volte lo sorprendeva ancora che fosse stato accettato così prontamente da Cooper e dai suoi amici SEAL. O che andasse così d'accordo con il padre di Annie e i suoi compagni della Delta. Era completamente diverso da loro, eppure lo avevano accolto nel gruppo senza battere ciglio. Frankie sapeva che in gran parte era grazie ad Annie, ma era comunque bello. Con loro non si sentiva troppo nerd o troppo strano come di solito succedeva in presenza di altre persone.

Mentre entrava in cucina e le si avvicinava, lei si voltò a guardarlo. «Ehi, tuo padre sperava di poter scambiare due parole con te» le disse.

Sul suo viso passò per un attimo un'espressione di panico, ma la nascose subito.

Non avrebbe potuto starle lontano nemmeno se ci avesse provato. Si avvicinò di più a lei, le tolse di mano il misurino e il flacone di estratto di vaniglia e la portò fuori dalla stanza. «Torno subito, Emily. Poi posso aiutarti con i biscotti.»

«Non c'è fretta!» rispose lei con un sorriso. «Prenditi il tuo tempo.»

Frankie trascinò Annie nel corridoio che portava allo studio del padre, si fermò e le prese il viso tra le mani. «Respira, amore» le ordinò.

Lei lo afferrò per i polsi. «Cosa gli hai detto?» chiese nervosa.

«Niente.»

Aggrottò la fronte. «Perché?»

Frankie sbatté le palpebre. «Perché non avrei mai tradito la tua fiducia.»

«Sarebbe stato più facile se l'avessi fatto» sospirò.

Si acciglió. Merda. Avrebbe dovuto informarlo dopotutto?

No. Si fidava del padre di Annie, anche se *lei* in quel

momento non lo faceva. Era comprensibilmente nervosa, ma non aveva dubbi che Fletch avrebbe fatto la cosa giusta. L'avrebbe sostenuta incondizionatamente.

Si sporse in avanti e la baciò sulla fronte. Poi la attirò a sé e la tenne stretta. Era solo pochi centimetri più alto e lei si adattava perfettamente. Dopo averla abbracciata con dolcezza, consapevole che anche se le sue costole erano quasi del tutto guarite, le facevano ancora male se si muoveva in modo troppo brusco, la scostò da lui e le mise le mani sulle spalle. «È tuo padre» le ricordò. «Ti ama. Andrà tutto bene. Digli solo quello che hai detto a me. Capirà.»

«Lo spero» disse con voce ansiosa.

«Lo farà» replicò Frankie con sicurezza. «Ora... devo limitare tanti danni in cucina?»

Lei alzò gli occhi al cielo e gli diede una pacca sulla spalla, come si aspettava facesse. «Ho fatto esattamente ciò che mi ha detto mia madre. Non avrei mai corso il rischio di rovinare i suoi preziosi biscotti.»

«Intelligente.» La sua Annie riusciva a prendere a calci in culo i soldati, ma non sapeva proprio cucinare. Gli andava bene; poteva farlo lui. Era solo un altro aspetto in cui si completavano perfettamente a vicenda.

Si allontanò e le parlò usando la lingua dei segni. *È una buona cosa che tuo padre ci abbia messo nella dependance. Non sono sicuro che approverebbe le cose che voglio fare a sua figlia sotto il suo tetto.*

Annie ridacchiò come aveva sperato e gli rispose:

*penso che dovrebbe essere più preoccupato per le cose che* io *voglio fare a* te.

Frankie scosse la testa. Accidenti, amava quella donna. *Vai. Parla con lui. Poi vi sentirete entrambi meglio. Se non sono in cucina quando hai finito, mi trovi nella nostra camera. Ti amo.*

*Ti amo anch'io.* Gli si avvicinò, lo baciò con passione e si voltò per andare nello studio di suo padre, con le spalle dritte e la testa alta.

Frankie avrebbe voluto dirle che non serviva innalzasse le sue barriere per parlargli, ma pensava che se ne sarebbe resa conto abbastanza presto. Anche se era preoccupato di come sarebbe andata la conversazione, non aveva dubbi che Fletch avrebbe gestito i problemi della figlia nel modo giusto. L'amava e voleva il meglio per lei. Era impossibile che Annie potesse deluderlo. Del tutto impossibile.

# CAPITOLO SEI

ANNIE RICACCIÒ nel profondo le sue emozioni. Era quello che faceva quando andava in battaglia e anche se non era proprio la stessa cosa, non poteva fare a meno di volersi proteggere. Da un lato, non pensava che suo padre si sarebbe arrabbiato perché forse voleva lasciare l'esercito, dall'altro, una piccola parte di lei non ne era sicura al cento per cento.

Cormac Fletcher era un militare di carriera dalla testa ai piedi. Viveva e respirava l'esercito ed era rispettato e riverito nei circoli della Delta Force. Tutti i suoi compagni lo erano. Si erano guadagnati la loro reputazione.

Ma per Annie lui era papà Fletch. Era l'uomo che aveva salvato la vita a lei e a sua madre, colui che le aveva detto che poteva essere chiunque volesse e fare tutto ciò che desiderava. L'aveva incoraggiata e spronata a essere il miglior soldato e ufficiale possibile.

L'ultima cosa che voleva era deluderlo. Fargli pensare che non apprezzasse tutto ciò che aveva fatto per lei. Se non fosse stato per il suo incoraggiamento, non sarebbe mai arrivata dov'era. E ora stava per dirgli che c'era la possibilità che volesse uscire dall'esercito. Che non era più sicura che fosse ciò che desiderava.

Dio. Non poteva farlo.

La porta dello studio si aprì proprio mentre Annie stava per tornare indietro. Suo padre sembrava sempre avere un sesto senso nel sapere dove fosse. L'unica volta che aveva cercato di sgattaiolare fuori casa quando era al liceo l'aveva beccata, anche se era sicura di non aver fatto il minimo rumore. Era quasi inquietante, ma quello era suo padre.

«Ciao» disse con voce stridula.

«Ehi, folletto. Non ho sentito nessuna esplosione, quindi non devi aver fatto saltare in aria la cucina» scherzò Fletch.

«Uff, papà» sbuffò, alzando gli occhi al cielo.

Le prese la mano e la tirò delicatamente dentro lo studio, poi chiuse la porta. La condusse al divano di pelle e una volta seduta, si accomodò proprio accanto a lei. Le teneva ancora la mano e ciò la confortò; sembrava sempre riuscirci, la sua sola presenza faceva sparire i suoi problemi.

«È bello vederti. È passato troppo tempo dall'ultima volta che sei tornata a casa.»

«Lo so. Le cose sono state pazzesche al lavoro. Una missione dopo l'altra.»

«Sono contento che tu sia riuscita ad ottenere un periodo di licenza.»

«Anch'io. Ma è stato abbastanza semplice dato che la squadra è a corto di uomini in questo momento. Ci vorrà del tempo prima che l'esercito inserisca nuovi ragazzi e li istruisca. Quando tornerò sarò occupata ad addestrarli e a insegnare loro come opera la nostra squadra, ma per adesso voglio godermi questi momenti di inattività.»

«Tex mi ha mandato il video del tuo salto sull'elicottero. Piuttosto impressionante, folletto.»

Annie fece una smorfia. Avere qualcuno con i giusti agganci era utile, ma a volte era anche una rottura di palle. La maggior parte dei soldati ora portava addosso una telecamera per proteggersi dalle accuse di violenza, nonché per proteggere i civili dal rischio che i militari che entravano nel loro Paese usassero una forza eccessiva. Non ci aveva pensato, ma non era sorpresa che gli uomini nell'elicottero avessero catturato in video il suo rischiosissimo salto, o che Tex in qualche modo si fosse impadronito del filmato e lo avesse condiviso con suo padre.

«Come vanno le costole?» le chiese, quando lei non replicò.

«Stanno bene.»

«Ti va di parlarne? Quella situazione è stata piuttosto intensa.»

«Non proprio. Non sarebbe mai dovuta succedere. Abbiamo subito un'imboscata e, per grazia di Dio, ne siamo usciti tutti vivi» ribatté Annie in modo conciso, riassumendo in poche parole le ore orribili in cui lei e la sua squadra erano stati bloccati dal fuoco nemico. Non voleva parlare di aver pensato che non avrebbe mai più rivisto Frankie o la sua famiglia. «Posso chiederti una cosa, papà?»

«Puoi chiedermi qualsiasi cosa» confermò Fletch.

Annie resistette all'impulso di alzare di nuovo gli occhi al cielo. Sapeva di poter *chiedere* qualsiasi cosa, ma era difficile sapere se avrebbe risposto o meno. Nel corso degli anni, aveva provato a ottenere dettagli sulle sue missioni, ma lui era rimasto fedele al giuramento fatto all'esercito e al suo team Delta, tenendo nascosto a tutti, inclusa la sua famiglia, ciò che avevano fatto. «Come sei riuscito a rimanere qui in Texas così a lungo? Voglio dire, l'esercito è noto per non lasciare i suoi soldati nella stessa base per più di due o tre anni. Tu e la tua squadra siete stati qui praticamente da sempre, fino al congedo.»

Annuì. «Sì, siamo stati fortunati. Abbiamo fatto un accordo con l'esercito.»

«Un accordo?»

«Sì. Abbiamo detto che saremmo rimasti in servizio per venticinque anni se avessimo potuto mantenere Fort Hood come base.»

«Sul serio? Tutto qua?»

Suo padre sembrò a disagio per un momento. «Be', non esattamente.»

«Fammi indovinare, Tex ci ha messo lo zampino» disse Annie con una risata.

Fletch sorrise. «Sì, è così. Ma, a essere onesti, c'era carenza di squadre in quel momento. L'esercito voleva disperatamente impedire ai Delta di andarsene. Siamo stati fortunati e lo sappiamo.»

Lei annuì e si guardò le dita intrecciate in grembo.

«Tu sei stata trasferita parecchie volte. Cosa ne pensa Frankie?»

«Lo conosci. Non si lamenta mai. Ma mi sarei un po' stufata» ammise. Pensò *ora o mai più*, e proseguì. «Quando mi sono arruolata, pensavo che sarei stata un ufficiale di carriera, come te. Credevo che avrei legato con il mio team come tu hai fatto con il tuo, che saremmo stati un'unità compatta e coesa. Ma nella mia squadra sono passati così tanti uomini, che non riesco nemmeno a ricordare tutti i loro nomi. Tutti piuttosto giovani, e ho scoperto di non avere molto in comune con loro. Mi sono trovata bene, ma il mio grado di ufficiale ci ha impedito di avvicinarci... di fraternizzare e tutto il resto.»

«Il legame che ho con Ghost, Hollywood e gli altri è speciale. Unico» concordò Fletch.

«Lo so. Ma speravo comunque di crearlo anch'io. Invece, tra una missione e l'altra, io e Frankie rimaniamo a casa sempre da soli. Non fraintendermi, adoro stare con lui e non c'è nessuno con cui preferirei passare il tempo, ma credo di aver immaginato che sarei andata al bar o avrei frequentato le case dei miei compagni di squadra... come avete fatto voi mentre crescevo.»

Fece una pausa.

Fletch le coprì le mani con una delle sue. «Cos'altro?»

Annie lo guardò. «Cos'altro *cosa*?»

«Cos'altro ti passa per la mente? È ovvio che c'è qualcosa che ti opprime. Tira fuori tutto. Sei sempre riuscita a parlarmi di qualunque cosa, non è cambiato nulla. Ti copro le spalle, folletto.»

Era vero. Lo sapeva, ma non era ancora arrivata alla parte difficile. «Voglio sposare Frankie. È tutto ciò che ho sempre desiderato, ma sembra sempre che salti fuori qualcosa. So che la mamma vuole un matrimonio in grande, come il vostro, ma proprio quando penso di essere pronta a parlarne con lei, vengo inviata in missione.»

«Forse stai rimandando perché non sei sicura che sia ciò che vuoi veramente» le suggerì.

«No!» esclamò con foga. «Amo Frankie, papà. È la cosa migliore che mi sia mai capitata... ma non posso fare a meno di pensare che lui meriti di *meglio*. È così intelligente, e potrebbe usare la sua laurea in ingegneria in un'azienda importante, invece mi segue in giro per il Paese, accontentandosi di essere un consulente per il Dipartimento Affari dei Veterani e facendo un terzo di quello che potrebbe. Gli sto tarpando le ali, e non posso fare a meno di temere che un giorno tornerò a casa da una missione e lui mi dirà che vuole chiudere con me.

Che non può più sopportare lo stile di vita dell'esercito.»

«Quel ragazzo ti ama da quando lo ami tu» la rimproverò Fletch con dolcezza. «Quando ti guarda vedo nei suoi occhi la stessa emozione che provo io quando guardo tua madre. Non se ne andrà mai e sono sicuro che non gli importi di ciò che fa per vivere, purché possa stare con te. Il college è stato un periodo molto difficile da superare per voi, visto che eravate lontani. Sono orgoglioso di entrambi. Non molte relazioni riescono a resistere alla prova del tempo.»

«Grazie, papà.»

«Ho la sensazione che non sia quello che ti turba.»

Ecco, era arrivato il momento. «Infatti» ammise. Fece un respiro profondo e guardò suo padre. «Sto pensando di lasciare l'esercito.»

Il viso di Fletch non mostrò alcuna emozione. «Come mai?»

Annie sospirò. «Per tanti motivi. Di sicuro per le cose di cui ti ho già parlato. Ma ho avuto una sorta di illuminazione sul fianco di quella montagna, papà. Rimpianto. Rabbia verso l'esercito per avermi tenuta così tanto lontana da Frankie. Ho iniziato a chiedermi se tutti i miei sacrifici fossero valsi la pena. E *odio* essermi sentita in quel modo. Mi sento ancora così. Ho sempre desiderato far parte dell'esercito. Delle forze speciali. Non sopporto il pensiero di deludere tutti. Di deludere *te*.»

«Oh, folletto. Non mi hai mai deluso in tutta la tua

vita. Nemmeno una volta. Non mi importa se smetti e decidi di diventare un artista di strada, guadagnandoti da vivere con l'elemosina. Sono orgoglioso di te, qualunque cosa tu faccia.»

Annie non poté impedire alle lacrime di cadere. «Ho visto l'espressione sul tuo viso ogni volta che sono stata promossa. Quando ho superato l'addestramento dei Berretti Verdi e mi sono unita alle squadre. E quando sono stata messa a capo della mia unità. Non puoi negarlo.»

«Non posso e non lo farò. *Sono* orgoglioso di tutto ciò che hai realizzato. Sei una donna straordinaria, un soldato straordinario, ma ciò non significa che non sarò fiero di te se smetterai per fare qualcos'altro. Parte dell'essere genitori è sostenere i propri figli, qualunque cosa facciano nella vita. Potrei non sempre capire o essere d'accordo con le tue decisioni, ma non spetta a me prenderle.»

«Quindi non sei d'accordo sul fatto che voglia smettere?» gli chiese Annie, con lo stomaco stretto per l'angoscia.

«Non ho detto questo. Guardami, folletto.»

Fece come richiesto e incontrò il suo sguardo.

«Tu non sei me e io non sono te. Devi crearti la tua strada nel mondo. So che se lasci l'esercito ci perdono *loro*. Sei un ufficiale straordinario. Non ci sono molti soldati che si preoccupano della loro squadra come fai tu. Hai dedicato tutto il tuo tempo e la tua energia negli ultimi sei anni per essere il miglior Berretto Verde possibile, ma non vorrei *mai* che continuassi a fare qualcosa in cui il tuo cuore non è coinvolto. Questo è un modo sicuro per essere ferito o ucciso, specialmente nella tua professione. Hai ventisette anni, folletto, non sette – per quanto odi ammetterlo, perché questo mi rende ancora più vecchio – e io e tua madre ti abbiamo cresciuta per far sì che fossi intelligente e indipendente. Che fossi in grado di prendere le tue decisioni. Se vuoi sapere la verità, una parte di me è entusiasta che tu stia pensando di andartene.»

Annie lo guardò a bocca aperta. «Sul serio?»

«Certo. Dimentichi che so perfettamente cosa fai. Ho una prospettiva che la maggior parte delle persone non ha. Ho visto quel video che mi ha mandato Tex, e anche se non so come siano state le ore che hanno preceduto il salto sull'elicottero, posso immaginare l'inferno che hai passato. Come padre, sono sollevato che in futuro non dovrai più trovarti in quella posizione. Non mi piace che la gente spari alla mia bambina. Che cerchi di uccidere il mio folletto.»

Era così sollevata che chiuse gli occhi.

«Ma... devi essere sicura della tua decisione.»

Li riaprì e guardò suo padre.

«Una volta che decidi di uscire, è finita. Non c'è ritorno. Ci sono molti vantaggi nell'essere nell'esercito. L'assicurazione sanitaria e quella sulla vita, l'alloggio, un'occupazione sicura, la pensione... per citarne alcuni. Il rimpianto è una cosa difficile da affrontare. L'ultima cosa che voglio è che tu decida di voler uscire solo per pentirtene in seguito. Non puoi tornare indietro una volta che te ne sei andata, Annie. Quindi, devi esserne sicura al cento per cento.»

Sapeva che aveva ragione, ma era comunque difficile da accettare. «Hai mai avuto ripensamenti?»

«Sì.»

Non poté fare a meno di essere sorpresa. Fletch era uno di quegli uomini nati per essere un soldato. Lo viveva e lo respirava.

«Non è una vita facile» le disse. «Lo sai bene quanto me. Ma mi piaceva essere un Delta. Al di fuori dell'esercito, non c'era un lavoro che mi avrebbe soddisfatto allo stesso modo. Mi piaceva tutto? No, certo che no. Ma ero disposto a sopportare le cose spiacevoli per continuare a fare ciò che amavo. Quello che ero nato per fare.» Sospirò. «Sei stata attratta dalla vita militare fin da quando ti ho conosciuta; dai percorsi a ostacoli che hai corso, ai soldatini di plastica che hai lasciato cadere dal cesto dei fiori al matrimonio mio e di tua madre. Per te strisciare per terra era sempre più allettante che indossare bei vestiti. Ti sei fatta il culo per arrivare dove sei, quindi voglio solo che tu prenda in considerazione tutte le angolazioni e che ne sia sicura, folletto.»

Annie annuì, sentendosi un po' male dentro. Le stava dando dei buoni consigli, ma le sembrava comunque che lo stesse deludendo anche solo per aver pensato di lasciare l'esercito... era una sensazione sgradevole. Sapeva che era a causa della confusione e dell'incertezza che provava più che per le sue parole, ed era qualcosa che suo padre non poteva sistemare.

«Vieni qui» le ordinò con dolcezza, allungando un braccio.

Si rannicchiò contro di lui, senza preoccuparsi di non avere più sette anni. Lo amava e rispettava con tutta se stessa. Era stato lui a *insegnarle* cos'era l'amore e come un uomo avrebbe dovuto trattare una donna. Aveva creato delle aspettative estremamente alte, ma Frankie le aveva più che soddisfatte.

«Cosa pensi di voler fare... se lascerai, intendo» le chiese, mentre le accarezzava i capelli tenendola stretta.

«Pensavo medicina.»

Sbuffò divertito. «Solo tu potevi preoccuparti che sarei rimasto deluso perché lasciavi l'esercito per diventare un medico.»

Annie sollevò la testa. «Tranne per il fatto che tu ami l'esercito.»

«Anche tu, ma ciò non significa che devi farne la tua carriera solo perché l'ho fatto io. A quale specializzazione stai pensando?»

«Traumatologia. È molto appagante essere in grado di aiutare qualcuno che ha subito un infortunio grave, o che è addirittura a un passo dalla morte e riuscire a salvarlo. Farlo tornare di nuovo tutto intero. So più di chiunque altro che non sempre finisce bene, ma mi piace la sfida. Inoltre, mi vedresti come pediatra? O podologa?»

Suo padre ridacchiò. «No. Se seguirai questa strada,

sarai una risorsa per qualsiasi pronto soccorso in cui finirai» disse senza ombra di dubbio.

Annie lo guardò. «Sei sicuro che Frankie non ti abbia informato di ciò di cui ti volevo parlare?»

«Assolutamente. *Avrei voluto.* Gli ho dato ogni opportunità di spifferare tutto, ma quell'uomo ti è completamente fedele, folletto.»

Il suo cuore sembrò diventare più grande. Lui *le era* completamente fedele. Lo sapeva. Frankie non avrebbe mai distrutto la sua fiducia, né l'avrebbe tradita. Nel modo più assoluto.

«La scuola di medicina non sarà facile» mormorò.

«E diventare un Berretto Verde lo è stato?» le chiese Fletch alzando un sopracciglio.

Fu il suo turno di ridere. «No, ma dovrò affrontare lunghe nottate e studiare tantissimo. Non so se sia giusto per Frankie. È stato al mio fianco con tutta la faccenda dell'esercito e odio fargli questo.»

«Questo cosa? Per come la vedo io, sarà elettrizzato. Sarai a casa molto più di adesso e inoltre è un lavoro molto più sicuro. Se questa cosa ti preoccupa, perché non gli chiedi dove vorrebbe lavorare lui? Chiedigli se potesse essere assunto ovunque, scegliere qualsiasi lavoro possibile, quale vorrebbe fosse e dove. Poi trova una scuola di medicina vicino al luogo dei suoi sogni.»

Annie annuì e si asciugò le lacrime dalle guance. «È una fantastica idea.»

«Lo so» replicò compiaciuto. «E tanto per dire, ci sono alcuni ottimi impieghi di ingegneria qui in Texas, così come ospedali dei veterani. E l'Università del Texas, la A&M, la Baylor, la Texas Tech... sono tutte qui e hanno ottime facoltà di medicina.»

Scosse la testa. «Pensavo mi avessi detto di chiedere a Frankie dove vorrebbe lavorare.»

«Sì, ma non significa che non puoi dargli una spintarella. Mi piacerebbe averti più vicina, folletto. Sei mancata a me e tua madre. Anche ai tuoi fratelli.»

«Quindi pensi che dovrei farlo? Lasciare l'esercito e fare medicina?»

«Non posso prendere questa decisione per te, Annie.»

«Maledizione» mormorò.

Fletch ridacchiò. «Non posso negare che averti più vicina sarebbe meraviglioso, ma anche che tu abbia seguito le mie orme è un sogno diventato realtà per me. Devi decidere in base a ciò che desideri tu, folletto. Non io. O tua madre. O chiunque altro... tranne forse Frankie.»

Odiava quella cosa. Aveva sperato che parlare con lui l'avrebbe aiutata a prendere quella decisione, che le avrebbe detto che era pazza per aver pensato di lasciare l'esercito o, al contrario, che avrebbe sostenuto senza mezzi termini che uscire era la decisione giusta. Invece, aveva citato buoni motivi sia per restare sia per lasciare. E anche se le aveva detto che doveva decidere da sola, restava il fatto che se avesse mollato... sarebbe stato come voltare le spalle alla professione che suo padre amava fin nel midollo.

«Anche voi mi siete mancati» disse dopo una lunga pausa. «Papà?»

«Sì?»

«Grazie per essere uno straordinario modello di comportamento. Quando tu e mamma vi siete sposati, non hai minimamente esitato a vestire i panni di padre, e non avrei potuto chiedere un uomo migliore che mi mostrasse cosa significava essere amati.»

«Sei molto amata» replicò con voce incrinata. «Sono così dannatamente orgoglioso di te, Ann Elizabeth Grant Fletcher.»

Lei rise. «Le uniche persone che mi chiamano Ann, per non parlare del mio secondo nome, è la mamma quando è arrabbiata con me e quelli al lavoro.»

«Già, per me sarai sempre Annie. Ma sul serio, eri una bambina così intelligente e curiosa, che ero sicuro che con quella tua mente brillante avresti potuto fare nobili cose o essere la migliore criminale del mondo.»

Annie rise di nuovo.

«E non hai lasciato che quegli idioti dei miei amici ti viziassero *troppo*» continuò. «Giuro che ogni volta che mi voltavo qualcuno ti stava costruendo un carro armato, o ti portava alla base per correre sul percorso a ostacoli, o ti comprava un giocattolo o un'uniforme militari.»

Sorrise ricordando quanto fosse stata meravigliosa la sua infanzia. «Ci saranno tutti i ragazzi domani?»

«Se per "tutti i ragazzi" intendi Ghost, Coach, Hollywood, Beatle, Blade, Truck, Trigger, Lefty, Brain, Oz, Lucky, Doc e Grover... sì.»

«Tutti quanti? E anche le loro mogli?»

«Sì. E molti bambini, da quello che ho sentito. Sai che nessuno può resistere a una festa.»

«Dio, non vedo i miei cugini da così tanto tempo» disse Annie malinconicamente. I figli degli amici di suo padre non erano davvero dei cugini, ma poiché erano tutti molto legati, avrebbero potuto benissimo esserlo.

«Be', domani li vedrai. Stanno crescendo così in fretta. I gemelli di Gillian e Trigger hanno già cinque anni.»

«Santo cielo, non era solo l'anno scorso quando li hanno avuti?»

Suo padre rise. «Sembra. E la bambina di Casey e Beatle ha nove anni.»

«Per favore, dimmi che le piacciono gli insetti come a sua madre.»

«Oh sì, con grande costernazione di Beatle» rispose Fletch.

Il sorriso di Annie svanì. «Grazie per non essere andato fuori di testa. So di averti colto di sorpresa.»

«È la tua vita, folletto, non la mia. Però odio che tu abbia avuto anche solo un attimo di preoccupazione per la mia reazione.»

«È che ti ammiro così tanto, e deluderti è l'ultima cosa che voglio.»

«Ho guardato i video delle tue missioni per anni» le disse, sorprendendola. «E gli ultimi mi hanno spaventato a morte. Hai rischiato grosso più di una volta e in qualche modo sei sempre riuscita a far uscire vivi te e la tua squadra. Sei bravissima in ciò che fai. Nonostante le cose sprezzanti che alcune persone possono dire sulle donne nei Berretti Verdi, hai dimostrato che si sbagliano. Sei la migliore nel tuo campo. Punto.»

«Papà...» sussurrò Annie, avendo ancora di più la sensazione che la stesse esortando a tenere duro.

«Non devi vergognarti per aver pensato di andartene. Hai servito il tuo Paese con grazia e dignità e ti sei più che guadagnata i riconoscimenti che conservi in quella scatola da scarpe sotto il tuo letto. Qualunque decisione tu prenda, falla a testa alta, folletto. Sei un ufficiale eccezionale, un Berretto Verde straordinario e un grandissimo soldato. Lo sarai per sempre, non importa se uscirai ora o tra quindici anni.»

Chiuse gli occhi, non sentendosi più vicina a una decisione rispetto a quando era entrata nello studio di suo padre, e sospirò mentre lui la stringeva un po' più forte, baciandola sopra la testa. «Volevo che mi dicessi che ero pazza anche solo per aver pensato di lasciare, o di smettere e non guardarmi mai indietro.»

Fletch sbuffò. «Non posso prendere questa decisione al posto tuo.»

«Vorrei che lo facessi.»

«Saprai scegliere la cosa giusta per *te*» la rassicurò senza la minima apprensione nel tono.

«Sono spaventata, papà» ammise. «Ho voluto fare il soldato per tutta la vita. Non sono nemmeno sicura di saper fare qualcos'altro. E se smettessi e fallissi alla facoltà di medicina?»

«Com'era quella cosa che ti diceva tua madre sull'essere coraggiosi?» le chiese.

«Essere spaventati vuol dire che stai per fare qualcosa di veramente coraggioso» recitò Annie.

«Sì, proprio quello. Non c'è da meravigliarsi se sei preoccupata per ciò che potrebbe riservarti il futuro. Hai fatto ciò che l'esercito ti ha detto di fare, sei andata dove ti hanno detto di andare, e tutto ciò su cui ti sei concentrata è stato di rimanere in vita abbastanza a lungo da partire per la missione successiva. Hai tutta la vita davanti. Tu e Frankie. Pensare bene a ciò che desideri e prendere una decisione sul tuo futuro è dannatamente coraggioso.»

Non ne era sicura. Non si sentiva coraggiosa. Si sentiva confusa e quasi morta dentro. Ma non lasciò trapelare nulla di tutto ciò quando gli disse: «Ti voglio bene, papà.»

«Ti voglio bene anch'io. Ora... hai voglia di un biscotto?»

Annie rise. «Hai intenzione di affrontare l'ira di mamma rubandone uno?»

«Sì. Ma possiamo essere una squadra. Tu e Frankie la distraete e io metterò a segno il colpo.»

Dio, amava suo padre. Era un pagliaccio. «Buona idea» concordò.

Fletch si alzò e la tirò su con sé. Le mise una mano sulla guancia. «Stai bene, folletto?»

«Sì» confermò. Bene per come poteva in quel momento. Non sapeva quale sarebbe stata la sua decisione riguardo all'esercito, ma si sentiva meglio sapendo che suo padre l'avrebbe supportata a prescindere.

Prima che uscissero dallo studio, Annie gli chiese: «Pensi che la mamma sia pronta ad aiutarmi a organizzare un matrimonio?»

Lui sorrise. «Tu di' una parola e tirerà fuori l'enorme raccoglitore in cui per anni ha infilato volantini e altre cavolate del genere.»

Annie ridacchiò. «Credi che potremmo fare il ricevimento qui?»

Si fermò e la fissò. «Sul serio?»

«Be', sì. Ho tanti bellissimi ricordi qui. Il cortile è enorme e adatto a farci stare tutti, e so che hai il miglior sistema di sorveglianza, quindi non ci sarà un'altra rapina a sorpresa come quella che è avvenuta al *vostro* ricevimento.»

Fletch fece una smorfia. «Non supererò mai quella cosa» borbottò.

«E posso per favore anche richiedere che nessuno usi un lanciarazzi e bruci la casa?» chiese Annie con un sorriso.

«Ehi, *quella* non è stata colpa mia» protestò.

Prese sottobraccio il padre mentre si avviavano verso la porta. «Lo so. E devo ammettere che mi piaceva di più la stanza che avevo qui rispetto all'altra. Era più grande.»

«Perché adoravi quell'enorme cabina armadio che avevo aggiunto per te.»

Era vero, ma non l'avrebbe mai ammesso. «Dimmi che quel carro armato è ancora qui da qualche parte. Scommetto che piacerebbe a tutti giocarci domani.»

«Certo che c'è. Pensavi davvero che avrei gettato via quell'affare? Forse posso convincere i ragazzi ad aiutarmi a mettere un radiocomando e possiamo portare i tuoi anelli lungo la navata con quello.»

Alzò gli occhi al cielo. «No, papà. Lascia l'organizzazione del matrimonio alla mamma.»

«Guastafeste» si lamentò Fletch.

Entrarono nel soggiorno e andarono dritti in cucina. Annie vide lo sguardo di sua madre incontrare quello di suo marito, come per assicurarsi che andasse tutto bene. Non le dispiaceva che avesse cercato prima lui, perché gli occhi di Annie erano incollati a Frankie. Aveva indosso un grembiule e nel momento in cui la vide, posò il cucchiaio che stava usando per versare l'impasto su una teglia per biscotti e le si avvicinò.

*Tutto ok?* le segnò.

*Sì*, segnò a sua volta. Poi fu tra le sue braccia. Ogni volta che la stringeva si sentiva come se fosse tornata a casa. Con lui era sempre stato così. Non importava da quanto tempo non si vedessero; un mese, una settimana, un anno, si sentiva sempre meglio quando le sue braccia si chiudevano intorno a lei. Poteva essere un soldato implacabile, ma ciò che la faceva andare avanti era sapere che Frankie l'amava.

## CAPITOLO SETTE

«Annie!»

Sembrava fosse la milionesima volta che sentiva chiamare il suo nome, ma si voltò comunque con un sorriso. Era stato Truck a chiamarla. Amava tutto quel trambusto. Amava essere circondata da gente che adorava e con cui era cresciuta.

Sorrise radiosa mentre una delle sue persone preferite al mondo la prendeva tra le braccia e la faceva girare in cerchio. Annie alzò lo sguardo quando lui la rimise giù. Truck era enorme. Era alto due metri e torreggiava sulla maggior parte della gente, compresa lei. Inoltre, era molto muscoloso. Anche se non era più in servizio attivo, ovviamente non aveva smesso di allenarsi.

Portò una mano sulla sua guancia, coprendo la cicatrice nodosa. «Ehi, Truck» lo salutò contenta.

«È passato troppo tempo dall'ultima volta che sei tornata a casa» si lamentò lui.

Gli sorrise. Era sempre stato un po' più scontroso degli altri amici di suo padre, ma lo amava lo stesso. «Non ne è passato molto» ribatté.

«Fin troppo. Il tuo uomo è qui?»

«Certo. L'ultima volta che l'ho visto stava insegnando ad alcuni bambini a dire cose indecenti con la lingua dei segni.»

Truck rise. «Sembra proprio qualcosa da Frankie.»

«Come stanno Ford ed Elizabeth? Non li ho ancora visti.»

«Non sono qui. Ford è al college a frequentare i corsi estivi ed Elizabeth è a un appuntamento.»

Non poté fare a meno di ridere dell'espressione disgustata sul suo viso. «Cos'ha, sedici o diciassette anni?»

«Diciassette.»

«Che è l'età giusta per frequentare qualcuno, Truck» lo ammonì.

«No. Speravo che non fosse interessata a quel genere di cose fino a quando non avesse avuto venticinque, ventisei anni.»

Annie alzò gli occhi al cielo. «Sai che è ridicolo.»

«No. Ma va bene così. Mi sono assicurato che il suo accompagnatore sapesse che se avesse fatto qualcosa di inopportuno, avrebbe risposto a me» disse con un sorrisetto compiaciuto.

«Cos'hai fatto?» gli chiese divertita.

«Ha deciso di pulire le sue pistole quando il giovane

è arrivato a prendere Elizabeth» rispose una donna alta quasi quanto lei mentre si avvicinava.

«Mary!» esclamò Annie deliziata, abbracciando la moglie di Truck.

«Come stai?» le chiese lei.

«Bene. Hai proprio un bell'aspetto. Adoro i capelli verdi.»

«Grazie. Ho deciso di provare qualcosa di nuovo.»

«Ti stanno bene.»

Ed era vero. Mary era unica nel suo genere. Era diretta e senza peli sulla lingua, e Annie l'adorava ancora di più per quello. Quando aveva bisogno di sentire la verità poteva sempre contare sulla moglie di Truck.

«Ho sentito che stai pensando di uscire dall'esercito» le disse.

Annie arricciò il naso. La velocità con cui gli amici di suo padre spargevano notizie non mancava mai di stupirla. Ma in quel caso, aveva effettivamente funzionato a suo favore. Non aveva dovuto fare grandi annunci sui suoi piani futuri. Avrebbe potuto arrabbiarsi con Fletch per aver diffuso l'informazione così velocemente, ma le aveva fatto un favore, ed era stato sicuramente consapevole che ciò le avrebbe evitato di dover ripetere in continuazione lo stesso difficile discorso.

«Sì» rispose semplicemente.

«Buon per te» disse Mary. «Sono stata la prima a pensare che entrare nei ranghi dei Berretti Verdi fosse una cosa fantastica, ma se non ti rende più felice, fanculo. La vita è troppo breve per continuare a fare un lavoro che non ti appassiona… a maggior ragione se quel lavoro può letteralmente ucciderti.»

Annie sorrise. «Grazie.» Era ovvio che Mary fosse favorevole al suo eventuale congedo e si comportava come se la decisione fosse già stata presa. Lei non aveva mai avuto paura di condividere la sua opinione, ed era uno dei milioni di motivi per cui l'adorava.

«Scommetto che Frankie è elettrizzato» disse Truck, mentre circondava la moglie con il braccio e la attirava a sé.

«Non abbiamo parlato nello specifico di cosa succederà se *dovessi* prendere quella decisione» ammise. «Ma non credo che protesterà se dovessi decidere di lasciare perché così non rischierei più di beccarmi una pallottola.»

«Possiamo evitare di parlare di te che ti becchi una pallottola?» brontolò Truck.

Le due donne risero.

«Dai ragazza, parliamo della crociera che avete in programma. Sembra meravigliosa» disse Mary. Si alzò in punta di piedi per baciare il marito, poi la prese sottobraccio e la trascinò via.

Annie salutò Truck, che le rivolse uno di quei virili cenni del mento che gli amici di suo padre erano soliti fare, e permise a Mary di condurla all'esterno verso un gruppo di donne. Quando sua madre aveva detto di aver invitato tutti, non aveva mentito.

Il cortile era pieno di gente. C'erano un sacco di adolescenti; gli amici di Doug che si erano appena diplomati, così come i cugini di Annie. Suo padre era responsabile delle quattro griglie fumanti e stava preparando senza sosta hamburger e hot dog per tutte le bocche affamate della festa.

Non solo erano presenti tutti gli ex compagni di squadra e le loro famiglie, ma anche l'altro team Delta che lui aveva conosciuto nel corso degli anni. Annie aveva visto il figlio sedicenne di Chase e Sadie flirtare con Bria, la nipote di Oz e Riley. Suo fratello John stava chiacchierando in un angolo tranquillo con Dominic, il figlio di Kinley e Lefty, e Chance, quello di Aspen e Brain; chissà di cosa stavano parlando, probabilmente complottavano per conquistare il mondo.

Frankie era seduto a un tavolo con le figlie di Riley e Oz, Amalia e Brittney, e la figlia di Ember e Doc, Jemila. Erano appena adolescenti e tutte e tre lo guardavano affascinate. Dato che oltre a parlare usava la lingua dei segni, capì che stava raccontando qualcosa riguardo ad alcune delle persone con cui lavorava all'ospedale dei veterani.

«È un brav'uomo» disse Mary accanto a lei.

Si voltò per sorriderle. «Sì» concordò.

«Dai, so che le ragazze vogliono sapere tutto sulla tua prossima crociera.»

Si lasciò condurre fino al folto gruppo di donne. Aveva già salutato la maggior parte di loro. Rayne, Harley, Kassie, Casey, Wendy, Gillian, Kinley, Aspen, Riley, Ember e Sierra erano tutte lì. Aveva ancora difficoltà a pensare di poter chiamare amica Ember

Maxwell, ora Wagner. Nei dodici anni circa da quando l'aveva incontrata, l'ex campionessa olimpica e celebre star dei social, era solo diventata più famosa, ma ora lo era per il suo instancabile e appassionato lavoro in aiuto delle persone scomparse e le opere filantropiche verso i meno fortunati.

«Ehi» disse Annie mentre si sedeva sull'unica sedia vuota. «È la sedia per gli interrogatori?» scherzò.

«L'hai detto tu non noi» replicò Rayne con un sorriso.

«Come ti senti? Hollywood mi ha parlato delle costole rotte» disse Kassie.

«E io non ho visto il video, ma ho sentito tutto di quel tremendo salto verso l'elicottero» intervenne Gillian con una smorfia.

«Una passeggiata per la nostra sensazionale donna delle forze speciali» incalzò Aspen strizzandole l'occhio.

«Sto bene, grazie» le rassicurò, rispondendo alla domanda di Kassie. «Sono per lo più tutte guarite, ho solo qualche fitta ogni tanto. Non riesco ancora a capacitarmi del fatto che alcune di voi, e probabilmente *tutti* i ragazzi, abbiano visto quel video mentre io no. Non è che sia online o altro. Accidenti.»

«Sai come sono i nostri uomini» disse Casey con un'alzata di spalle.

«Sì, pensano che quelle cose siano eccezionali e sono troppo desiderosi di condividerle» concordò Kinley.

«Ti abbiamo riconosciuta solo perché ti conosciamo» aggiunse Wendy.

«Vero. E non abbiamo idea di dove sia stato girato il video» sostenne Sierra.

Annie si limitò a scuotere la testa. Non era davvero sconvolta che tutti i ragazzi avessero condiviso il filmato con le loro mogli. *Era* stato un salto incredibile, doveva ammetterlo.

«Comunque, basta adesso. Probabilmente sei anche stanca di parlare della tua uscita dall'esercito, cosa che tra l'altro sostengo completamente» dichiarò Rayne.

«Il pensiero che qualcuno cerchi di ucciderti, missione dopo missione, mi fa accapponare la pelle» ammise Harley.

«Infatti. Cioè, chi diavolo vorrebbe uccidere la nostra piccola Annie?» chiese Kassie in modo retorico.

«Degli idioti, ecco chi» replicò Harley. «Ho decisamente intenzione di usare quel salto nel mio prossimo capitolo di *This is War*. Farò in modo che sia molto difficile balzare con successo dentro quell'elicottero. Tu l'hai fatto sembrare facile solo grazie a tutto il tempo che hai passato su quei percorsi a ostacoli.»

«Ricordo di averti vista per la prima volta quando avevi circa dodici o tredici anni» disse Gillian. «Sapevo che saresti diventata una persona straordinaria quando hai aiutato un altro ragazzino a terminare il percorso. Non ti importava di vincere, volevi solo che lui fosse felice di riuscire a farcela da solo.»

«Va bene, basta» borbottò Annie con una piccola risatina. «Sono fantastica e incredibile e bla bla bla, possiamo cambiare argomento?» Sapeva di essere arrossita e aveva bisogno che parlassero di qualcos'altro. Amava il loro sostegno e si sentiva fortunata a essere circondata da così tante persone gentili, ma era faticoso essere all'altezza di quelle lodi.

«Aspetta, non hai già deciso che lascerai l'esercito, vero?» chiese Aspen.

Annie scrollò le spalle. «No.»

«Bene.»

«Pensi che dovrebbe restare?» chiese Rayne.

«Be', sì. Si è fatta il culo per arrivare dov'è. Sta finalmente dimostrando a tutti gli uomini che hanno detto che una donna non avrebbe mai potuto avere successo nelle forze speciali, dove possono ficcarsi quelle sciocchezze.»

«Ma tu hai lasciato» sottolineò Harley.

«Sì, ma stiamo parlando di *Annie*. È nata per fare il soldato.»

«È vero» concordò Wendy.

«Ricordo di aver sentito la storia di quando avevi dieci anni e hai scatenato un putiferio perché non volevi indossare un vestito per un ballo alla base o qualcosa del genere» disse Gillian con un sorriso. «Sei riuscita a fare a modo tuo e ti sei messa dei pantaloni mimetici e una maglietta verde militare. Eri comunque la reginetta del ballo, e i soldati ti hanno fatto il saluto per tutta la sera.»

Tutte ridacchiarono e continuarono a ricordare, raccontando storie riguardanti il sogno di diventare un soldato che Annie aveva avuto fin dall'infanzia e di quanto fossero stati orgogliosi i loro mariti quando aveva completato l'addestramento base.

Più parlavano, più lei si sentiva nauseata.

Inizialmente, si era preoccupata solo di poter deludere suo padre e i ragazzi se avesse smesso. Ora sembrava che avrebbe deluso anche le loro mogli.

Alla fine, notarono che non stava partecipando alla conversazione.

«Scusa, non volevo andare avanti all'infinito» disse Aspen con un sorriso. «Ma sul serio, non riesco a immaginarti fare qualcosa di diverso dal soldato.»

«Nemmeno io» incalzò Gillian.

«Ma potremmo vederla di più se facesse qualcos'altro» ribatté Rayne.

«Per non parlare del fatto che sarebbe un lavoro più sicuro» aggiunse Harley.

Mary alzò le mani. «Ok. Che ne dite di smetterla di fare pressioni e agitarla» disse con tono duro.

Le rivolse un piccolo sorriso riconoscente. Non poteva negare di essere un po' agitata.

«Annie farà ciò che vorrà e noi la sosterremo, a prescindere. Possiamo cambiare argomento e parlare di quanto sesso farà durante la crociera?» chiese Mary, completamente impassibile.

«Oh, Signore, no!» esclamò Rayne con un gemito. «Io me la immagino ancora com'era quando l'ho incontrata.»

«Però davvero... Frankie è diventato un bel giovane» rifletté Kassie.

Annie guardò di nuovo il suo fidanzato e non poté che essere d'accordo.

«Mi ricorda Brain» sostenne Aspen con un sorriso. «A prima vista, le persone sottovalutano mio marito perché pensano che non sia altro che un nerd che sa parlare un milione di lingue. Ma quando viene provocato, si trasforma in un orso grizzly, pronto a difendere la sua famiglia e i suoi amici a qualunque costo.»

Era d'accordo con la sua valutazione. Frankie aveva lavorato molto duramente per tutta la vita per essere considerato uguale ai suoi coetanei. Era stato altrettanto intelligente, e anche più di alcuni suoi compagni, ma a causa della sua evidente disabilità, lo avevano scavalcato continuamente nelle occasioni in cui avrebbe fatto faville. Inoltre, non esitava mai a proteggerla quando erano in giro, se qualcuno diventava un po' troppo insolente o sentiva il bisogno di fare lo stronzo. Lei era un micidiale soldato delle forze speciali, ma al suo fidanzato non importava; era compito suo proteggerla. Punto.

Un tempo si preoccupava, non voleva che Frankie si facesse male in un diverbio a causa sua, e odiava quando le persone scoprivano della sua disabilità e cercavano di sminuirlo. Ma dopo aver parlato con Fletch, aveva capito che avrebbe dovuto ringraziare la sua buona stella di avere un partner che l'amava abbastanza da mettersi fisicamente tra lei e qualunque cosa considerasse una minaccia.

«È piuttosto eccezionale» ammise Annie dopo un attimo.

«Raccontaci di più di questa crociera» domandò Sierra. «Quante persone ci saranno sulla barca?»

«Penso intorno a sessanta o giù di lì? Non lo so con certezza» rispose.

«È una barca a vela?» chiese Casey.

«Sì. Ma davvero molto grande. Credo che la barca sia piuttosto vecchia. Alcune persone benestanti la possedevano negli anni venti e in seguito ha cambiato diversi proprietari. Hanno aggiunto altre cabine ed è stata acquistata da una compagnia di crociere. Vista la dimensione non troppo grande, può andare nelle isole caraibiche in cui non possono entrare le grandi navi» spiegò.

«Tipo dove?» chiese Ember.

«Non ne ho idea» ammise. «Onestamente non ho mai sentito nominare la maggior parte di loro. Però Frankie è super entusiasta. Le ha cercate tutte e ha studiato la storia di ogni isola. Sono sicura che i miei occhi diventeranno vitrei quando inizierà a sputare fuori tutte le informazioni che ha assimilato.»

Ridacchiarono tutte.

«Credo che la compagnia di crociere possieda un'enorme isola privata in cui ci fermeremo. Be'… non la possiede tutta, ma una parte, quella della spiaggia. Il lato nord è roccioso fino all'oceano, e il lato sud è una spiaggia degna di una cartolina con molti alberi e una lunga striscia di sabbia. Le foto online erano bellissime» spiegò Annie, emozionandosi di nuovo per il viaggio imminente.

«Ma non ti piace nuotare» disse Rayne confusa.

«È vero, ma mi piace stare in riva all'oceano, camminare nella sabbia o nell'acqua bassa e sentire la brezza sul viso.»

«Come avete saputo di questa barca?» chiese Gillian.

«Secondo te?» disse Annie ridendo. «Tex mi ha mandato un opuscolo.»

Ancora una volta, l'intero gruppo scoppiò a ridere.

«Ti ha chiesto di portare un localizzatore?» domandò Harley.

«No. Ma sono sicura che terrà d'occhio la barca per tutto il viaggio.» La verità era che lei adorava Tex, quindi se le avesse detto che si sarebbe sentito più a suo agio se lei avesse portato uno dei suoi famosi localizzatori, lo avrebbe fatto senza discutere. Aveva visto in prima persona quanto erano stati importanti e quante vite avevano salvato quei dispositivi. Ma lui aveva fatto le sue ricerche sulla compagnia di crociera e sulla barca, e non aveva riscontrato problemi. Annie sapeva che altrimenti non avrebbe mai raccomandato il viaggio.

Rimase seduta con le donne per altri quarantacinque minuti, godendosi le varie conversazioni, che andavano dal successo di Logan, il nipote di Riley e Oz, nella sua squadra di baseball della lega minore, all'ultima disavventura dei gemelli di Gillian che avevano voluto vedere fino a che punto potevano infilare vari oggetti nel naso.

Nel corso degli anni, Annie era diventata meno "una

dei bambini" e più un'amica, e non poteva essere più felice per quello. Per un po', aveva pensato che sarebbe stata per sempre una settenne ai loro occhi, ma pian piano si erano rese conto che era diventata una donna indipendente.

Tornò a guardare Frankie e vide che era rimasto solo e la fissava. Gli chiese tramite i segni se andava tutto bene, e lui rispose in modo positivo e che era semplicemente seduto lì a chiedersi come diavolo fosse stato così fortunato.

Annie arrossì, aspettando con sempre più trepidazione la loro vacanza. Adorava la sua famiglia e gli amici, ma desiderava trascorrere del tempo da sola con il suo fidanzato.

«Conosco quello sguardo» sussurrò Aspen accanto a lei.

«Quale?» chiese, distogliendo gli occhi da Frankie.

«Lo sguardo di una donna che desidera disperatamente un po' d'amore dal suo uomo» rispose l'altra strizzando l'occhio.

Annie scrollò le spalle. «A causa delle costole è passato un po' di tempo» ribatté semplicemente.

«E probabilmente si è rifiutato di fare tutto ciò che pensava potesse farti male» aggiunse con un'intuizione inquietante.

«Esatto.»

«Mi piace come ti guarda. Come se il sole sorgesse e tramontasse con te. Quell'uomo ti ama profondamente. Farebbe qualsiasi cosa per te» disse Rayne.

«Lo so» sussurrò. «Provo la stessa cosa per lui.»

«Magari la prossima volta che ci ritroveremo tutti insieme, sarà per il tuo matrimonio?» sondò Aspen.

Per una volta, Annie non si stressò o irritò che avesse sollevato quella questione. Aveva avuto le sue ragioni per voler aspettare, ma ora tutto ciò a cui riusciva a pensare era di far suo per sempre quell'uomo. «Forse» concordò con un piccolo sorriso.

Aspen sorrise raggiante.

Furono interrotte da Fletch che chiese a tutti di radunarsi intorno a lui e Doug, perché voleva fare un discorso. Ci furono gemiti e grugniti, dato che i suoi discorsi erano famosi per essere lunghi ed eccessivamente sdolcinati, ma le donne si alzarono e andarono comunque a cercare i loro uomini.

Frankie apparve dal nulla nell'istante in cui Annie si alzò. La condusse dove si trovavano Fletch e Doug, mettendosi dietro di lei e avvolgendole le braccia intorno alla vita.

Appoggiata a lui, mentre ascoltava il padre mettere in imbarazzo suo fratello, non poté fare a meno di sorridere. Le era mancato tutto quello. Stare con persone che la conoscevano e amavano. Vedere i bambini correre, ridere e sorridere. Fletch aveva tirato fuori il vecchio carro armato a batteria che i suoi amici avevano costruito per lei quand'era piccola, e anche se era un po' malconcio, funzionava ancora perfettamente. Persino gli adolescenti avevano voluto divertirsi aspettando il loro turno per sfrecciare nel cortile.

Se avesse deciso di lasciare l'esercito, non avrebbe dovuto riflettere troppo sul suggerimento di suo padre di esaminare le scuole di medicina in Texas. Voleva stare vicino alla sua famiglia. Vicino a tutto quel caos e quell'amore. Era ciò che le mancava di più a causa dei trasferimenti in giro per il Paese e delle missioni in cui veniva costantemente inviata.

«Ti amo» le sussurrò Frankie all'orecchio.

Stringendo la presa sulle sue braccia, Annie deglutì a fatica. Era fortunata e lo sapeva. Era sana, aveva un uomo paziente che l'amava e più persone che la sostenevano di quante ne potesse contare. Era facile impantanarsi nelle frustrazioni quotidiane della vita e non vedere il quadro generale... ma quello di Annie diventava un po' più chiaro a ogni ora che trascorreva con la famiglia e gli amici.

## CAPITOLO OTTO

*È BELLISSIMO*, segnò Frankie mentre il bus navetta si fermava al molo di Barbados.

Per quanto amasse la famiglia Fletcher, era felice di essere finalmente lì. L'ultima settimana era stata piena di risate e amore, ed era contento di vedere Annie un po' più rilassata dopo aver parlato con suo padre. Sapeva che non sarebbe stato sconvolto dal fatto che la figlia stesse pensando di cambiare professione, ma era sollevato che la loro conversazione non l'avesse ulteriormente stressata.

Per quanto riguardava loro due, avevano parlato a lungo di cosa avrebbe potuto riservare il futuro e di dove avrebbero vissuto se avesse rinunciato al suo incarico. Annie avrebbe voluto lasciare la decisione a lui, ma non gli importava davvero dove sarebbero finiti, purché fossero stati insieme.

Alla fine, lei aveva ammesso che non le sarebbe

dispiaciuto stare vicina alla sua famiglia, il che, ancora una volta, non era stata una sorpresa per Frankie. Quando sarebbero tornati dalle vacanze, avrebbe avuto molte cose da fare. Molte decisioni da prendere. Se avesse lasciato l'esercito, avrebbe dovuto cercare le scuole di medicina in Texas e capire cosa sarebbe servito per essere accettata. Se invece fosse rimasta, avrebbe messo tutte le sue energie nell'addestramento di una nuova squadra.

Non era sorpreso nemmeno che, pensando all'eventuale congedo, avesse menzionato gli ospedali per veterani in Texas e persino le compagnie di ingegneria. L'aveva rassicurata di voler restare fedele a ciò che stava già facendo, aiutando le persone che avevano perso l'udito ad adattarsi al loro nuovo mondo. Frankie stesso aveva dovuto lavorare duramente per imparare a leggere le labbra, l'impianto cocleare gli aveva dato la capacità di sentire, ma visto che era già grande quando glielo avevano applicato, il suo modo di parlare era nettamente diverso da quello degli altri; leggendo le labbra vedeva in continuazione persone che lo prendevano in giro.

*Cavoli, mi sarebbe piaciuto che fosse stata disponibile una delle cabine lussuose,* segnò Annie. Dato che la decisione di fare quel viaggio era stata abbastanza recente, era già tutto prenotato, ma qualcuno aveva cancellato all'ultimo minuto e loro erano stati abbastanza fortunati da accaparrarsi quell'unica cabina. Si trovava al livello del ponte, dove il capitano e i suoi ufficiali governavano la nave. Le cabine più costose erano di sotto ed erano grandi il doppio della loro.

Ma Frankie avrebbe vissuto anche in una tenda fintanto che ci fosse stata Annie.

*La nostra cabina andrà bene,* la rassicurò. *Non importa se sarà grande quanto un armadio, finché sono con te, sono felice.*

———

Annie sorrise al suo uomo. *Quello* era il motivo per cui voleva cambiare lavoro, per poter passare più tempo con l'amore della sua vita. Frankie non mancava mai di farla sentire bene. Riusciva a farle dimenticare tutti i problemi.

La loro guida si alzò in piedi sull'autobus e spiegò il processo per il check-in e la consegna delle chiavi. Scesero e andarono a mettersi in fila per salire a bordo del bellissimo e vecchio veliero. Poteva sentire Frankie alle sue spalle, una mano appoggiata sul suo fianco. Di solito odiava avere persone dietro di lei, ma non lui.

«Da dove venite?» chiese la donna davanti a loro per fare due chiacchiere.

«Dalla Georgia in questo momento, ma potremmo trasferirci in Texas» rispose Annie con un sorriso.

«Oh? Cosa fate?»

«Io sono nell'esercito» le rispose.

Notò un cambiamento sul viso della signora. Il suo sorriso cordiale svanì. «Oh, e suo marito?»

«Non siamo sposati» le disse Frankie. «Fidanzati.

Sono io il casalingo. Sa, tengo la casa pulita, cucino, faccio la spesa, quel genere di cose.»

La donna sbatté le palpebre, rivolse loro un sorriso falso e si voltò.

*Hai esagerato*, gli segnò. *Avresti dovuto dirle cosa fai veramente.*

*È una stronza presuntuosa*, rispose lui. *Voleva solo capire se eravamo qualcuno a cui leccare i piedi.*

Aveva ragione. In passato aveva ottenuto spesso reazioni negative da chi sentiva che era nell'esercito, senza mai capirne veramente il motivo. Non aveva senso per lei. Alcune delle persone più intelligenti che conosceva erano nelle forze armate. Medici, scienziati, ingegneri... e facevano tutti il possibile per mantenere il Paese al sicuro. Quei sentimenti verso chi lavorava nell'esercito erano cambiati molto dagli anni settanta, ma c'era ancora una sorta di stigma su soldati e marinai che Annie non comprendeva.

Procedettero nella fila e fecero il check-in senza problemi. Ricevettero i tesserini di riconoscimento e furono accompagnati nella loro cabina da un dipendente che indossava un'uniforme bianca immacolata. Mentre incrociavano altri ospiti lungo il percorso, pensò che la crociera sarebbe stata diversa da qualsiasi cosa avevano fatto insieme in passato.

Non appena la porta si chiuse dietro di loro, Annie sospirò. «Siamo così diversi.»

«Quindi?» chiese Frankie.

Non fu sorpresa che avesse notato la stessa cosa. Gli

altri passeggeri erano più anziani e più ricchi, a giudicare solamente dai vestiti firmati e i gioielli. Loro in jeans e maglietta davano sicuramente nell'occhio.

«Annie.» Le mise le mani sulle spalle. «Che ci importa degli altri passeggeri? Non mi interessa cosa fanno per vivere o in che case vivono. *Niente* li rende migliori di noi, e più degni di beneficiare di questa vacanza.»

«Hai ragione.»

«Lo so» replicò compiaciuto.

Il loro piano era quello di esplorare il veliero, controllare ogni cosa, vedere dove fosse la sala da pranzo e conoscere i loro compagni di viaggio, ma in quel momento Annie non aveva alcun desiderio di incontrare nessuno o di essere educata. Preferiva stare da sola con il suo fidanzato.

Gli si avvicinò e gli appoggiò la testa contro la spalla, poi gli afferrò il sedere con le mani e lo strinse. «Siamo finalmente soli» gli disse in modo seducente.

Sentì un ringhio vibrare sotto la guancia prima che le chiedesse: «Come stanno le costole?»

Sollevò lo sguardo incontrando il suo. «Stanno bene. *Io* sto bene.» Frankie era sempre stato protettivo nei suoi confronti, rifiutandosi di fare qualsiasi cosa potesse esacerbare le ferite, incluso fare l'amore prima che lei fosse completamente guarita.

Le sorrise. «Amo la tua famiglia. Mi piace che tu abbia un sistema di supporto così grande, ma quando andiamo a trovarli non abbiamo molto tempo per noi, e devo ammettere che mi fa strano anche dormire nello stesso letto con te mentre siamo lì.»

«Lo so. È così anche per me. Anche se siamo adulti e fidanzati, quando ci sono in giro papà e i suoi amici mi sembra di tornare a quando avevo sette anni.»

Le accarezzò i capelli, poi appoggiò il palmo sulla sua nuca e strinse leggermente.

Annie rabbrividì, trepidante. Guardandoli, nessuno avrebbe immaginato che in camera da letto Frankie, il ragazzo tranquillo e un po' nerd che era felice di svanire nello sfondo, prendesse completamente il controllo. Quando facevano l'amore, era lui a condurre il gioco.

Anche Annie non avrebbe mai pensato che sarebbe stata il tipo di donna a cui piaceva quel comportamento, ma passando le giornate a prendere decisioni ed essendo circondata da persone che contavano su di lei in situazioni estreme, gli cedeva volentieri le redini quando si trattava del sesso. Non era esattamente sottomessa, non pensava che sarebbe mai riuscita a lasciare che qualcuno, nemmeno Frankie, prendesse ogni decisione per lei, ma a letto assolutamente sì. Lui non l'aveva mai delusa. Nemmeno una volta. Era attento e perspicace, e si assicurava sempre che lei venisse per prima. Ogni singola volta.

Non aveva nessuno con cui confrontarsi, ma aveva sentito delle storie dagli uomini e dalle donne che aveva comandato nel corso degli anni. Sapeva che lui era in un certo senso unico quando si trattava del suo intenso bisogno di soddisfarla, ancor prima di appagare se stesso.

Frankie lanciò un'occhiata al letto dietro di loro. Avevano unito due materassi singoli per crearne uno leggermente più piccolo di un matrimoniale. C'erano circa trenta centimetri di spazio su un lato, mentre dall'altro era attaccato alla parete. Ai piedi del letto dove si trovavano loro, c'era circa un metro di ampiezza. La cabina era... accogliente. C'erano due oblò e un piccolo bagno con doccia. Non avevano ancora portato le loro valigie e Annie sapeva che una volta riposte tutte le loro cose, la cabina sarebbe stata piuttosto piena.

Sarebbe stato bello averne una più grande e fastosa, ma non le importava più. Avrebbe passato due settimane a tu per tu con il suo fidanzato. Non vedeva l'ora.

Frankie, ancora con una mano sul suo collo, portò l'altra sull'orlo della maglietta facendola scivolare sotto, proseguendo verso l'alto fino a coprirle possessivamente un seno. Strinse entrambe le mani contemporaneamente, facendola rabbrividire trepidante.

Annie andò subito ad armeggiare con il bottone dei suoi jeans.

«No» le disse con un tono basso e roco.

Si bloccò, un leggero gemito le sfuggì dalla gola.

Le sorrise pigramente mentre spingeva di lato la coppa del reggiseno e faceva girare un dito intorno al capezzolo.

Lei chiuse gli occhi e sospirò, inarcando la schiena, desiderando di più. Molto di più. Sentì la sua bocca sfiorarle la pelle sensibile del collo e il suo corpo cominciò a prepararsi per lui.

Proprio quando decise di smettere di stuzzicarla per passare a un tocco più deciso, qualcuno bussò forte alla porta e una voce gridò: «Fattorino. Le vostre valigie sono arrivate.»

Sussultò sorpresa e Frankie mormorò: «Tranquilla, amore.» Poi più forte gridò: «Arriviamo subito!»

«È come essere nella dependance di mio padre» brontolò Annie. «Ho sempre paura che qualcuno ci interrompa.»

Ridacchiò e si chinò per darle un leggero bacio. «Due settimane» le ricordò. «Abbiamo due settimane tutte per noi.»

Mentre le accarezzava con il pollice la pelle sensibile del collo, lei gli disse: «Penso che andremo a letto presto dopo cena.»

«Oh, sì» concordò lui con fervore.

Rabbrividì quando le rimise a posto il reggiseno e tolse la mano da sotto la maglietta. Rimase ferma mentre lui andava ad aprire la porta. Il fattorino portò dentro i loro bagagli e in tre persone, più i due grandi borsoni, c'era davvero poco spazio.

Annie fece il possibile per tenere sotto controllo la sua libido mentre l'uomo elencava le attività della giornata, spiegando anche che avrebbero lasciato il molo entro un'ora circa e la cena sarebbe stata servita alle sette. Rinnovò il benvenuto e finalmente se ne andò.

Per quanto desiderasse Frankie, l'atmosfera era stata rovinata.

«Cosa vuoi che faccia per aiutarti?» le chiese.

Sorrise. Il suo uomo la conosceva così bene. Sapeva che preferiva sia fare sia disfare i bagagli di entrambi, perché le piaceva che tutto fosse in ordine, anche in vacanza. Frankie era perfettamente in grado di mettere via le proprie cose, ma dato che la cabina era molto piccola, sapeva senza dover chiedere che per lei era più facile gestire la cosa a modo suo.

«Ti dispiace andare a vedere se riesci a trovarmi una tazza di caffè o di tè mentre comincio? E magari qualcosa di dolce?» gli chiese.

«Certo» rispose senza esitazione. Prese i borsoni e li mise sopra il letto, poi la baciò e andò alla porta.

Quando la chiuse, Annie rimase lì per un lungo momento, a rilassarsi nel silenzio. Per la prima volta da secoli, si sentì davvero contenta. Anche se amava l'esercito e tutto ciò che aveva conseguito, fu solo in quel momento che si rese conto di quanto fosse diventata stressante la sua vita. Non perché fosse preoccupata di non riuscire a svolgere il suo lavoro, ma perché l'aveva allontanata troppe volte da Frankie.

Era cresciuta senza di lui, aveva frequentato un'università diversa dalla sua e anche dopo che si erano fidanzati ed erano andati a vivere insieme, non aveva trascorso abbastanza tempo con lui. Ma quel viaggio di due settimane poteva essere l'inizio di una vita insieme molto diversa. Annie si sentì quasi stordita dalla consapevolezza che, anche se avrebbe lavorato ancora per molte ore dedicandosi alla carriera medica e ci sarebbero stati giorni in cui si sarebbe pentita di non poterli trascorrere con lui, le missioni pericolose presto avrebbero potuto essere un ricordo del passato.

Sorridendo, si voltò verso il primo borsone e iniziò a svuotarlo.

———

Frankie mise la mano sulla coscia di Annie e la strinse forte. Erano a cena, seduti a un tavolo con altre due coppie. I posti a sedere non erano assegnati, quindi chiunque poteva mettersi dove voleva. Dato che c'erano solo sessanta ospiti, la sala da pranzo non era enorme, ma era accogliente e fungeva anche da biblioteca; c'erano librerie allineate lungo le pareti, piene di romanzi sui Caraibi, sui pirati e bellissimi libri illustrati con immagini colorate sulla vita dell'isola.

All'inizio, le cose erano state cordiali tra le sei persone al tavolo. Dottie e Joseph erano del Vermont, e lui era un avvocato. Megan e Bill venivano dalla California. Non era certo di cosa facessero, ma aveva qualcosa a che fare con l'import/export. Le coppie avevano posto loro domande, indagando in modo non proprio discreto, ed era ovvio che fossero rimaste stupite che lui e Annie potessero permettersi quel viaggio.

Era vero, non era economico, ma erano parsimoniosi con i loro soldi. Annie guadagnava bene, soprattutto con tutte le missioni e l'indennità di rischio. Frankie era sinceramente sorpreso che a quelle persone interessasse così tanto la loro situazione finanziaria, ma d'altronde trascorreva la maggior parte del tempo con persone alla mano come la famiglia e gli amici... e i soldati con cui lavorava all'ospedale dei veterani. Secondo lui avrebbero dovuto tutti concentrarsi sul fatto di essere in vacanza in un paradiso tropicale, e non preoccuparsi se i loro compagni di viaggio potessero permettersi quel lusso.

Poteva ignorare che quegli sconosciuti li giudicassero, ma odiava che sembrava disprezzassero il lavoro di Annie. Era anche ovvio che si sentissero a disagio per la sua disabilità. La stanza era chiassosa, con tutta la gente che parlava contemporaneamente, e anche se l'impianto gli permetteva di sentire, in situazioni come quella era sopraffatto dal livello di rumorosità. Poteva leggere le labbra, ma le coppie spesso giravano la testa o guardavano in basso quando parlavano, rendendogli difficile capire cosa stessero dicendo. Aveva dovuto chiedere di ripetere le domande più volte, il che li aveva infastiditi in fretta.

A Frankie non importava cosa pensassero di lui quegli estranei. Aveva sperimentato la sua buona dose di discriminazioni nel corso degli anni; sguardi e commenti sgradevoli non lo turbavano nemmeno più. Ma Annie lo *odiava*. Aveva dovuto intervenire più di una volta per impedirle di insultare qualcuno per aver fatto un commento sprezzante o detto qualcosa per ignoranza. Sospettava che fosse sul punto di fare a pezzi quegli stronzi presuntuosi. Ecco perché le stava stringendo la coscia.

Quando si voltò per guardarlo, i suoi sospetti furono confermati. La rabbia nei suoi occhi e un leggero rossore significavano che era a circa due secondi dal perdere la calma.

Fece l'unica cosa che sapeva avrebbe attirato la sua attenzione.

*Ti voglio.*

Una volta si sentiva in colpa quando usava la lingua dei segni davanti agli altri, era come parlare alle loro spalle, ma lo aveva superato in fretta. Era utile quando voleva comunicare con Annie, con suo padre o i suoi padrini senza che nessuno capisse.

«Non puoi dire sul serio» disse lei ad alta voce, sorpresa.

Frankie sorrise. L'aveva distratta con successo da qualunque cosa stesse per dire alle due coppie al tavolo. Sapendo che stavano guardando, continuò senza curarsene minimamente. *Non metti spesso dei vestiti e stasera sei assolutamente bellissima. Non vedo l'ora di riportarti nella nostra stanza e vedere cosa indossi sotto.*

*So cosa stai facendo,* rispose Annie. *Stai cercando di impedirmi di lanciarmi sopra il tavolo e dire a questi stronzi quanto sono offensivi e che se non smettono di guardarci dall'alto in basso, diventeranno strabici.*

Frankie ridacchiò.

«Ehm, ci siamo persi la battuta» disse Bill.

«Sì» ribatté Annie senza distogliere lo sguardo da lui.

*Se su questa barca sono tutti come loro, mi butterò in mare e nuoterò fino a casa.*

*No, non lo farai. Tu odi nuotare.*

*Bene, puoi nuotare tu. Mi stenderò su un affare galleggiante dietro di te e potrai rimorchiarmi.*

*Sono sicuro che non tutti sono presuntuosi come loro*, la rassicurò.

Gli lanciò un'occhiata scettica.

«È bello che possiate parlarvi così» disse Dottie con voce stridula, non dando l'impressione di pensarlo davvero. «Anche se è un po' scortese dato che non possiamo capirvi.»

Annie si voltò verso di lei, gli occhi praticamente scintillanti, e Frankie trattenne il respiro.

«*Scortese?* Dire al mio fidanzato che parla "abbastanza bene per essere sordo" è scortese. Come anche arricciare il naso quando ha sentito che sono un soldato. Mi dispiace che la mia professione non sia alla sua altezza, ma grazie alle cose che ho fatto nell'esercito, oggi può stare seduta qui, a godersi una cena deliziosa con i soldi che suo marito ha guadagnato. Il mio lavoro *vi* tiene al sicuro, impedisce ai terroristi di portare a termine i loro piani per far succedere un altro undici settembre. E se non le piace non sapere cosa stiamo dicendo, provi a vivere tutta la vita da sorda. O cieca. Fino a quando Frankie non ha messo l'impianto cocleare, ha faticato a comunicare anche i suoi più piccoli bisogni alla comunità degli udenti. Imparare la lingua dei segni non è difficile. Ci sono molti siti Internet che insegnano le basi.»

Fece un respiro per continuare, ma Frankie la interruppe. «Ci scusiamo per avervi esclusi dalla nostra conversazione» disse. «Siamo così abituati a parlarci con le mani che a volte dimentichiamo che gli altri non ci capiscono.» Stava mentendo spudoratamente, ma andò avanti. «Stavamo parlando di quanto è stato buono il pasto stasera e di quanto dev'essere straordinario lo chef per riuscire a creare questi piatti nella piccola cucina che abbiamo visto mentre passeggiavamo.»

Le guance di Dottie erano di un rosso acceso. Non aveva idea se fosse imbarazzata – giustamente – o incazzata, ma dal momento che stava guardando ovunque tranne loro due, immaginò che fosse probabilmente la prima opzione.

Gli altri al tavolo annuirono e furono d'accordo con lui su quanto fosse delizioso il pasto, e sospirò di sollievo. Non gli importava cosa pensassero gli altri di lui, ma non voleva nemmeno passare le due settimane successive a muoversi in punta di piedi, sperando di evitare quelle coppie.

Il cameriere apparve al loro tavolo per riempire i bicchieri di vino; un tempismo impeccabile, per quanto lo riguardava.

*È una stronza*, segnò Annie.

Frankie fece del suo meglio per non sorridere, ma non ebbe molto successo. Aveva ragione, ma pensava fosse meglio cercare di appianare le cose. «Allora,

Joseph, qual è stato il suo caso più memorabile? O non può dircelo?»

Fu la cosa giusta da chiedere. Quando ebbero finito di mangiare, Joseph continuò a parlare di alcuni dei suoi casi più prestigiosi, a sentire lui. Non aveva usato nomi, ma Frankie aveva riso un paio di volte alle descrizioni dei suoi clienti e di alcune cose che avevano fatto.

Lui e Annie rifiutarono il dessert e furono i primi a lasciare la sala da pranzo. Nel momento in cui uscirono sul ponte, sospirò di sollievo. Il frastuono della gente che parlava si attutì quando la porta si chiuse dietro di loro. Mettendole la mano sulla schiena, si rilassò quando si appoggiò a lui. Invece di tornare direttamente nella loro cabina, si avvicinarono al parapetto. Annie si rannicchiò con la schiena contro il suo petto e guardarono le onde infrangersi contro lo scafo mentre navigavano verso la loro prima destinazione.

«Scusate.»

Strinse istintivamente la presa su di lei mentre si voltava per vedere chi avesse parlato.

Era un marinaio dall'aria nervosa. «Non intendevo interrompervi, ma ho sentito che sei sordo.»

La sentì irrigidirsi tra le sue braccia. «È vero» confermò. «Ho messo l'impianto cocleare anni fa, quindi posso sentire finché indosso il dispositivo esterno» spiegò, girandosi e indicando dietro l'orecchio. «So anche leggere le labbra, quindi se c'è un'emergenza non sarò un peso.»

Il marinaio scosse la testa e gli rivolse un sorriso di

scusa. Poi lo scioccò parlandogli con le mani. *Mia sorella è sorda, ma non la vedo da più di un anno. Mi manca e temo di essermi arrugginito con la lingua dei segni. Speravo che magari avrei potuto esercitarmi con te mentre sei a bordo.*

Annie si raddrizzò tra le sue braccia. *Certo che puoi,* gli rispose sorridendo. *Come ti chiami?*

*Manuel.*

*Io sono Annie e lui è Frankie.*

*Anche tu sei sorda?* le chiese.

Scosse la testa. *No. Ma ho capito molto tempo fa che se volevo parlare con il ragazzo che amavo, dovevo imparare.*

Manuel annuì. *Non volevo disturbarvi. È che mi sono emozionato quando ho sentito che c'era una persona sorda a bordo e non vedevo l'ora di trovarti e parlare con te.*

*Sarò felice di fare due chiacchiere ogni volta che vorrai,* gli disse Frankie.

*Grazie. Siamo piuttosto impegnati da queste parti, ma accetto la tua offerta, se davvero non ti dispiace.*

*Non mi dispiace affatto.*

Il ragazzo annuì. «Buonanotte. Stasera dovrebbe essere tutto tranquillo e domani le condizioni sembrano buone per la navigazione» disse ad alta voce.

«Sali sul sartiame?» chiese Annie.

Lui sorrise. «Sì. Vado fin lassù. Sono responsabile delle funi superiori e delle vele.»

«Wow, coraggioso.»

Il giovane scrollò le spalle. «Mi è sempre piaciuto arrampicarmi sugli alberi quand'ero piccolo. Godetevi la serata.» E se ne andò.

*Proprio quando sono pronta a lanciarmi fuori bordo e a odiare tutti, deve arrivare qualcuno a farmi cambiare idea,* gli segnò.

Frankie sorrise. La sua Annie era impetuosa in tutto ciò che faceva. Quando le piaceva qualcuno, lo esprimeva con tutto il cuore. Quando qualcuno la deludeva o era scortese, non esitava a manifestare la sua disapprovazione. La sentì rilassarsi ancora una volta contro di lui e fu grato a Manuel per aver aiutato a calmarla.

«Che ore sono?» gli chiese, inclinando la testa all'indietro per guardarlo.

Adorava stare all'aria aperta, guardare l'acqua scorrere da quel bellissimo veliero ma, in quel momento, tutto ciò a cui riusciva a pensare era riportare Annie nella loro cabina per mostrarle quanto l'amava. Nessuno lo difendeva e lo proteggeva come faceva lei. Era dannatamente fortunato e lo sapeva.

Non era ricco. Non sarebbe mai stato l'uomo più popolare o bello e avrebbe sempre avuto delle difficoltà a causa della sua disabilità, ma Annie non lo aveva mai, nemmeno una volta, fatto sentire come se valesse meno a causa di chi era o di cosa faceva per vivere. Semmai, era responsabile del fatto che lui avesse una sana autostima. Fin da quando erano bambini, gli aveva detto costantemente quanto fosse fantastico, intelligente, bello e forte.

«È arrivato il momento per me di accertarmi di persona se sei guarita» le disse in preda al desiderio.

La percepì cambiare atteggiamento; il suo corpo sembrò sciogliersi contro di lui. «Ah sì?» gli chiese.

«Mm-mm.»

«Sono *completamente* guarita» replicò in tono seducente.

«Dovrò fare un esame piuttosto approfondito per esserne sicuro.»

Annie sorrise, poi gli afferrò la mano e si voltò. Lo trascinò dietro di sé mentre andava verso le scale che portavano alla loro cabina.

Frankie rise e si lasciò condurre. Avrebbe seguito quella donna ovunque. Senza fare domande.

## CAPITOLO NOVE

Frankie chiuse a chiave la porta e fissò Annie. Non aveva mentito a cena. Era assolutamente mozzafiato quella sera. Indossava un semplice prendisole con le spalline sottili. L'abito nero a fiori gialli aveva un corpetto stretto e si allargava sui fianchi arrivando appena sopra il ginocchio. La gonna era ampia e fluente, e gli prudevano le mani dalla voglia di spogliarla.

La sua Annie era splendida. Il suo corpo era muscoloso e tonico, ma comunque femminile con le curve nei punti giusti. Si lamentava spesso che le cosce e il sedere erano troppo grossi, ma Frankie non avrebbe mai cambiato nulla di lei. Non importava se avesse pesato cinquanta chili o centoquaranta, non l'avrebbe mai amata di meno. Era consapevole che alcuni uomini avrebbero sostenuto che si era perso molto dato che non era stato con nessun'altra, ma Frankie sapeva che si sbagliavano.

L'unica donna che avesse mai voluto, che *avrebbe* mai voluto, era quella che gli stava di fronte.

Come se dentro di lui fosse stato premuto un interruttore, raddrizzò le spalle mentre avanzava verso di lei. Vide la pulsazione nel suo collo; lo desiderava, aveva bisogno di lui. Forse anche più di quanto Frankie ne avesse di lei in quel momento. Aveva volutamente tenuto le mani a posto nell'ultimo mese mentre lei guariva; fare l'amore sarebbe stato troppo doloroso per lei con le costole rotte. Non era stato facile per nessuno dei due, ma se c'era una cosa che aveva imparato in tutti gli anni che Annie aveva trascorso nell'esercito, era che l'attesa rendeva il loro amplesso molto più intenso.

«Vai avanti e usa il bagno» le disse. Avevano vissuto insieme abbastanza a lungo da sapere che lei preferiva essere la prima a prepararsi per andare a letto. Annie si alzò in punta di piedi e lo baciò dolcemente, poi si voltò e si diresse verso il piccolo bagno.

Frankie tirò indietro le coperte, poi si tolse tutto tranne i boxer. Mise i vestiti sporchi in uno dei borsoni che Annie aveva riposto, poi spense tutte le luci tranne quella accanto al letto. Gli sarebbe piaciuto aver pensato di acquistare dei bei fiori o altro, una cosa qualsiasi per rendere la stanza meno... austera, ma sapeva che a lei non sarebbe importato, men che meno glielo avrebbe rinfacciato.

Poco dopo, Annie uscì dal bagno. Indossava la maglietta extralarge con cui le piaceva dormire e le sue guance erano arrossate dal desiderio. Dio, l'amava. Era bella e seducente con una vecchia maglia quanto lo sarebbe stata se avesse indossato una camicia da notte sexy. Non doveva cercare di sedurlo; lo faceva semplicemente essendo se stessa.

Le sorrise e andò in bagno per lavarsi i denti. Considerò se togliersi il dispositivo esterno dell'impianto, ma decise che voleva sentire ogni sospiro e gemito che sarebbe uscito dalla bocca di Annie. Lo avrebbe tolto prima di dormire.

Tornò in camera e si unì a lei sotto le coperte, sospirando soddisfatto quando gli si accoccolò contro, posò la testa sulla sua spalla e gli avvolse un braccio intorno al petto.

«Non c'è alcun posto dove preferirei essere se non qui con te» le disse dopo un momento.

Sentì il suo lieve sospiro accarezzargli il petto. «È così anche per me» replicò. Poi Annie appoggiò il mento sulla mano e incontrò il suo sguardo nella stanza scarsamente illuminata. «Odio che gli altri abbiano tutti questi pregiudizi verso di te solo a causa dell'impianto e perché sei sordo.»

Frankie scrollò le spalle. «Sai che non m'importa.»

«Lo so» ribatté con un cipiglio. «Ma persone come quegli stronzi a cena che pensano solo a giudicare mi fanno comunque incazzare davvero tanto.»

«Se avessi vissuto costantemente preoccupato di ciò che gli estranei pensavano di me, ora sarei uno squilibrato. Le uniche persone a cui tengo sono i nostri amici e le nostre famiglie. Finché sono orgogliosi di me, sono a posto.»

«Io sono orgogliosa di te» disse subito.

Le sorrise. «Lo so.»

«E so che sei più intelligente dell'ottanta percento della popolazione» aggiunse.

«Solo l'ottanta percento?» la stuzzicò.

Lei scrollò le spalle. «Ci sono quelli come Brain e suo figlio, sai, quelli super, *super* intelligenti. Tu sei solo super intelligente» scherzò.

«Posso conviverci» ribatté Frankie. «Ti amo. Nessuna mi ha mai fatto sentire desiderato e apprezzato come te.»

«Nemmeno Jenny?» gli chiese sommessamente.

Jenny era una ragazza che viveva in California e che lui conosceva da tutta la vita. Erano stati nella stessa classe fin dalla prima elementare, e aveva sempre avuto una cotta per lui. Ad Annie non piaceva. Non c'era una buona ragione per provare quei sentimenti, dato che Jenny era sempre stata gentilissima e non era mai andata oltre, ma Frankie la capiva. Mentre crescevano, Annie non era felice che gli girasse sempre intorno, che fossero a scuola insieme giorno dopo giorno, mentre lei era lontana. Era stata veramente gelosa e non importava quante volte le avesse assicurato di non aver mai provato nulla oltre all'amicizia, non era riuscita a scrollarsi di dosso l'antipatia verso l'altra ragazza.

«Nemmeno Jenny» rispose solennemente.

Annie sospirò di nuovo e rimise la testa sulla sua

spalla. «So di essere ridicola. Ma ha avuto *così tanto* tempo con te. Tutto ciò che posso dire è che è un bene che non abbia frequentato la tua stessa università. Non credo che sarei riuscita a sopportarlo.»

Quello era un altro punto a suo favore per quanto lo riguardava. Non aveva paura di essere schietta e di ammettere i suoi difetti. Jenny era sempre stata una nota dolente per lei, e lo sapeva.

Non volendo parlare di un'altra donna mentre erano a letto, anche se era qualcuno che non vedeva da quasi un decennio, Frankie fece scorrere delicatamente le dita su e giù sul braccio di Annie. La sua pelle era liscia come la seta e sapeva che alla fine delle due settimane di vacanza sarebbe stata abbronzata, sperava anche che le rughe di preoccupazione vicino agli occhi sarebbero scomparse. Aveva in programma di coccolare la sua donna e godersi ogni secondo del loro tempo libero. Stare insieme per due settimane di fila, senza che nessuno dei due dovesse lavorare o il rischio che venisse chiamata in missione, era un paradiso assoluto.

Per quanto fosse desideroso di fare l'amore con lei, si stava godendo il momento. L'intimità. La vicinanza. Parlare di niente in particolare. «Sembrava che ti stessi divertendo a casa dei tuoi genitori.»

Annie annuì. «Stare con mia madre, Fletch e i loro amici sembra ricaricarmi in qualche modo. Sono tutti così innamorati, anche dopo tutti questi anni.»

«È vero» concordò.

«E anche se i loro raduni sono esagerati, sono divertentissimi. Non vedo l'ora di vedere quali buffonate combineranno al nostro matrimonio.»

Frankie si irrigidì per un momento, poi si costrinse a rilassarsi... ma lei se ne accorse.

«Che c'è? Cosa c'è che non va?»

«Niente» la tranquillizzò.

Lo guardò accigliata, poi chiuse gli occhi per un momento e scosse la testa. «Accidenti, sono un'idiota» mormorò.

«No, non lo sei.» Odiava quando si criticava, anche se solo per scherzo.

Annie si sollevò su un gomito e gli mise una mano sulla guancia. «Lo sono. Ne ho parlato con mio padre e mia madre e anche con alcune delle altre donne... ma a te non ho detto niente; è una cosa terribile. Frankie... sono pronta. Voglio fissare una data. Sposarti. Fletch ha detto che potremmo fare il ricevimento a casa loro, se per te va bene. Ha promesso che avrebbe anche messo delle guardie in modo che non si ripetesse ciò che è successo al suo.»

Deglutì a fatica. *Quello*. Quello era ciò che voleva da quando aveva sette anni: sposare Annie. Si era comportato come gli aveva consigliato il suo padrino, le aveva dato spazio. Non aveva mai provato a costringerla a fare qualcosa per cui non era pronta. Avrebbe aspettato all'infinito se necessario, e sarebbe andato bene lo stesso se lei non avesse mai voluto rendere ufficiali le cose.

Ma vedere la sua Annie camminare lungo la navata

verso di lui, impegnandosi ad amarlo per sempre, sarebbe stato l'avverarsi del sogno di tutta la vita.

«Frank?» La preoccupazione era evidente nel suo tono.

Rotolò portandola con sé finché non fu sotto di lui, poi la guardò con adorazione. «Fare il ricevimento a casa dei tuoi è perfetto» le disse. «Ti amo così tanto, Annie. Ti ho sempre amata. Non ho mai veramente capito perché tu abbia scelto me, ma farò in modo che non te ne penta mai.»

Gli sorrise. «Mia madre organizzerà una cosa esagerata» lo avvertì.

«Non importa.»

«Dovrai indossare uno smoking. E scarpe nere lucide. E dato che non ho amiche intime, ha già deciso che tutte le *sue* amiche saranno le mie damigelle d'onore.»

«Bene.»

«Ciò significa che i loro mariti probabilmente saranno i testimoni dello sposo.»

«Annie, tu e tua madre potrete affibbiarci anche quarantasette persone e non mi importerebbe comunque. Finché sarai al mio fianco, non c'è cosa che potrà turbarmi.»

«Lo dici adesso» replicò lei alzando gli occhi al cielo. «Fletch ha già parlato di adeguare il mio carro armato per trasportare i nostri anelli lungo la navata.»

Ridendo, pensò che non gli avrebbe impedito di farlo.

«E sono sicura che mia madre vorrà mettere quegli stupidi soldatini nel cesto da far cadere insieme ai petali. Probabilmente ci inciamperò sopra.»

Frankie non riusciva a smettere di sorridere. Aveva visto le foto e sentito la storia di quando aveva fatto la damigella incaricata dei fiori al matrimonio di Fletch e sua madre e nascosto i suoi preziosi soldatini di plastica nel cestino. «È probabile» concordò.

Annie fece un respiro profondo. «Forse dovremmo semplicemente andare dal giudice di pace o a Las Vegas, o qualcosa del genere.»

Lui scosse la testa. «Assolutamente no. Sei la persona preferita di tutti e lo sai. Sarebbero devastati se lo facessi. Probabilmente Truck si metterebbe a piangere. E nessuno vuole vedere quell'omone grande e grosso frignare come un bambino.»

Sorrise. «È vero. Tuttavia, non so quanto tempo ci vorrà per organizzare questo matrimonio» lo avvertì

Frankie si fece serio. «Non importa. Un mese, due... tre anni. Non cambierà la mia dedizione nei tuoi confronti. Quando ti ho chiesto di sposarmi, ho promesso di amarti per sempre. Nel bene e nel male, in ricchezza e in povertà, in salute e in malattia. Non è cambiato nulla, Annie. Semmai i miei sentimenti sono diventati ancora più forti. Non ho bisogno di una grande cerimonia elegante per dimostrare il mio amore per te, ma so quanto significherà quel giorno per la tua famiglia. Quindi sono felice di fare qualunque cosa vogliate. Ma alla fine della giornata, quando saremo solo noi due come adesso, voglio che ti addormenti sapendo la cosa più importante: che hai un uomo che ti metterà sempre al primo posto. Che farà di tutto perché tu sia felice e contenta. Che ti proteggerà fino al suo ultimo respiro, se necessario.»

«Frankie» sussurrò, chiaramente sopraffatta.

«Non ti rendi conto di quanto sei straordinaria. Non vedi il modo in cui gli altri uomini ti fissano con desiderio. So che pensi di essere un po' strana e non molto femminile, ma non hai idea di quanto ti sbagli. Sono sbalordito che tu stia con me e non lo darò mai per scontato. Ti amo esattamente come sei, stranezze e tutto il resto. Mi piace che la tua idea di divertimento sia quella di correre sul percorso a ostacoli di qualsiasi base abbiamo vicino, con un gruppo di ragazzini che ti seguono. Hai un'anima così bella, Annie, e ti apprezzo infinitamente.»

«Va bene, smettila» lo supplicò. «Mi sento ancora stupida per aver parlato con tutti tranne che con te del nostro matrimonio. È stato così scorretto.»

Frankie rise. «Non mi sarei arrabbiato nemmeno se mi avessi sorpreso dicendomelo il giorno stesso del matrimonio, ma voglio aiutare in ogni modo possibile. Se vuoi lasciare che sia tua madre a organizzare tutto, va bene. Se vuoi essere coinvolta, va bene anche quello. Sfoglierò con te i cataloghi degli inviti e ti accompagnerò a scegliere i fiori e ad assaggiare la torta quanto vorrai. Desidero solo che tu sia felice, amore. Tutto qua.»

«Lo sono» lo rassicurò. «Ma...» Iniziò a dimenarsi e Frankie aggrottò la fronte confuso, sollevandosi un po' per darle spazio. Quando si tolse la maglietta e fu nuda sotto di lui, si prese un lungo momento per osservarla.

Era sempre bella, ma nuda gli toglieva il respiro.

«Meno chiacchiere, più azione» gli disse sfacciata.

Non perse tempo. «Chiudi gli occhi» le ordinò.

Fece subito come richiesto.

Lo colpiva il fatto che Annie gli lasciasse il controllo quando facevano l'amore. Aveva ammesso più di una volta che dato che doveva prendere decisioni difficili con le sue squadre, era liberatorio non dover prendere l'iniziativa in camera da letto. Frankie, invece, era così rilassato nella vita di tutti i giorni che era stimolante per lui condurre il gioco quando si trattava del sesso.

Si costrinse a fare le cose con calma per via delle costole, anche se era passato molto tempo da quando aveva fatto l'amore con la sua donna, e fece un respiro profondo. Aveva intenzione di mostrarle quanto significasse per lui, e se fossero impazziti di piacere entrambi, tanto meglio.

Si chinò molto lentamente e le baciò la clavicola, la pulsazione sulla gola e si spostò lungo il suo corpo, adorandolo man mano che scendeva. Le posò un bacio sulla pancia, amando il modo in cui lei inspirò profondamente. Soffriva il solletico, e gli piaceva sapere di essere l'unico a conoscere quella particolarità.

Aprendole delicatamente le gambe, le baciò l'interno di una coscia. Poi l'altro. Alzò lo sguardo sul suo corpo e vide di avere tutta la sua attenzione. Bene.

Determinato ad assicurarsi che si godesse il momento, chiuse gli occhi e si diede da fare per dare piacere alla donna che amava più di quanto avrebbe mai potuto esprimere.

———

Annie si svegliò la mattina dopo sentendosi completamente rilassata. Era passato molto tempo dall'ultima volta che non aveva avuto nulla di urgente da fare e per cui doversi alzare. Non doveva andare all'allenamento, pensare a quali riunioni avrebbe partecipato quel giorno, preoccuparsi di essere chiamata alla base o inviata in missione.

Si allungò pigramente e si rese conto di essere a letto da sola. Aprì gli occhi e vide Frankie fissarla dalla porta del bagno. Arrossì ricordando l'amplesso della sera prima e gli sorrise. «Giorno.»

«Buongiorno, bellissima» la salutò.

«Cosa stai facendo?»

«Ti sto guardando» rispose il suo uomo senza esitazione. «E mi sto pizzicando per essere sicuro che sei davvero mia e non sto sognando.»

A volte diceva qualcosa che le ricordava tanto suo padre e i suoi amici. Non avevano mai nascosto il loro amore per le mogli, e le *piaceva* da morire che Frankie si comportasse allo stesso modo. Amava anche il suo atteggiamento dominante in camera da letto. Era eccitante, e la sera prima non era stato diverso. Si era preso il suo tempo, baciando e accarezzando ogni centimetro del suo corpo prima di fare l'amore con lei in modo lento e delicato.

Ma una volta sicuro che lei non stesse provando alcun dolore a causa delle ferite, l'aveva presa di nuovo, con forza, trasformandosi nell'amante dominante, energico e selvaggio che sapeva essere.

«Sei mio tanto quanto io sono tua» disse Annie.

«Assolutamente. Pensavo di andare a prenderti qualcosa da mangiare a letto. Sai, solo per non avere un altro incontro con Dottie o Megan e i loro mariti. Non vorrei iniziare la giornata con una nota negativa.»

Gli sorrise. «Mi sembra un'idea fantastica. Quanto tempo abbiamo prima che i marinai salgano sul sartiame per issare le vele?»

«Johnny ha detto che avrebbero provato a farlo verso le nove.»

Johnny era il ragazzo che si occupava degli ospiti. Pensava fosse una specie di direttore di crociera. Anche se non si trattava di una grande nave, qualcuno doveva comunque organizzare tutto e assicurarsi che i passeggeri fossero contenti.

Guardò l'orologio e vide che erano le sette. In una giornata normale sarebbe stato molto tardi per lei, ma lì si sentiva estremamente pigra. «Dato che qualcuno mi ha tenuta sveglia la notte scorsa, potrei dormire per un'altra oretta» gli disse.

A quello lui si mosse, girando intorno al letto. Posò una mano sul materasso e si chinò per baciarla. «Resta a letto quanto vuoi. Oggi sarà una giornata in mare, non dobbiamo fare niente e sono sicuro che vedrai issare e ammainare le vele molte volte nelle prossime due settimane.»

Un inizio di vacanza tranquillo, a letto, sembrava meraviglioso. «Ok.»

«Ok» fece eco Frankie. «Vado al piano di sotto. Ti porterò il caffè e un piatto di frutta o altro.»

«Grazie. Non permettere a nessuno di trattarti male» gli disse.

«So cavarmela, non preoccuparti.»

Non era possibile, si preoccupava costantemente per lui. Non perché pensava non sapesse badare a se stesso, ma perché il pensiero che qualcuno lo guardasse dall'alto in basso la faceva andare fuori di testa. Era sempre stato così.

La baciò ancora una volta sulla fronte prima di raddrizzarsi. Quel giorno il suo uomo indossava una maglietta verde a maniche corte e un paio di pantaloncini da bagno. Sembrava rilassato e felice.

«Ti amo» disse, mentre andava verso la porta.

«Ti amo anch'io.»

Le sorrise prima di chiudersela alle spalle. Lo sentì parlare con qualcuno nel corridoio e immaginò stesse dicendo agli addetti alle pulizie che lei stava ancora dormendo. Quello era il suo Frankie. Sempre così premuroso, sempre pronto a prendersi cura di lei, lasciandola dormire di più quando poteva, preparandole la colazione, lasciandole dei bigliettini d'amore in giro per casa e un milione di altre cose.

Annie era stata così impegnata nell'ultimo anno ad addestrare nuovi uomini nella sua squadra e cercando di assicurarsi che tutti rimanessero vivi durante le missioni, che si rese conto di essere diventata meno consapevole delle cose che Frankie faceva per lei. Quando tornava a casa trovava sempre il bucato fatto e gli indumenti piegati. Cucinava. Puliva. Portava fuori la spazzatura ogni settimana. Tagliava l'erba, pagava le bollette e sceglieva i biglietti di auguri per tutti i suoi pseudo cugini. Il tutto in aggiunta al suo lavoro.

Non era perfetto. Lasciava sempre le luci accese, il che la faceva impazzire; doveva costantemente spegnerle dietro di lui. Guardava raramente un programma alla volta; passava in continuazione da un canale all'altro invece di guardarne uno fino in fondo. Il videoregistratore era pieno di roba che aveva registrato ma mai visto. E la irritava *davvero* tanto quando era di cattivo umore e rimuoveva il processore vocale, rifiutandosi di guardarla in modo che non potesse comunicare con lui. Era qualcosa che avrebbe potuto fare un bambino di tre anni. Per fortuna succedeva molto raramente, ma la faceva andare fuori di testa.

Però poteva accettare tutti i suoi piccoli difetti, perché Annie ne aveva altrettanti. Era così buono con lei, e sapeva che non avrebbe mai trovato nessuno di cui avrebbe potuto fidarsi di più. Lei e Frankie avevano condiviso così tante cose crescendo. Si erano scritti lettere e avevano parlato online ogni volta che i loro genitori lo avevano consentito. Era davvero il suo migliore amico, e viceversa.

Annie sorrise e si stiracchiò, sentendo quei piccoli dolori post amplesso che non provava da troppo tempo. Sì, poteva dire con certezza che si sarebbe tenuta Frankie per sempre.

Fu travolta dall'urgenza di sposarlo. Avevano rimandato per così tanto tempo che l'intensità del suo bisogno di essere la signora Annie Sanders non fu troppo sorprendente. Voleva legarsi stretta a lui così non sarebbe mai riuscito a liberarsi di lei. Era un piccolo miracolo che fosse rimasto al suo fianco per così tanto tempo, vista la sua carriera impegnativa. Non avrebbe rischiato di perderlo ora. Non che pensasse che sarebbe successo, ma c'era sempre un po' di timore in un angolo della sua mente.

Conoscendo sua madre, avrebbe organizzato tutto il matrimonio prima ancora che Annie e Frankie fossero tornati dalle vacanze; non che sarebbe stata una cosa spiacevole.

Si raggomitolò su un fianco e strinse il cuscino di Frankie tra le braccia. Inspirò profondamente, assorbendo il suo profumo muschiato. Chiuse gli occhi e si permise di abbandonarsi a un leggero sonnellino, completamente felice.

## CAPITOLO DIECI

I GIORNI PASSAVANO veloci e in un batter d'occhio era trascorsa una settimana. Il veliero si fermava quasi ogni giorno in una diversa e piccola isola dei Caraibi. Annie non amava nuotare o fare snorkeling nell'oceano, quindi avevano optato per esplorare le isole a piedi, a volte in gruppo con le attività pianificate, altre da soli.

Avevano mangiato in ristoranti locali, un giorno si erano uniti a una partita di calcio improvvisata mentre camminavano vicino a una piccola scuola, avevano visto antiche rovine e fortezze. Annie non riusciva a ricordare un momento in cui si fosse sentita così spensierata. Di certo non da quando si era arruolata.

Il viaggio l'aveva aiutata a capire ulteriormente che lasciare fosse la decisione migliore. Era orgogliosa di ciò che aveva conquistato, ma voleva qualcosa di più che viaggiare da un paese all'altro, cercando di non venire uccisa e tentando allo stesso tempo di uccidere gli altri.

Voleva costruirsi una vita con Frankie, trascorrere del tempo con la famiglia e godersi il futuro.

Nonostante alcuni passeggeri che si sentivano superiori o che erano semplicemente maleducati, ne avevano incontrati altri più alla mano. Avevano fatto piacevoli conversazioni durante i pranzi e le cene con diverse persone. Anche Manuel e Frankie avevano passato del tempo insieme, e nonostante le sue visite relativamente brevi, il ragazzo aveva perso un po' di ruggine e stava diventando sempre più facile per lui esprimersi con la lingua dei segni.

Quel giorno c'era in programma la visita di una grande isola disabitata alle Bahamas, quella che aveva accennato alle amiche di sua madre. Non ricordava bene il nome, ma solo che la compagnia di crociere possedeva la spiaggia sul lato sud. Mentre la maggior parte degli ospiti era eccitata per quella tappa, perché la spiaggia era davvero pittoresca, lei preferiva di gran lunga le isole con paesini e città in modo da poter interagire con la gente del posto e trovare delle caffetterie isolate da godersi. Le piaceva sperimentare culture diverse.

Johnny aveva promesso che lo snorkeling era impareggiabile e l'acqua turchese offriva delle bellissime opportunità per fare foto. Annie aveva cercato di convincere Frankie ad andare con il gruppo, ma si era rifiutato, dicendo che preferiva passare il tempo con lei. Dato che non le piaceva nuotare la questione era chiusa.

Per fortuna, Johnny aveva detto che c'era anche la possibilità di fare un'escursione nella foresta pluviale dell'isola. Era lunga solo circa un chilometro e mezzo tra andata e ritorno, e anche se il caldo e l'umidità erano piuttosto intensi, Annie aveva voglia di un allenamento vigoroso. Non era riuscita a correre com'era abituata a fare, e nonostante fosse ormai quasi certa che avrebbe informato il suo comandante di voler lasciare l'esercito una volta arrivato il momento di riarruolarsi, non ne era ancora fuori, quindi doveva mantenersi in forma. Era molto probabile che sarebbe stata inviata in missione almeno un'altra volta prima di allora, forse di più.

I passeggeri dovettero aspettare il loro turno per salire a bordo dei gommoni che li avrebbero trasportati, ma non le importava. Non aveva problemi a lasciare che gli ospiti più impazienti affollassero le prime imbarcazioni. Quando arrivò il loro turno, stava già sudando. Erano le tre del pomeriggio, il sole era ancora alto nel cielo e picchiava forte mentre sfrecciavano verso la riva.

Quando arrivarono in spiaggia, la maggior parte degli ospiti era già in acqua a fare snorkeling o a rilassarsi e ad abbronzarsi al sole.

«L'ultimo gommone parte alle cinque» disse loro Manuel. Era uno dei marinai incaricati di portare i passeggeri da e verso il veliero.

*Nessun problema*, Frankie segnò con le mani.

«Divertitevi!» disse l'altro marinaio nell'imbarcazione. «Dato che non siete vestiti per nuotare, il percorso escursionistico è proprio laggiù a destra. Serpeggia attraverso una parte della giungla per poi spuntare dall'altra estremità del litorale. Potete tornare per la spiaggia o attraversare di nuovo la giungla. C'è un bivio a circa ottocento metri lungo il percorso, assicuratevi di andare a sinistra.»

«Dove porta l'altro sentiero?» chiese Annie, divorata dalla curiosità.

«Finisce sul lato nord dell'isola, ma il percorso non è diretto, né curato. È molto tortuoso con cambi di direzione ed è facile perdersi. Quindi mi raccomando, prendete la sinistra al bivio o potreste rischiare di rimanere qui» consigliò il marinaio.

«Non lo so» disse Frankie con una piccola risata. «È proprio un posto bellissimo.»

«È vero. Ma ti stancheresti presto di mangiare noci di cocco» ribatté il ragazzo con un sorriso. «Inoltre» la sua voce si abbassò, «non credo che vorresti essere rapito dai pirati. O imbatterti in dinosauri allevati segretamente che potrebbero sembrare carini ma sono assolutamente letali, vero?»

Annie scoppiò a ridere. «Ti riferisci al secondo film di *Jurassic Park*? Quello in cui lo yacht di lusso va su un'isola e la ragazza viene attaccata dai Compsognathus... quei piccoli dinosauri?»

«Certo che sì» disse il marinaio strizzando l'occhio. «Quindi rimanete sul sentiero.»

«Staremo attenti» replicò lei allegramente mentre tirava la mano di Frankie. «E se vedremo qualche dinosauro, te lo faremo sapere.»

Il ragazzo ridacchiò e fece loro cenno di andare. Annie non vedeva l'ora di spostarsi per ripararsi dal sole cocente. Gli alberi non avrebbero attenuato l'umidità, ma almeno sarebbero stati all'ombra per gran parte dell'escursione.

Sentì Frankie ridacchiare dietro di lei mentre lo trascinava verso il sentiero.

«Hai fretta?» le chiese.

«A volte dimentico quanto mi infastidiscano le persone» scherzò.

Lui rise ancora più forte. «Mi chiedo quanta gente hanno già perso qui» rifletté.

«La mia domanda è, se non volevano che le persone attraversassero l'isola per andare dall'altra parte, perché hanno creato un bivio sul percorso? Avrebbero dovuto farne uno nuovo che non desse la possibilità di andare dalla parte sbagliata.»

«Ottima osservazione» sostenne Frankie, stringendole la mano.

Camminarono in silenzio attraverso la foresta per diversi minuti, prima che le dicesse in tono ironico: «Dobbiamo proprio camminare a passo di marcia forzata?»

Annie rallentò subito. «Scusa» disse arricciando il naso «È davvero bello potermi sgranchire le gambe e fare un po' di esercizio.»

Frankie si fermò di colpo e la prese tra le braccia. Si sarebbe dovuta infastidire perché erano già parecchio sudati, e lui sapeva che non le piaceva toccare nessuno mentre si allenava, ma la sua stretta le ricordò subito la notte precedente. Il calore che generavano a letto...

quanto fosse stato implacabile nell'assicurarsi che lei fosse completamente soddisfatta prima di prendere in considerazione i propri bisogni. Aveva sentito abbastanza storie orribili da parte di altre donne riguardo al sesso, da rendersi conto di quanto fosse fortunata ad avere Frankie.

«Respira, amore. Siamo in vacanza, non a prendere d'assalto le spiagge della Normandia o a lanciarci verso un covo di talebani.»

«Lo so» sospirò. «Ho solo bisogno di un buon allenamento.»

Lui sollevò un sopracciglio e sorrise quando Annie si rese conto di ciò che aveva appena detto. «Voglio dire, la ginnastica che ho fatto a letto ieri sera è stata buona, ma...»

La baciò bruscamente. «So cosa volevi dire. Rallentiamo un po' e vediamo dove ci porta questo sentiero. Se dobbiamo percorrerlo più volte per toglierti la smania, lo faremo.»

Gli sorrise. «Oggi ti ho detto che ti amo?»

«Sì, ma non mi stancherò mai di sentirtelo dire.»

«Ti amo, Frankie. Non capisco come fai a sopportarmi a volte, ma lo apprezzo lo stesso.»

«Non sei così male» le disse strizzando l'occhio. «Anche se monopolizzi le coperte, lasci le scarpe in giro per tutta la casa e riesci a bruciare anche l'acqua.»

Annie rise. «Perché non fai strada tu? Così questa bella escursione sarà rilassata e non un allenamento estremo.»

«Potresti correre avanti e poi tornare da me» suggerì Frankie.

Scosse la testa. «No. Preferisco stare con te. Sono in vacanza. Non mi ucciderà se non corro per un milione di chilometri con uno zaino da quindici chili sulla schiena.»

«Non perderai la forma» la rassicurò.

«Lo so. E comunque, mi perderei un sacco di cose stando davanti. Sei così bravo a indicare uccelli, insetti dall'aspetto interessante e roba del genere.»

«Va bene. Ma dimmelo se vado troppo piano.»

Ricominciarono a camminare, con Frankie alla guida. Mantenne la loro passeggiata a un ritmo abbastanza lento, fermandosi spesso per osservare le piante e fiori particolari.

Non aveva idea di quanto tempo fosse trascorso, ma non passò molto prima che arrivassero al bivio di cui erano stati avvertiti.

Frankie si fermò e guardò a destra, dove chiaramente non avrebbero dovuto andare, poi a sinistra. Su quello precluso avevano bloccato il passaggio con una fragile corda. Annie guardò quel percorso con brama. In lontananza si vedeva una leggera salita tra gli alberi, sarebbe stato un allenamento migliore, e non poté fare a meno di pensare che sarebbe stato più elettrizzante esplorare il sentiero proibito.

«Sai, hanno detto che l'isola è disabitata» rifletté Frankie.

Lo guardò con un sorrisetto. «È vero» confermò.

Lui controllò l'orologio. «Abbiamo un sacco di tempo, soprattutto se aumentiamo il ritmo. Potremmo andare a vedere quell'altra spiaggia e riuscire a tornare per prendere l'ultimo gommone.»

«Da quando sei diventato così avventuroso?» gli chiese.

«Da quando sto con te» le rispose senza esitazione.

«Dobbiamo rimanere sul sentiero di sinistra» gli ricordò, senza sapere perché stesse cercando di convincerlo a non prendere il percorso off-limits; lei voleva decisamente andare a destra.

Frankie scrollò le spalle. «Mi sento un po' ribelle oggi, che vuoi che ti dica?»

«Mi piace. E se quell'altro litorale è deserto... magari possiamo vedere se il sesso in spiaggia è così memorabile come dicono» disse con un sorriso malizioso.

Lui spalancò gli occhi. «Ehm... no. Ti amo, ma riempirmi il cazzo di sabbia non è in cima alla mia lista di cose da provare. Inoltre, potrebbe essere molto irritante anche per te. Riesci a immaginare di dover andare dal medico di bordo e spiegare perché hai una brutta irritazione proprio in quel posto?»

Annie scoppiò a ridere, ma annuì. «Va bene, ok, hai ragione.»

«Se avessimo un asciugamano, forse lo farei» continuò Frankie. «Comunque non sono disposto a rischiare di cercare foglie e roba del genere su cui sdraiarsi, perché con la mia fortuna ci troverei un enorme ragno letale che mi morderebbe il culo. Poi dovrei spiegare al medico come sia riuscito a entrare nei miei pantaloncini e nei boxer, e a mordermi.»

Annie stava ridendo così forte che quasi non riusciva a parlare. «Ho detto va bene!» esclamò, quasi soffocandosi.

«Mi piace vederti ridere» disse Frankie con affetto.

«Andiamo, prima che mi ecciti con tutti questi discorsi sexy sulla sabbia e sui ragni.» Gli prese di nuovo la mano, tirandolo fuori dal sentiero per poter aggirare la corda che lo bloccava.

«Oh, ti eccita.»

Alzò gli occhi al cielo. Il suo uomo era un cretino, ma non lo avrebbe voluto in nessun altro modo.

Continuarono a camminare; le piaceva avere la sensazione che fossero le uniche persone sull'isola. Gli uccelli cinguettavano e le foglie stormivano nella leggera brezza. L'odore della terra e della sabbia sotto i loro piedi completava quella piacevole atmosfera.

Il sentiero che avevano scelto aveva cambiato direzione diverse volte. Alcune traiettorie che avevano seguito erano poco più che percorsi creati da animali, ma Annie non aveva paura di perdersi. Primo perché erano su un'isola; non era che potessero allontanarsi all'infinito. Secondo, aveva sempre avuto un eccellente senso dell'orientamento. Sapeva che sarebbero riusciti a tornare alla spiaggia senza problemi. Ma capiva come altre persone avrebbero potuto perdersi facilmente.

«È così bello qui» sussurrò dopo un po'.

«È vero» concordò Frankie dietro di lei.

«Quanto tempo abbiamo?» gli chiese.

Lui guardò l'orologio. «Abbastanza, stiamo camminando da meno di un'ora.»

«Bene.» Sollevò la testa e inspirò profondamente. «Lo senti questo profumo?»

«Sì. Dovremmo essere vicini all'altro lato dell'isola.»

Annie annuì. L'odore dell'oceano lì era più forte. Avevano percorso una salita e superato una cresta che probabilmente divideva i due lati dell'isola. Mentre sul lato sud, vicino alla spiaggia privata dov'era ancorato il veliero, il mare era calmo e soffiava una leggera brezza, a nord era molto più selvaggio e ventoso.

Un attimo prima erano circondati da alberi, e quello dopo si trovarono all'ingresso di un lungo litorale; la sua precedente valutazione era stata corretta, quella zona non era adatta ai turisti a cui piaceva rilassarsi stesi al sole, e di sicuro non era l'ideale per fare snorkeling. Il mare agitato si infrangeva sulla riva. La spiaggia stessa era molto rocciosa, niente a che vedere con la lunga coltre di sabbia soffice trovata dall'altra parte.

Ma per qualche ragione, ad Annie piaceva di più quella che aveva davanti. Era più grezza, più reale. «È bellissimo» sussurrò.

«Sì» concordò Frankie.

Camminò con cautela lungo la spiaggia, osservando tutto. Il vento le sferzava le ciocche di capelli che erano sfuggite dalla sua coda di cavallo, pungendole le guance e il collo, e poteva sentire il sale nell'aria ricoprirle la pelle. Inspirando profondamente, non poté fare a meno di sorridere. Non si sentiva così viva da molto tempo.

Frankie la seguiva a una distanza di circa tre metri, prendendosi il suo tempo a studiare l'area. Nessuno dei due parlò, si godettero semplicemente la serenità del momento e lo splendido scenario.

Dopo aver percorso più o meno metà della spiaggia, vide qualcosa davanti a lei sul limite degli alberi. Non riuscì a capire cosa fosse. Sembrava un mucchio di casse... ma non aveva senso. Erano completamente soli e l'isola era disabitata quindi, cosa diavolo era?

Camminò un po' più veloce, ansiosa di risolvere il mistero. Quando arrivò a meno di sei metri dai contenitori, si bloccò.

Un uomo si era alzato improvvisamente da dietro le casse che si trovavano appena dentro la foresta, e per un breve secondo si limitarono a fissarsi. Sembrava che fosse sorpreso quanto lei.

Annie fece un passo indietro istintivamente. C'era qualcosa in quel tizio che la faceva rabbrividire. Aveva i capelli biondi e una barba molto trasandata, come se non si radesse da una settimana o più. La sua maglietta era sporca e i pantaloncini strappati. Sembrava... molto nervoso. Un po' come le persone che aveva visto in missione, che cercavano di mimetizzarsi con l'ambiente circostante, ma erano troppo agitate e nervose per riuscire a convincere qualcuno che stavano svolgendo le normali attività quotidiane.

Ma era ciò che teneva in mano che la fece voltare verso Frankie.

Aveva tutte le intenzioni di chiedergli di scappare, ma lui stava già correndo verso di lei.

Tornò di nuovo a guardare l'uomo che avevano sorpreso, ma prima che potesse registrare che non era più dove l'aveva visto, se lo ritrovò improvvisamente accanto mentre le puntava la pistola alla testa.

«Non muoverti» ringhiò.

Annie si bloccò. Avrebbe voluto disarmare quello stronzo, ma anche se la possibilità di fallire era minima, non voleva pensare a cosa avrebbe potuto fare a lei o a Frankie. Inoltre, non aveva idea se fosse da solo. Aveva bisogno di ulteriori informazioni prima di fare qualsiasi mossa.

«Che diavolo?» urlò Frankie avvicinandosi.

«Non avvicinarti o le sparo!» gridò il tizio.

Lo ignorò e continuò a correre verso di loro.

«Dico sul serio!» lo avvertì.

«È sordo!» gridò Annie.

«Che cosa?»

«È sordo!» ripeté. «Conosce la lingua dei segni. Posso dirgli ciò che stai dicendo, ma devo muovere le mani. Per favore, non spararmi.» Era preoccupata di aver recitato con troppa enfasi, ma se lo stronzo non avesse saputo che Frankie in realtà poteva sentire, la cosa avrebbe potuto andare a loro favore.

«Digli di fermarsi, cazzo!» ringhiò il tipo, spingendole la testa con la canna della pistola.

*Avresti dovuto correre dall'altra parte*, disse Annie a Frankie.

Lui si fermò a tre metri da lei. *Credi davvero che ti avrei abbandonata? Non esiste, cazzo*, replicò.

Anche se non stava parlando, vedeva chiaramente la sua irritazione nel modo in cui muoveva le mani.

«Pensavo che quest'isola fosse disabitata» disse lei allo stronzo.

«Pensavi male» ribatté. «Ci sono dei vecchi bungalow fatiscenti sul lato nord, non troppo lontano da qui. Per quanto ne sappiamo, qualcuno è arrivato da Nassau, probabilmente occupando abusivamente l'isola.» L'uomo abbassò la voce, borbottando: «Tra tutte le cazzo di isole, dovevano scegliere questa.»

*Per quanto ne sappiamo.* Quello rispondeva alla domanda se il bastardo fosse solo o meno. Ed era americano, ma non riusciva a riconoscere l'accento.

«Senti, lasciaci andare e torneremo dall'altra parte dell'isola. Non ci interessa ciò che stai facendo qui. Siamo in vacanza. Non vogliamo guai.»

«Be', li hai trovati comunque» disse l'uomo. «Non possiamo lasciarvi andare e rischiare che spifferiate che siamo qui. E non possiamo spararvi perché gli stronzi nei bungalow potrebbero sentire e venire a indagare. Per non parlare del fatto che suppongo siate arrivati con quel cazzo di veliero di lusso. Quegli stronzi potrebbero sentire gli spari e venire a controllare. Quindi per ora, dovete stare zitti e fare ciò che dico.»

«Che cazzo sta succedendo, Garrett?» chiese un altro

uomo, uscendo dagli alberi e camminando verso di loro.

Annie sentì lo stomaco sprofondare. Merda. Lo stronzo, Garrett, aveva già rivelato di non essere solo sull'isola, ma aveva sperato che il suo amico stesse dormendo o facendo altro. Avrebbe potuto sottometterne facilmente uno, ma due sarebbe stato più difficile. E anche il secondo uomo aveva una pistola. *Merda merda merda.*

«Abbiamo compagnia» lo informò Garrett.

«Mi pare evidente, Sherlock» borbottò l'altro disgustato. Si avvicinò ad Annie, ghignando mentre faceva scorrere lo sguardo sul suo corpo.

«Lasciala stare» disse Frankie in tono duro.

«È ritardato?» chiese dopo aver sentito la sua voce.

Annie vide rosso. «No, non è ritardato! E questa è la cazzo di parola più offensiva che si possa dire.»

«Sembra un ritardato» sostenne Garrett.

Lei si tese, pronta a uccidere entrambi gli uomini.

*Tranquilla, Annie. Rimani concentrata,* segnò Frankie.

«Cosa sta facendo? Ha le convulsioni?»

«È sordo» Garrett informò il suo amico. «O così dice.»

«È vero» affermò Annie. «Ha una voce diversa perché non riesce a sentirsi. È impossibile imparare a scandire le parole quando non le hai mai sentite prima. Se qualcuno ti facesse leggere ad alta voce un libro scritto in francese o spagnolo o in qualsiasi altra lingua, suoneresti piuttosto strano anche tu.»

«Eh. Quindi non può sentirci?» chiese l'altro.

«Esatto.»

«E gli parli con le mani?»

«Sì.»

«Digli di portare il culo qui e di sedersi dietro le casse» ordinò.

*Non farlo*, disse a Frankie. *Se ti giri e corri, li sorprenderai e avrai un vantaggio. Potrebbero non essere in grado di raggiungerti. Potresti tornare all'altra spiaggia e chiedere aiuto.*

*Non ti lascio qui*, ribatté lui, le labbra contorte in un profondo cipiglio.

Annie amava così tanto il suo uomo, ma in quel momento era frustrata per la sua testardaggine.

«Cos'ha detto?» chiese Garrett.

«Vuole sapere cosa avete intenzione di farci» mentì.

«Niente, se farete ciò che vi diciamo» disse il secondo tizio. «Dobbiamo rimanere su quest'isola di merda solo un altro giorno, poi verranno a prenderci.»

*Qual è il piano?* le chiese Frankie.

*Ancora non lo so. Non sembra che vogliano ucciderci. Probabilmente dobbiamo solo aspettare che se ne vadano.*

*Non vogliono ucciderci? Quello stronzo ti sta puntando una pistola alla testa, Annie!*

«Cosa sta dicendo?»

«Vuole sapere dove vuoi che si sieda. E cosa c'è nelle casse.» Non era sicura di volerlo davvero sapere, ma se c'erano delle pistole, forse avrebbe potuto recuperarne una e giocare alla pari.

«Dobbiamo dirglielo, Travis?» chiese Garrett con un tono beffardo, continuando a tenere la pistola premuta contro la sua testa mentre Frankie camminava lentamente verso le casse dove gli avevano detto di andare a sedersi.

«Vuoi sapere cosa c'è dentro?» gli chiese Travis seguendolo.

Annie non sapeva se stava deliberatamente facendo lo stronzo o se si fosse dimenticato che presumibilmente non poteva sentire. Pensò che fosse proprio stronzo. *Non reagire,* avvertì Frankie lanciandogli un'occhiata. Ma in fondo sapeva che era lui il più tollerante tra loro. Semmai, lo stava dicendo più a *se stessa.*

«Cocaina» continuò. «Diventeremo maledettamente ricchi non appena preleveranno questo carico. Siamo qui per assicurarci personalmente che la consegna avvenga senza intoppi. I nostri uomini arriveranno da Miami per prendere noi e la roba.»

Annie si irrigidì. Dannazione.

«Siediti lì» disse Travis a Frankie, agitando la pistola contro di lui e poi usandola per puntare a terra vicino a una delle casse.

Garrett l'aveva fatta camminare dall'altro lato, così aveva notato che i due uomini si erano accampati più avanti nella foresta. C'era un piccolo falò e spazzatura ovunque, due amache appese tra gli alberi e lì accanto una grande tanica che pensò contenesse dell'acqua. Quello che *non* vedeva erano altre armi. Aveva sperato di mettere le mani su una.

Garrett la prese per un braccio e la strattonò, facendola quasi cadere sul terreno roccioso. Frankie ringhiò e fece per alzarsi, ma Travis sollevò la pistola e gliela puntò alla testa. «Siediti» lo minacciò.

*Sto bene,* gli segnò Annie.

Il bastardo rise. «Sembra che sarà abbastanza facile rendervi compiacenti. Che ne dici se ti sparo se lui fa un passo falso? E se lo fai tu, lui è morto. Diglielo.»

La toccò con la canna della pistola e Annie provò un'ondata di odio. Era *quello* il motivo per cui avrebbe voluto che Frankie fosse scappato. Se fosse stato al sicuro, avrebbe fatto tutto il necessario per far fuori i due trafficanti, ma non aveva dubbi che gli avrebbero sparato se avesse fatto anche il minimo movimento. Doveva lasciare che quegli stronzi pensassero di avere la situazione in pugno. Per il momento.

«Diglielo» ripeté, premendole più forte la pistola contro la testa.

*Dobbiamo aspettare. Alla fine dovranno dormire. Stai calmo e non dar loro un motivo per incazzarsi con noi.*

*Mi stanno sottovalutando.*

*Lo so. E possiamo usarlo a nostro vantaggio. Ma non adesso che sono in massima allerta.*

Frankie annuì e si sedette contro la cassa.

«Bravo ragazzo» ridacchiò Garrett. Poi condusse Annie vicino a un albero dall'altra parte dell'accampamento improvvisato e la spinse a terra. Lei cadde in ginocchio e trattenne il gemito che minacciò di scappare quando colpì una roccia appuntita. Se Frankie avesse pensato per un secondo che era ferita, avrebbe perso la testa. Se fosse scoppiato il caos, sarebbe morto cercando di proteggerla. Non importava che lei fosse un soldato delle forze speciali e che potesse prendersi cura di se stessa.

Frankie non aveva mai dimenticato come ci si sentiva a essere impotente, dopo che sua madre aveva cercato di rapirlo quando era piccolo. Ora aveva un enorme complesso del salvatore e la maggior parte delle volte ad Annie non importava. Le dava una bella sensazione quando si batteva per lei... ma quello non era il momento di perdere la testa.

*Sto bene*, gli ripeté per quella che sembrava la centesima volta.

*Se non ti toglie quelle cazzo di mani di dosso, gliele strapperò.*

*Dobbiamo solo restare calmi*, insistette.

«Se si muove, sparagli» disse Travis a Garrett mentre si chinava su una borsa.

«Ma se lo scoppio riecheggia? La gente potrebbe venire a vedere cos'è successo.»

«Cazzo» imprecò Travis. Poi scosse la testa. «Correremo il rischio.» Si voltò verso Annie. «Suggerisco a te e al tuo amico di stare tranquilli. Potrebbe non piacervi quello che succederebbe se non lo fate.»

Era un po' rassicurante che non avessero già sparato a nessuno dei due, che fossero preoccupati di attirare l'attenzione su quel lato dell'isola.

Travis si alzò con una corda in mano e quel senso di semi tranquillità svanì.

«Come ha detto Garrett, se stai seduta lì come una

brava bambina e il tuo amico farà lo stesso, andrà tutto bene. Domani verranno a prenderci e sarete di nuovo soli. Nel frattempo però, non posso lasciarvi andare» disse, mentre si accovacciava accanto a lei.

Legò abilmente un'estremità della corda attorno all'albero e l'altra intorno alla sua vita, fissandola con una serie di nodi complicati. «Ti lascerò le mani libere così potrai tradurre per il tuo amico ritardato.»

Lei digrignò i denti. «Smettila di dirlo. È intelligente come chiunque altro. Anche di più.»

«Sì, come no. Sembra piuttosto stupido» mormorò Travis, stringendo la corda intorno a lei.

Annie trattenne il respiro. «È troppo stretta» si lamentò.

«Zitta, stronza» ribatté, ma fu sollevata quando la allentò un po'.

Poi lo spacciatore psicopatico le andò di fronte e le tirò un pugno in faccia.

Lei grugnì quando il colpo violento impattò sulla sua guancia. Faceva male, ma aveva sopportato dolori peggiori nel suo percorso per diventare un Berretto Verde.

I due bastardi risero.

«Di' al tuo ragazzo che se uno di voi proverà a fare qualcosa, succederà di peggio. Non sei il mio tipo... ma è passato un po' di tempo dall'ultima volta che ho infilato il cazzo in una fica. Mi andrai bene lo stesso. Diglielo!» sottolineò l'ordine con un calcio sulla sua coscia.

*Sto bene,* disse a Frankie che sembrava stesse per

perdere il controllo. *Picchia come una mammoletta.*

*Lo ucciderò, cazzo,* replicò lui.

*Vuole che tu perda il controllo,* segnò velocemente. *Sto bene, sul serio.*

Lui annuì, ma si vedeva che non era affatto convinto.

L'adrenalina di Annie era alle stelle e non avrebbe voluto far altro che occuparsi di quello stronzo, ma doveva giocare d'astuzia, e il tempo era suo amico in quel momento. Avrebbero dovuto tornare presto sul veliero e se non si fossero presentati, di sicuro il capitano li avrebbe fatti cercare e avrebbe chiamato le autorità delle Bahamas per chiedere assistenza. Poi sarebbe stata solo questione di tempo prima che venissero trovati.

Sapeva senza ombra di dubbio che sarebbero stati chiamati i rinforzi. Dovevano solo essere pazienti e non inimicarsi i due bastardi fino a quel momento.

«Cos'ha detto?» chiese Travis.

«Vuole sapere cos'avete intenzione di fare adesso» inventò al volo.

«Qualsiasi cosa vogliamo» rispose, sottolineando il suo punto con la pistola. «Diglielo.»

*Ti amo, Frankie,* gli disse. *Ne usciremo.*

*Mi dispiace di aver suggerito quel maledetto percorso,* replicò lui.

Lei scosse la testa. *Lo sai che ti avrei convinto a farlo.*

*Vero.* Poi, disse qualcosa che dimostrò che erano sempre in sintonia. *Il ritorno al veliero è previsto tra meno di un'ora. Ci cercheranno.*

«Cosa diavolo sta dicendo?» chiese Garrett.

«È solo spaventato» rispose. «Come me.»

«Digli di stare zitto. Gesù! Chi avrebbe mai pensato che un sordo potesse irritarti parlando così tanto?»

*Abbiamo bisogno che abbassino la guardia. Verranno ad aiutarci, ma se avremo la possibilità agiremo prima di allora.*

*Dimmi cosa vuoi che faccia e lo farò.*

Annie annuì. Dio, era un uomo così buono. Non aveva esitato a farle sapere che avrebbe seguito le sue direttive. Sapevano entrambi che era lei l'esperta quando si trattava di quel tipo di situazioni, e anche se Frankie sarebbe morto per lei, era disposto a lasciarle fare il suo lavoro per tirarli fuori da lì.

Il suo amore per lui quasi la sopraffece in quel momento... prima di sentirsi travolgere dalla gravità della situazione.

Frankie sarebbe potuto morire quel giorno.

Annie non aveva paura della morte. L'aveva vista in faccia così tante volte che ormai non la turbava quasi più. Ma il pensiero che potesse succedergli qualcosa, quasi la paralizzò. Non poteva perderlo. Non poteva immaginare una vita senza di lui.

E con quel pensiero, si sentì più determinata che mai.

*Non* l'avrebbe perso. Non per colpa di quegli stronzi.

*Per ora aspettiamo,* gli disse.

Lui annuì, poi abbassò la testa come per mostrarsi sconfitto.

## CAPITOLO UNDICI

F RANKIE ERA SEDUTO contro le casse piene di droga e stava cercando di elaborare un piano. Ma la strategia era il forte di Annie. In realtà, tutto ciò che poteva fare, era rimanere compiacente in modo che non le facessero del male. Poco prima, dando un'occhiata all'orologio, aveva visto che era già passata l'ora in cui avrebbero dovuto tornare ai gommoni. Il capitano e il resto del personale ormai dovevano essersi accorti che mancavano.

Probabilmente stavano setacciando la spiaggia e il sentiero. Non aveva idea di cosa sarebbe successo se non li avessero trovati in fretta. Sperava che ampliassero la ricerca.

Alcuni degli ospiti a bordo forse si sarebbero incazzati per l'interruzione della loro vacanza, per non essere partiti alla volta della destinazione successiva. Altri, invece, si sarebbero preoccupati. Avrebbero anche potuto offrirsi volontari per aiutare nella ricerca, il cielo si stava già scurendo e Frankie pensò che la compagnia di crociera non avrebbe voluto che gli ospiti si aggirassero per la foresta al buio, probabilmente nemmeno che lo facessero i loro dipendenti.

Era d'accordo. Non voleva che si imbattessero in Garrett e Travis. Aveva la sensazione che non avrebbero esitato a sparare a chiunque avesse osato ostacolare la consegna della droga.

Annie aveva ragione, dovevano solo stare tranquilli e aspettare, non inimicarsi gli uomini armati.

Nell'ultima ora erano rimasti seduti a parlare a poca distanza da lui. Tenevano le armi pronte, ma fintanto che non faceva movimenti improvvisi, sembravano contenti di ignorarlo.

Aveva appreso molte cose da loro dato che pensavano che non potesse sentire, e aveva passato a Annie ogni informazione. All'inizio i due uomini avevano voluto sapere cosa si stavano dicendo. Lei aveva mentito spudoratamente, inventandosi delle stronzate a cui avevano creduto tanto da smettere di chiedere. Era stata una mossa davvero stupida da parte loro, dovevano immaginare che avrebbero parlato di come fuggire. Invece, si erano lamentati degli insetti e avevano discusso di quanti soldi avrebbero guadagnato una volta riportate le casse negli Stati Uniti.

*Sono fratelli*, disse Frankie ad Annie. *Travis è il maggiore. Sono preoccupati che il compratore diventi impaziente. Se i loro amici tardassero ad arrivare l'accordo potrebbe fallire.*

*Non è un nostro problema*, replicò lei.

*Potrebbe, se si innervosiscono*, ribatté Frankie. *Sarebbe meglio che non fossimo qui quando arriveranno gli altri trafficanti.*

*Sono d'accordo. Possiamo aspettare fino a notte fonda. Speriamo che uno o entrambi si addormentino così possiamo filarcela.*

Gli piaceva che non fosse propensa a catturarli. Preferiva di gran lunga andarsene da lì e lasciare che ci pensassero le autorità a occuparsi dei due fratelli. Non che pensasse che Annie non potesse farlo, ma avrebbero dovuto dividersi; uno avrebbe dovuto fare la guardia agli uomini mentre l'altro tornava all'altra spiaggia per chiedere aiuto. L'ultima cosa che voleva era separarsi da lei.

Passarono le ore, scese l'oscurità e Frankie ignorò il brontolio dello stomaco. Aveva fame e sete, ma ogni muscolo era teso, in attesa di vedere cosa avrebbero potuto fare loro.

«E se non vengono?» chiese Garrett a suo fratello.

«Lo faranno» rispose l'altro.

«Ma cosa succede se non lo fanno?» insistette.

Stavano parlando di nuovo a bassa voce, tranquilli nella consapevolezza che lui non potesse sentirli. Per la prima volta nella vita era contento di essere sordo; dava loro un vantaggio.

«Verranno» ripeté, con evidente irritazione nella voce.

«Cosa ne facciamo di *loro*?» chiese.

Frankie attese nervoso la risposta di Travis.

«Vedremo cosa vuole fare Martin.»

L'altro ridacchiò. Aveva pensato che il fratello minore fosse un po' ingenuo e meno pericoloso, ma le sue parole successive lo smentirono.

«Non vorrà testimoni che potrebbero identificarci o raccontare a qualcuno cos'è successo qui. Credi che me lo lascerà fare?»

Frankie s'irrigidì.

*Cosa stanno dicendo?* chiese Annie con impazienza. Non era chiaramente contenta di non poter ascoltare.

*Aspetta un secondo*, le rispose, attendendo concentrato di sentire la risposta.

Travis scrollò le spalle. «Non vedo perché no. Non gli importerà *chi* li ucciderà, purché venga fatto. Dovrai mirare alla testa, ucciderli con un colpo solo così non faremo più rumore del necessario. E devi assicurarti che siano morti. Non vogliamo essere trovati prima di riuscire a lasciare questa stupida isola.»

«Ok» replicò Garrett quasi eccitato. «Forse dovremmo farlo ora, così Martin non dovrà preoccuparsi di loro. Sarà contento che al suo arrivo il problema sia già risolto.»

«Hai ragione» disse Travis. «Ma dobbiamo aspettare un po', perché sono sicuro che ci sono persone che li stanno cercando. Alla fine verranno da questa parte, ma probabilmente non prima dell'alba. Prima si concentreranno sul lato sud, lungo quel sentiero che hanno creato. Abbiamo un po' di tempo. Se lo facciamo ora, potrebbero sentire gli spari. Un paio li possiamo gestire, ma non un intero equipaggio.»

«E se ci trovano prima che arrivi Martin?» chiese Garrett.

«Non succederà.»

«Come puoi esserne sicuro?»

«Perché lo so! Ora stai zitto! Dobbiamo solo cercare di non attirare l'attenzione finché non vengono a prenderci. Poi saremo al sicuro.»

Frankie avrebbe voluto alzare gli occhi al cielo. Dovevano sapere che sarebbe potuto arrivare qualcuno del veliero in qualsiasi momento, che fosse notte o meno. Probabilmente era intelligente non fare rumore inutile e svelare la loro posizione, ma alla fine l'isola sarebbe stata perlustrata da cima a fondo e li avrebbero trovati. Erano degli illusi se pensavano di aver tempo fino al mattino, quando i loro compari si sarebbero presentati.

«Va bene, ma continuo a pensare che dovremmo occuparci di loro prima che arrivi Martin. Ne sarebbe felice. Gli dimostrerebbe che siamo pronti a fare tutto il necessario e che possiamo gestire la responsabilità di lavorare con lui. Possiamo portare con noi i loro corpi e gettarli in mare una volta che saremo abbastanza lontani. Non li troveranno mai e nessuno potrà risalire a noi.»

«Buona idea» concordò Travis, annuendo lentamente.

*Cambio di piano*, segnò Frankie ad Annie. *Dobbiamo cogliere la prima possibilità che ci capita.*

*Perché? Che cos'hanno detto?*

*Pensano che il tizio che verrà domattina ci voglia morti. Garrett è ansioso di farci fuori. Hanno deciso che sarebbe meglio spararci prima che arrivino i loro compari.*

*Merda.*

*Già. Ma vogliono aspettare ancora un po', sperando che gli spari non allertino chi ci sta cercando.*

*Ok, questo ci darà un po' di tempo.*

*Vedo se riesco a prendere il coltello che ha usato Travis e a tagliare le corde con cui ti ha legata all'albero prima che se ne rendano conto.* Non aveva idea di come ci sarebbe riuscito, ma avrebbe fatto tutto il necessario per liberarla. Anche se avesse significato farsi sparare.

*Non ce n'è bisogno. Mi sono già liberata.*

Sbatté le palpebre sorpreso. *Davvero?*

*Sì. Lo stronzo non sa minimamente come si lega qualcuno in modo appropriato, e non avrebbe dovuto lasciarmi le mani libere. Dobbiamo solo essere pronti a farli fuori non appena abbassano la guardia.*

Frankie aveva mille domande. Non aveva idea di come fosse riuscita ad allentare la corda senza che i loro rapitori se ne accorgessero. Non sapeva come avrebbero potuto farli fuori dato che erano Travis e Garrett ad avere le pistole, non loro, e non era sicuro nemmeno di come avrebbero capito quale sarebbe stato il momento giusto per fare la loro mossa.

Prima che potesse chiederglielo, fu colpito alla fronte da qualcosa di duro.

Sussultò per il dolore e si portò subito una mano alla testa; sentì umido.

«Mira perfetta, Garrett!»

Alzò lo sguardo e vide i fratelli ridere. Il bastardo tirò indietro il braccio, preparandosi a lanciare un altro sasso.

«Smettila» ringhiò.

«Il ritardato ha il coraggio di parlare!» esultò Travis.

Lo avevano chiamato con molti nomi nel corso della vita, quindi non fece neanche caso all'insulto. Aveva lavorato molto duramente negli anni per parlare in modo più chiaro possibile e pronunciare le parole correttamente, ma suonava sempre diverso dalle altre persone. Non gli interessava, perché ad Annie non importava e ciò aveva fatto miracoli per la sua autostima.

Era anche ben consapevole di quanto lei odiasse quando qualcuno lo trattava male o faceva commenti maleducati sul suo modo di parlare. Doveva fare qualcosa prima che la situazione sfuggisse di mano. Sapere che Annie non era impotente e non sarebbe stata una facile preda contro quell'albero se lui avesse fatto incazzare i fratelli, gli diede il coraggio di provare a smuovere le cose. Voleva che lei tornasse sul veliero sana e salva, lontana da quegli spacciatori instabili e, *sicuramente,* prima che arrivassero i loro compari.

«Devo fare pipì» disse di punto in bianco proprio

mentre Garrett lanciava il secondo sasso. Frankie si chinò e gli volò sopra la testa, colpendo una delle casse dietro di lui.

«Mancato!» lo prese in giro Travis.

«Si è spostato! Non è stata colpa mia» si lamentò l'altro.

«Dovrai avere una mira migliore se più tardi gli sparerai.»

«L'hai sentito?» gli chiese Annie dal lato opposto. «Ha detto che deve fare pipì.»

Frankie tenne d'occhio gli uomini, non volendo essere colpito di nuovo. Sperava che Annie avesse capito e approvato il suo tentativo di dare una svolta alla situazione. Ora che sapevano che i fratelli avevano pianificato di ucciderli, non potevano star lì seduti a vedere cosa sarebbe successo.

«L'ho sentito» sbottò Travis.

«Siamo seduti qui da ore» continuò lei. «Non ci avete dato niente da mangiare o da bere e avete pisciato diverse volte. Dai... per favore» piagnucolò.

«Ok. Garrett, accompagnalo» disse al fratello con un'alzata di spalle.

«Perché io? Fallo tu. Non voglio stare da solo con il ritardato» brontolò.

«Smettila di chiamarlo così, cazzo! È sordo!» gridò Annie. «Non ha problemi mentali!»

«Problemi mentali» la derise Travis. «Immagino che sia il termine politicamente corretto per i ritardati, eh?»

Frankie aveva la sensazione che se la conversazione

fosse andata avanti troppo a lungo, Annie avrebbe perso la testa, così s'intromise: «Per favore. Prometto di comportarmi bene. Non voglio venire ferito.» Fece del suo meglio per sembrare il più sottomesso possibile.

«Bene» borbottò Garrett, alzandosi e puntandogli contro la pistola. «Alzati.»

Continuando a interpretare il suo ruolo, fissò l'uomo e aggrottò la fronte come se fosse confuso.

«Cazzo» disse Garrett, mentre suo fratello rideva. «Alzati!» urlò, come se così avrebbe potuto sentirlo. Mosse le mani verso l'alto facendo ondeggiare pericolosamente la pistola.

Frankie annuì e si mise in piedi lentamente, tenendo le mani alzate in segno di resa.

«Digli che ti ammazzo se prova a fare qualcosa» disse Travis ad Annie.

*Non ascoltarlo*, segnò invece lei. *È un buon piano. Dobbiamo separarli.*

Stava per chiederle quale fosse il piano, ma Garrett gli sbatté la pistola contro una mano.

Urlando per la sorpresa e il dolore, fissò l'uomo.

«Basta parlare!» ringhiò. «Volevi fare pipì, quindi è ciò che faremo. Cammina!» Indicò gli alberi dietro al punto in cui erano seduti.

Si avviò, cercando di pensare a cosa fare. Non aveva dubbi che Travis avrebbe sparato ad Annie se ne avesse avuto la possibilità. Peggio ancora era ciò che avrebbero potuto farle *prima* di ucciderla. Non era un idiota. Era carina, e non voleva pensare che quegli stronzi avrebbero potuto violentarla se ne avessero avuto la possibilità.

Per niente al mondo avrebbe permesso che mettessero le mani addosso alla sua donna.

Tenne d'occhio Garrett mentre entravano nella foresta. Era una cosa positiva che avesse effettivamente bisogno di fare pipì, altrimenti aveva la sensazione che il tizio avrebbe perso la testa.

«Lì. Piscia lì» gli disse, indicando un punto vicino a un albero.

Annuì e si slacciò i pantaloncini. Fece i suoi bisogni e poi un cenno al bastardo quando ebbe finito. Era difficile credere che fossero così stupidi da non aver capito cosa fosse il dispositivo sul lato della sua testa. Anche se non avevano mai incontrato nessuno che fosse sordo, avrebbero dovuto chiedersi cosa diavolo fosse; forse i capelli lo coprivano abbastanza e nessuno dei due se n'era accorto.

«Dai, torna di là» gli ordinò, indicandogli di nuovo con la pistola la via da cui erano venuti.

Sentendosi frustrato per non aver un piano e per non aver avuto l'opportunità di fare nulla, fece come gli era stato ordinato. Odiava voltargli le spalle e pregò che l'altro uomo non cogliesse l'occasione per spargli proprio in quel momento.

Mentre si avvicinavano agli altri, Garrett chiamò suo fratello. «Torno subito. Vado a pisciare!»

«Come vuoi!» gli gridò l'altro in risposta.

Frankie non smise di camminare quando lo sentì

voltarsi e tornare tra gli alberi.

Il suo battito accelerò. Ecco. Era il momento che stavano aspettando. Non avrebbero avuto molto tempo, ma se fossero riusciti a sottomettere Travis prima che il fratello tornasse, sarebbero sicuramente stati in grado di sopraffare anche l'altro.

Camminò più in fretta per guadagnare tempo, e rafforzò la sua determinazione. Senza fermarsi a pensare, irruppe nella radura e si precipitò verso Travis.

L'altro uomo era ancora seduto per terra e alzò lo sguardo una frazione di secondo prima che lui lo placcasse.

«Ahhhhh!» urlò e Frankie fece una smorfia. Aveva sperato di sorprendere lo stronzo per impedirgli di avvertire suo fratello. Almeno aveva perso la pistola durante il placcaggio. La vide sulla sabbia mentre lottava con lo spacciatore.

Rotolarono mentre cercava di sottomettere l'uomo. Sentì un dolore acuto sul lato della testa e come se fosse stato premuto un interruttore, il suo mondo diventò silenzioso. Il bastardo era riuscito a staccargli il processore vocale; era trattenuto da un potente magnete, ma non era difficile rimuovere il dispositivo.

Ora non riusciva davvero a sentire nulla e non aveva idea se Annie stesse cercando di dirgli qualcosa o meno. Non sapeva se l'altro stronzo avesse sentito l'urlo di suo fratello e stesse tornando di corsa.

L'adrenalina gli scorreva nelle vene e alzò lo sguardo abbastanza a lungo da vedere Annie apparire al suo fianco. Lesse le sue labbra mentre gli diceva: «Ci penso io. Tu occupati di Garrett.»

Frankie rotolò via da Travis senza pensarci due volte, confidando che la sua guerriera potesse gestire da sola lo spacciatore incazzato. Non aveva dubbi che se Garrett fosse arrivato in quel momento e avesse visto ciò che stava succedendo, non avrebbe esitato a sparare.

Appena si alzò in piedi, lo vide. Era ovvio che avesse sentito il grido di suo fratello e fosse accorso subito. Il suo sguardo era fisso su Annie e Travis.

Frankie non esitò. Non era mai stato un tipo atletico, ma aveva guardato la sua parte di partite di football nel corso degli anni. Con nient'altro in mente che il pensiero di proteggere la sua donna, si lanciò sul bastardo quando uscì dagli alberi. Lo colpì con la spalla sullo stomaco e caddero a terra con violenza.

Lo stronzo era smilzo, ma era un lottatore. Non aveva idea di cosa stesse succedendo alle sue spalle, ma non riusciva a concentrarsi su nient'altro che a sottomettere l'uomo incazzato che si dibatteva sotto di lui. Gli afferrò il polso, lottando per tenere la canna della pistola lontana.

Proprio mentre pensava di aver preso il sopravvento, il dito di Garrett si piegò intorno al grilletto.

Vide il bagliore sulla canna mentre il suo avversario trasaliva al rumore dello sparo.

Il maledetto esplose un secondo colpo e Frankie vide rosso.

Non aveva idea di dove fossero finiti i proiettili, ma

era terrorizzato che uno avesse potuto colpire Annie. Gli strappò la pistola di mano e la gettò alla cieca verso gli alberi poi gli tirò un pugno in faccia mettendoci tutta la sua forza. Poi un altro. E un altro. E un altro ancora.

Frankie non aveva mai picchiato nessuno in tutta la sua vita. Non gli piacevano gli scontri, li evitava a tutti i costi, ma in quel momento era successo qualcosa dentro di lui e sapeva che se non avesse messo subito fine alla situazione, sarebbero stati nella merda.

Vide le labbra di Garrett muoversi, ma era troppo perso nella sua rabbia per leggere le parole. Continuò a prenderlo a pugni finché il bastardo non si portò entrambe le mani al viso per proteggersi dal suo attacco.

Un tocco sulla spalla lo fece girare, pronto ad affrontare anche il fratello.

Invece c'era Annie lì accanto a lui.

*Vai a tenere d'occhio Travis*, gli disse. *Lo finisco io.*

Guardò dietro e vide l'altro uomo sdraiato immobile sulla sabbia. Non aveva idea se fosse morto, ma non avrebbe versato una sola lacrima per lui se lo fosse stato.

Ancora prima che Frankie annuisse, lei agì. Gli diede a malapena la possibilità di togliersi di mezzo prima di rovesciare lo stronzo sullo stomaco e iniziare a legarlo con la stessa corda che avevano usato su di lei. Gliela avvolse intorno ai polsi, poi gli strattonò indietro le gambe e gli legò le mani alle caviglie.

Frankie corse dove aveva lanciato la pistola usata da Garrett, fortunatamente trovandola subito, e andò a posarla sopra una della casse. Si voltò per vedere se le servisse aiuto, ma aveva già l'uomo sotto controllo.

Aveva sempre saputo che era straordinaria ma, in quel momento, comprese veramente quanto; stava trascinando il tizio vicino al fratello senza il minimo sforzo. Era ricoperta di sabbia e graffi dalla testa ai piedi per aver lottato con Travis e non sembrava nemmeno senza fiato.

Lui invece, stava respirando con affanno come se avesse corso una gara di cinque chilometri in sprint. Il suo cuore batteva forte e sapeva che se si fosse sentito ansimare e sbuffare, sarebbe stato imbarazzato.

*Tienili d'occhio. Se si muovono, spara*, gli disse, poi tornò dove lui aveva lottato con Garrett.

Frankie prese di nuovo la pistola e fece del suo meglio per tenerla ferma, visto che gli tremavano le mani. Era difficile credere che la loro situazione fosse cambiata così drasticamente in pochi minuti. Non aveva idea di cosa stesse facendo Annie, ma quando la vide chinarsi, prendere qualcosa da terra e tornare verso di lui, capì.

Aveva in mano il processore vocale.

Erano appena scampati a un pericolo mortale e lei non solo sapeva che il dispositivo era stato staccato, ma la sua prima priorità era stata recuperarlo per lui.

Sentì le vertigini e barcollò, poi indietreggiò in modo che le casse lo mantenessero in piedi, gli occhi fissi su Annie. Non si mosse quando lei si avvicinò, gli prese la testa e riattaccò delicatamente il dispositivo.

La prima cosa che Frankie sentì quando il magnete si attaccò furono dei gemiti.

I suoi occhi guizzarono dietro di lei e vide Travis dimenarsi senza pace. Anche lui aveva le mani dietro la schiena legate insieme alle caviglie, ma quello che lo sorprese fu la grande macchia rossa sotto le sue cosce.

«È stato colpito. Uno dei proiettili sparati da suo fratello lo ha centrato» disse Annie con nonchalance, come se stesse parlando del tempo.

Il cuore di Frankie accelerò di nuovo; avrebbe potuto colpire lei. Avrebbe potuto essere *lei* quella distesa e sanguinante nella sabbia.

Come se sapesse a cosa stava pensando, gli posò un palmo sulla guancia. «Sto bene» lo rassicurò. «Ero io quella preoccupata, pensavo che ti avesse sparato.»

Non riusciva a parlare e si limitò a scuotere la testa.

«Ehi! Aiutatelo!» gridò Garrett.

Annie non si voltò nemmeno. Spostò la mano dalla sua guancia alla fronte e guardò accigliata il piccolo taglio provocato dal sasso che gli aveva lanciato il bastardo. «Stronzo» mormorò.

«Sul serio! È gravemente ferito! Ha bisogno di aiuto!» gridò di nuovo.

Frankie vide un'espressione irritata attraversarle il viso per una frazione di secondo prima che girasse la testa per dire: «Forse i tuoi amici lo aiuteranno quando arriveranno.»

«Morirà dissanguato prima di allora!» protestò.

Sospirò e guardò di nuovo Frankie. «Stai bene?»

Lui annuì.

Annie si chinò, gli prese la pistola di mano e la rimise sulla cassa. Poi, come se non avessero rischiato di morire e non fossero coperti di sudore e sabbia, gli mise le mani sul viso e si sporse.

Senza esitare, Frankie la incontrò a metà strada. La baciò come se non lo facesse da anni. L'aveva quasi persa. Se non fosse stata così eccezionale e non fosse riuscita a slegarsi o a sottomettere Travis, sarebbero stati uccisi tutti e due. Ne aveva la certezza assoluta.

Lei lo eclissava in così tante cose, ma a lui non fregava un cazzo; avrebbe scelto la sua donna delle forze speciali al posto di chiunque altro al mondo. Amava che fosse più forte, più intelligente e più straordinaria di lui. Non aveva assolutamente alcun problema ad ammettere che impallidiva al confronto.

# CAPITOLO DODICI

ANNIE NON RIUSCIVA A CALMARE l'agitazione. Aveva imparato nel corso degli anni a nascondere le sue reazioni, ma in quel momento stava cercando con tutta se stessa di non scoppiare a piangere. Quando aveva sentito gli spari, era stata certa che Frankie fosse stato colpito.

Non riusciva a credere che avesse placcato entrambi gli uomini. Non aveva esitato, era corso dritto verso di loro come se non avessero avuto in mano una dannata pistola. Era stato fortunato a riuscire a coglierli di sorpresa, altrimenti avrebbero potuto sparargli.

«Avete davvero intenzione di lasciarlo lì a morire?» Garrett gridò alle loro spalle.

Sospirando si scostò da Frankie tenendogli le mani sul viso. La stava stringendo a sé, e l'ultima cosa che voleva era lasciarlo andare a occuparsi dei due stronzi.

Gli insulti e le offese che gli avevano rivolto erano

ancora freschi nella sua mente. I bastardi avevano pianificato di ucciderli entrambi, quindi per quale motivo avrebbe dovuto aiutarli? Ciò che voleva davvero fare, era ripercorrere la foresta per tornare dall'altra parte dell'isola, scusarsi per essersi persi e salire sul veliero per continuare la vacanza, lasciandosi alle spalle i fratelli e i loro casini.

Ma era passato troppo tempo; era certa che le ricerche fossero già iniziate e che non sarebbe passato molto prima che arrivassero i rinforzi. Sperava succedesse prima che lo facessero i trafficanti di droga.

«Sono orgogliosissimo di essere tuo» le disse con dolcezza.

«Credo sia una cosa che spettava a me dire» replicò.

Lui scosse la testa. «No. Tra noi due sei sicuramente tu il capo. Sono sbalordito dalla tua forza e dalle tue capacità.»

Gli sorrise. «Siamo una buona squadra.»

«Il valore di una squadra si misura dal loro leader» ribatté lui.

«Dai, per favore!» implorò Garrett.

«Non è così arrogante o malvagio senza la pistola, vero?» disse Frankie scuotendo la testa.

Sapendo di dover occuparsi di quegli idioti, di non poter lasciare che Travis morisse dissanguato nella sabbia anche se lo meritava, Annie gli accarezzò con amore la guancia, poi fece un respiro profondo e si voltò verso gli uomini che avevano avuto tutte le intenzioni di ucciderli prima che finisse la notte.

La spiaggia era buia, ma c'era una luce che proveniva da una lanterna vicino a dove erano stati seduti i tre uomini. C'era anche la luna piena nel cielo sopra le loro teste, che aggiungeva un po' di luminosità e permetteva di vedere meglio.

Andò verso il punto in cui erano legati i fratelli e si fermò accanto a loro con le mani sui fianchi. «Wow, guarda Frankie. È messo piuttosto male. Garrett ha ragione, probabilmente morirà dissanguato in meno di un'ora.»

«Eh. Peccato» ribatté lui assecondandola, come sapeva avrebbe fatto.

«Aspetta, pensavo fosse sordo» disse Garrett confuso. Aveva una guancia posata sulla sabbia, il viso tumefatto per le botte di Frankie. Si dimenò un po', cercando di liberarsi, ma era legato troppo stretto.

«Ha un impianto cocleare» rispose lei.

«Un cosa?»

Annie alzò gli occhi al cielo. «Sostanzialmente un apparecchio acustico davvero potente.»

«Quindi può sentirci?»

«Già.»

«Ha sentito *tutto* quello che abbiamo detto?»

«Sì.»

«Allora cos'era tutta quella stronzata sulla lingua dei segni?»

«Stavamo complottando contro di voi» rispose concisa.

«Cazzo!» imprecò il bastardo.

Annie si limitò a ridere.

«Sai, probabilmente dovresti aiutare Travis» disse Frankie come se stesse parlando del più e del meno.

«Probabilmente» concordò lei.

«Sì! Aiutalo!» implorò di nuovo.

«Perché?» gli chiese.

«Perché? Altrimenti morirà!»

«Stavi per *ucciderci*. Ci avresti sparato alla testa e gettato i nostri corpi nell'oceano dove nessuno ci avrebbe trovati. In effetti non vedevi l'ora. Quindi perché dovrei fare qualcosa per aiutare uno di voi?»

Per una volta, lo stronzo non ebbe niente da dire.

«Lei è un medico» gli disse Frankie. «Nell'esercito. In realtà, è un Berretto Verde. Sai cos'è?»

«Ho visto *Rambo* con Stallone. Lei non è un cazzo di Berretto Verde più di quanto lo sia Kermit la rana» ribatté Garrett. «Non ammettono donne nei loro ranghi.»

Annie e Frankie risero.

Lei si accovacciò davanti al tizio. «Sei un idiota» disse in tono piatto. «Non me ne frega un cazzo se credi al mio uomo o no, ho comunque fatto il culo a tuo fratello e vi ho legati entrambi come dei maiali prima che potessi sbattere le palpebre. Se vuoi il mio aiuto, dovresti provare a *non* farmi incazzare. Non hai mai sentito la frase, puoi prendere più mosche con una goccia di miele che con un barile di aceto?»

Non fu sorpresa quando Garrett sembrò confuso.

«Boh. Sistemalo in modo che resista finché non arriveranno i nostri amici. Loro lo aiuteranno.»

«I tuoi amici non ti salveranno. Non prenderanno questa droga e il tuo tizio di Miami si incazzerà sicuramente con voi quando non riceverà la sua spedizione.»

«Non puoi saperlo» replicò brusco.

«Sì che lo so» disse Annie sorridendo. «Vedi, il fatto è questo. Mio padre è un ex militare, come lo sono tutti i suoi amici, e ne ha uno davvero straordinario che è un mago del computer. Un hacker, se preferisci. Quando io e Frankie non ci siamo presentati per prendere il gommone e tornare alla nostra barca, il responsabile degli ospiti avrà inviato di sicuro una squadra di ricerca. Non trovandoci avranno fatto rapporto al capitano del veliero. Lui, a sua volta, avrà contattato le autorità delle Bahamas, visto che siamo nella loro giurisdizione.

Nel momento in cui i nostri nomi sono stati inseriti in un computer, è arrivata una notifica in Pennsylvania che avvisava quell'amico di mio padre. Non ho alcun dubbio che per trovarci abbia sfruttato chiunque fosse in debito con lui. Quindi, adesso, mentre tuo fratello sta morendo lentamente dissanguato a causa del proiettile che gli hai sparato *tu*, stanno arrivando su quest'isola squadre di uomini molto incazzati, per trovare me e Frankie.

Come ho detto... non me ne frega un cazzo se non credi che sono nelle forze speciali. Mi hai già sottovalutata una volta e guarda cos'è successo, ma quando arriveranno i rinforzi ti cagherai sicuramente addosso.

Confischeranno queste casse, poi aspetteranno che i tuoi compagni trafficanti arrivino qui e arresteranno anche loro. Sei fottuto, Garrett. Se fossi in te sarei un po' più gentile, così potrei decidere di aiutare tuo fratello prima che si dissangui completamente.»

Si alzò e incrociò le braccia sul petto, aspettando la sua risposta.

Il corpo dello stronzo si afflosciò. Non incontrò il suo sguardo. «Per favore. Aiutalo. È la sola famiglia che mi è rimasta.»

Annie avrebbe voluto rifiutare, dirgli di andare a farsi fottere, ma non era fatta così. «Lo aiuterò a una condizione.»

«Farò qualsiasi cosa» le disse.

«Quando arriveranno le autorità collaborerai completamente. Dirai tutto. Come avete trovato quest'isola, da quanto tempo la usate per contrabbandare droga, i nomi di quelli che l'hanno procurata, dei tuoi compari, chi è il tuo contatto a Miami... *Tutto*.»

«Mi uccideranno» sussurrò.

«Forse. O forse no» ribatté. «Ma se vuoi che tuo fratello abbia anche solo una possibilità di vivere, devi accettare le mie condizioni.»

Garrett rimase in silenzio per un po' e sentì Frankie avvicinarsi. Le mise una mano sulla schiena e Annie si appoggiò contro di lui. Non si sentiva così coraggiosa come stava cercando di mostrarsi, e averlo vicino a supportarla le diede la forza di continuare a tenere testa al bastardo.

Proprio in quel momento Travis gemette.

Fu la motivazione di cui il fratello aveva bisogno.

«Bene. Accetto» borbottò.

Frankie si accovacciò accanto all'uomo. «Non mentiva su suo padre e i suoi amici. Dirà loro cos'hai accettato di fare e se non mantieni la parola, *desidererai* essere morto.»

Annie non poté fare a meno di sorridere. Dio, lo amava. Sosteneva di non essere molto alfa, ma in quel momento era spaventoso come qualsiasi soldato delle forze speciali che avesse mai incontrato.

Garrett annuì in risposta.

Sospirò di sollievo, la stava uccidendo non far nulla per aiutare Travis. Anche se lui aveva avuto tutte le intenzioni di ucciderli, lasciare che qualcuno soffrisse andava contro il suo modo di essere.

Si inginocchiò nella sabbia accanto all'uomo e gli slegò le caviglie; non era in condizioni di combatterla, si limitava a gemere mentre lei lo muoveva. Gli strinse la corda intorno alla coscia per fare da laccio emostatico, poi premette con forza le mani contro la ferita. Il proiettile non aveva colpito l'arteria principale, altrimenti sarebbe già morto, ma non era affatto fuori pericolo.

Frankie stava lì vicino in attesa di indicazioni per aiutare, ma a quel punto l'unica cosa che si poteva fare era fermare l'emorragia. Il tizio aveva bisogno di andare in ospedale, ma era sicura di poterlo almeno tenere in vita fino all'arrivo dei soccorsi.

Non aveva mentito a Garrett. Era sicura che i programmi che usava Tex avessero ricevuto una notifica quando li avevano dichiarati scomparsi. Non aveva nemmeno dubbi che avesse abbastanza connessioni militari passate e presenti per trovarli. Era solo questione di tempo.

Non sapeva quante ore fossero passate quando sentì un rumore al di sopra del vento e del fragore delle onde. Era riuscita a fermare l'emorragia di Travis, ma l'uomo aveva bisogno di cure più avanzate di quelle che lei poteva dargli in quel momento. Attualmente era sdraiato semi-cosciente sulla sabbia.

Garrett aveva smesso di supplicarli di slegarlo. Si era lamentato di avere qualsiasi cosa esistente al mondo per cercare di convincerli, dai problemi circolatori e l'asma, all'ansia e persino il diabete, ma lo avevano ignorato. Non sarebbe stato slegato, almeno non da loro.

Guardando l'oceano, cercò di capire la provenienza del rumore che aveva sentito. Si alzò raccogliendo la pistola mentre Frankie spegneva la lanterna. C'era la possibilità che fossero gli spacciatori che venivano a prenderli.

Se così fosse stato erano in anticipo, e sarebbero stati nella merda.

Accovacciata dietro le casse, cercò di vedere chi si stesse avvicinando. Trattenne il respiro e si preparò a combattere. Non era disposta a perdere senza lottare. Erano riusciti a cavarsela fino a quel momento, non si sarebbe arresa adesso. Neanche per sogno.

Frankie non aveva fatto domande a cui non sarebbe riuscita a rispondere. Non si era lamentato della situazione. Era una roccia. La *sua* roccia. Era stato straordinario. No, non era un Berretto Verde, e non aveva avuto alcun problema a lasciarle il comando, ma aveva agito senza nessuna esitazione al momento giusto.

La sua determinazione aumentò. Non sarebbe morta e non avrebbe permesso che accadesse qualcosa a lui. Avevano tutta la vita davanti, e quello nessun maledetto spacciatore di droga gliel'avrebbe portato via.

All'improvviso, la decisione di rimanere o meno nell'esercito le sembrò semplice. Non c'era lavoro al mondo che valesse tanto da tenerla un minuto più del necessario lontana dall'uomo che amava.

Strinse le dita attorno alla pistola e vide Frankie fare lo stesso con l'arma che impugnava. Erano pronti per chiunque ci fosse sull'imbarcazione che si stava avvicinando rapidamente. Ora riusciva a vederla, era un gommone nero, molto simile a quelli che lei e i loro compagni di viaggio avevano usato per andare dal veliero alla riva e viceversa.

La barca non rallentò, si precipitò verso la spiaggia come se chi stava guidando avesse un desiderio di morte.

Quando all'ultimo secondo la persona alla guida spense il motore e il gommone scivolò dolcemente ma rapidamente sulla sabbia, Annie fu certa che fossero lì per salvarli.

Ne ebbe la conferma quando sei uomini scesero

dall'imbarcazione, tre per lato, aprendosi a ventaglio in perfetta formazione; degli spacciatori qualsiasi non sarebbero stati così abili nel guidare una barca o così precisi nei movimenti.

Ma per sicurezza, rimase dov'era ancora per un po'.

«Capitano Fletcher?» gridò una voce. «Sono il sergente Billings. La vediamo dietro le casse. È ferita?»

Annie chiuse gli occhi facendo un enorme sospiro di sollievo. Stava per alzarsi, ma Frankie la afferrò per i bicipiti.

«Magari stanno bluffando.»

Sentì la tensione nella voce del suo uomo. «Come potrebbero degli spacciatori sapere che siamo qui? Inoltre conosce il mio nome. Va tutto bene, Frankie. Sono i buoni.»

Lui rimase fermo e, anche se non riusciva a distinguere chiaramente i suoi lineamenti, riuscì a vedere i suoi occhi studiarla. Poi annuì.

Era la ragione numero quattrocentosessantasette per cui lo amava. Nonostante fosse un pesce fuor d'acqua in quella situazione, le aveva creduto. Posò l'arma sopra le casse, prese la mano di Frankie e si alzò. Tenne l'altra lungo il fianco, assicurandosi che gli uomini appena arrivati vedessero che era disarmata. Sì, erano dalla loro parte e li avevano mandati a salvarli, ma non voleva fare nulla che potesse far pensare che fossero una minaccia.

Immaginò che gli uomini indossassero i visori notturni e potessero vederli abbastanza chiaramente, così uscì piano da dietro le casse con Frankie al suo fianco e disse: «Siamo qui. La situazione è sotto controllo.»

«Capitano Fletcher?» chiese un altro uomo.

«Sì» rispose.

«Franklin Sanders è con lei?»

«Sono qui» disse lui.

«Qualcuno è ferito?»

«Solo i delinquenti» replicò lei.

Sentì qualcuno ridacchiare. «È proprio ciò che Tex ha detto avremmo trovato.»

Annie sorrise per la prima volta in quelle che sembravano ore. *Sapeva* che Tex ce l'avrebbe fatta. Poteva anche affermare che stava diventando troppo vecchio per monitorare costantemente tutti nella sua cerchia in continua crescita, ma lei sapeva che non avrebbe mai mollato.

«Avete l'occhio?» chiese Annie, riferendosi alla body cam.

«Sì, Signora» rispose l'uomo al comando del salvataggio.

Annuì. «Grazie, Tex» disse con calore. Sapeva che lui avrebbe visto il video, probabilmente prima ancora che fossero tornati al veliero.

«Via i visori!» gridò qualcuno, e Annie si voltò verso Frankie.

«Chiudi gli occhi» lo esortò e lui lo fece senza esitare. Ancora una volta, si sentì travolta dall'amore per la sua fiducia incondizionata. Si voltò verso di lui e chiuse gli occhi, appoggiando la fronte contro la sua spalla.

Anche così, riuscì a capire quando i loro soccorritori accesero le luci ad alta potenza per poter valutare meglio la situazione. Sentì Garrett implorare di essere rilasciato e uno degli uomini dirgli di stare zitto.

Sorridendo, riaprì gli occhi e guardò Frankie. La stava fissando con un'espressione che non riuscì a interpretare. «Che c'è?»

Lui scosse la testa. «Se stessi leggendo su un libro ciò che sta succedendo ora, lo lancerei dalla finestra. È troppo incredibile.»

Annie ridacchiò. «Lo so. Ho degli zii iperprotettivi, questo è certo.»

«Mi scusi capitano Fletcher.» Lo stesso soldato con cui stava parlando un momento prima si avvicinò. «Devo assicurarmi che stia bene» disse quasi scusandosi.

Ma lei comprese. Probabilmente aveva ricevuto l'ordine preciso di prendersi cura di eventuali ferite. Si voltò verso di lui. «Sto bene. Qualche taglio e qualche botta. Niente di più.»

«Come stanno le costole?» le chiese.

Quella domanda le diede la conferma: quegli uomini erano stati sicuramente inviati da Tex. Non poté fare a meno di sorridere. «Stanno bene.»

«E lei, signore? Posso dare un'occhiata a quel taglio sulla fronte?»

«Posso occuparmene io se mi porta del disinfettante e delle bende» gli disse Annie.

L'uomo annuì e si allontanò, poi si voltò di nuovo

verso di lei. «Non che sia sorpreso dopo aver sentito da Tex storie sul suo curriculum, ma ha fatto un ottimo lavoro nel sottomettere quegli stronzi. Gli ha sparato lei?»

Scosse la testa. «No. Frankie stava lottando con Garrett, il tizio incaprettato, per togliergli la pistola ed è partito un colpo che ha preso suo fratello.»

«Mentre Annie stava combattendo contro di lui» mormorò Frankie cupo.

Il soldato spalancò gli occhi e fischiò piano. «Quel laccio emostatico probabilmente gli ha salvato la vita.»

Non serviva che glielo dicesse. «A proposito, i loro amici dovrebbero venire a prenderli verso mattina, insieme alle casse di droga.»

Gli occhi dell'uomo si illuminarono come se fosse eccitato dalla prospettiva di intercettarli. «Ricevuto. Vi porteremo fuori di qui e stabiliremo un perimetro. Li prenderemo.»

«E... in cambio del mio aiuto a suo fratello, Garrett ha promesso di raccontare tutto alle autorità.»

«Tutto?» chiese con un sorrisetto.

«Tutto» confermò Annie.

«Eccellente. Se volete andare ad aspettare vicino al gommone, vi porteremo fuori di qui in un batter d'occhio. Può dare un'occhiata alla ferita del suo fidanzato a bordo.»

Annuì. Non vedeva l'ora di andarsene, e avere un passaggio per tornare al veliero era di gran lunga preferibile che cercare di ritrovare la strada sui sentieri a malapena tracciati che avevano usato per raggiungere quel lato dell'isola. «Torniamo alla nostra barca, giusto?» gli chiese.

Il soldato sembrò a disagio per la prima volta. «Ehm, ci è stato ordinato di portarvi a Nassau.»

«No» disse Annie con fermezza. «Ci rimane quasi una settimana di vacanza e non ci rinuncio.»

Fu ovvio che non avesse idea di come replicare a quell'affermazione.

Si costrinse a parlare con un tono più calmo. «Stiamo bene, sergente. Ha fatto il suo lavoro e ci ha trovati, sani e salvi. Nessuno di noi due è ferito. Vogliamo solo terminare la nostra vacanza.»

Non sembrava ancora convinto.

Lasciò andare la mano di Frankie e si avvicinò a lui. Guardò dritta nella telecamera fissata al centro del suo petto. «Tex, sto bene. Frankie sta bene. Hai fatto esattamente ciò che avevo bisogno facessi, hai inviato i soccorsi. Grazie per avermi sostenuta, ma andremo sul veliero dove potremo rilassarci per un'altra settimana. Ok?»

Sentì il sergente ridacchiare e alzò lo sguardo su di lui. «Lo sa che il video non è in tempo reale, vero?» le chiese.

«Lo pensa lei» borbottò Annie. Poi disse a voce più alta: «È che conosco Tex, e se davvero mi vuole a casa, lo farà accadere. Non sarei sorpresa se tornati al veliero trovassimo tutta la nostra roba imballata in attesa di essere scaricata.»

L'uomo sembrò di nuovo a disagio.

«Merda, mi lasci indovinare, Tex le ha dato ordine di ritirare anche tutti i nostri bagagli, vero?»

«Ehm... sì, Signora.»

«Be', se lo dimentichi. Non faccio una vera vacanza da troppi anni e non ho intenzione di abbreviare questa» ribatté con fermezza.

«Va tutto bene, amore» disse Frankie, mettendole un braccio intorno alla vita.

Si rese conto di aver fatto un altro passo verso il soldato, pronta ad affrontarlo se non fosse stato d'accordo.

«Sono sicuro che Tex sa che hai lavorato sodo e hai bisogno di questa vacanza. Soprattutto considerando quanto ti sei stressata ultimamente... sai, con le squadre e l'incidente della tua ultima missione. Non oserebbe farti rinunciare, sa che ti stresserebbe ancora di più. Inoltre, sono *certo* che sappia che se incorressimo in altri problemi, sapresti occupartene benissimo. Sei Annie Fletcher, dopotutto. La figlia di Fletch non avrebbe mai permesso a nessuno spacciatore di droga di avere la meglio su di lei.»

Gli sorrise. Sapeva che nonostante stesse parlando con lei e il sergente di fronte a loro, quelle parole erano rivolte a Tex, che di sicuro li stava guardando proprio in quel momento. Il suo uomo era un manipolatore, ma dato che stava usando la sua intelligenza a loro favore, era d'accordissimo. «Hai ragione. Tex dovrebbe sapere che costringermi a fare qualcosa che non voglio gli si potrebbe ritorcere contro. Pensi che mandargli biglietti e regali di ringraziamento ogni giorno per un anno, sarebbe sufficiente per farlo andare fuori di testa?»

Annie fece un sorrisetto diabolico. Tutti sapevano che Tex odiava essere ringraziato. Era una sua particolarità.

Alzò lo sguardo verso il soldato un po' imbarazzato. «Sul serio, va tutto bene. Siamo a posto, lei e i suoi uomini potete occuparvi di Garrett e Travis e del recupero della droga, io e Frankie torneremo alla barca. Prometto di comportarmi bene. Rimarremo addirittura a bordo quando attraccheremo nei porti, se questo farà sentire meglio tutti.»

Il sergente sospirò, ma annuì. «Va bene. Se volete aspettare vicino al gommone, ci metteremo presto in viaggio.»

Annie si voltò e si diresse verso la riva prima ancora che l'uomo avesse finito di parlare. Non aveva dubbi che Tex l'avesse vista e sentita perfettamente. Avrebbe detto a suo padre che stavano bene e che avrebbero proseguito la vacanza. Fletch avrebbe fatto loro il terzo grado su ciò che era successo, ma per il momento era piuttosto sicura che lei e Frankie sarebbero rimasti fino alla fine.

Non aveva mentito, sarebbe stata felicissima di rimanere a bordo per tutta la durata. Sapeva bene che era stata colpa di entrambi se si erano trovati in quella situazione pericolosa. Se fossero rimasti sul sentiero consigliato, in quel momento starebbero dormendo sul veliero.

Ma d'altronde, se non avessero infranto le regole, presto milioni di dollari di droga sarebbero stati nelle strade. Non poteva rimpiangere le loro azioni, semplicemente perché avevano avuto una parte attiva, seppur molto piccola, nella lotta al traffico di droga.

Il soldato che era rimasto a controllare il gommone li aiutò a salire a bordo e Annie si diede da fare per pulire e fasciare il taglio di Frankie.

Probabilmente erano passati solo cinque minuti quando il sergente gridò: «Spegnere le luci tra trenta secondi!»

Sapendo che la spiaggia sarebbe stata nuovamente immersa nell'oscurità, si accoccolò contro Frankie, che la circondò con un braccio e la tenne stretta al suo fianco. Intravide Garrett che veniva trasportato ancora incaprettato e poi scaricato senza tante cerimonie nel gommone, suo fratello fu piazzato accanto a lui un po' più gentilmente. Il sergente e un altro uomo andarono su entrambi i lati dell'imbarcazione proprio mentre le luci sulla spiaggia venivano spente.

I due spinsero con facilità il gommone e presto furono in acqua; sperava che li avrebbero portati al veliero.

C'era abbastanza luce naturale da permetterle di vedere Frankie girarsi verso di lei e segnare: *Gli altri non vengono con noi?*

*Sono sicura che stiano creando un perimetro per far fuori*

*chiunque venga a prendere la droga. Credo che ci lasceranno sul veliero e poi porteranno questi due a Nassau prima di tornare sull'isola.*

Frankie annuì.

«Quel parlare con le mani è davvero fastidioso» si lamentò Garrett mentre sobbalzava sul fondo del gommone che sfrecciava sulle onde.

Il piede del sergente uscì di scatto dandogli un calcio sulla spalla.

«Ahia! Attento!»

«Scusa, sono scivolato» ribatté, strizzando loro l'occhio. Poi mosse le mani in quello che Annie poté interpretare come "Pidgin sign language", una forma semplificata della lingua dei segni. *La mia unità ha scoperto che la lingua dei segni è molto utile nelle missioni.*

Scambiò uno sguardo con Frankie. Tanti anni prima Cooper, il suo padrino, aveva perso l'udito ed era stato congedato dalla marina per ragioni mediche. Poi era stato assunto per insegnare la lingua dei segni alle squadre delle forze speciali, proprio come aveva fatto Annie con tutti i suoi compagni di squadra. Sembrava che ormai, dopo tutto quel tempo, fosse diventata una pratica comune.

Chiuse gli occhi e si appoggiò di nuovo contro Frankie, lo stress di quella giornata alla fine stava minacciando di sopraffarla. Ovviamente aveva temuto per la propria vita, ma averlo accanto in quella situazione era stato allo stesso tempo una benedizione e una maledizione. Non riusciva a immaginare la sua vita senza di lui, e per un po' le cose si erano messe davvero male per entrambi.

Ma tutto si era risolto nel migliore dei modi. Lei era salva. Frankie era salvo. Erano stanchi, avevano fame e sete, ma erano vivi. Nient'altro aveva importanza.

## CAPITOLO TREDICI

Frankie strinse Annie e la sentì rilassarsi contro di lui. Era troppo agitato anche solo per pensare di chiudere gli occhi. I soldati sul gommone indossavano i visori notturni, e anche se lui non riusciva a distinguere altro che forme vaghe, non li chiuse.

Quello che avevano appena vissuto non era niente in confronto a ciò che lei faceva regolarmente, e si sentì ancora più contento che stesse pensando di uscire dall'esercito. Era molto brava nel suo lavoro, era palese dopo averla vista in azione nelle ultime ore, ma ciò non significava che qualche nemico non avrebbe potuto spararle e ucciderla in futuro.

Essere un traumatologo non sarebbe stato facile, avrebbe significato lunghe giornate di lavoro e molto stress, ma lo preferiva di gran lunga piuttosto che la sua Annie si trovasse costantemente in alcuni dei posti più pericolosi del mondo a farsi sparare addosso.

Non aveva dubbi che sarebbe stata una dottoressa straordinaria se avesse scelto quella professione. L'aveva osservata con Travis, era stata calma e aveva fermato l'emorragia con facilità. La sua donna avrebbe eccelso in qualunque cosa avesse scelto di fare, ma diventare medico avrebbe portato benefici a tantissime persone, continuando a fare la differenza nel mondo.

Era perso nei suoi pensieri, così quando vide dei bagliori in lontananza per un momento pensò di averli immaginati. Poi si rese conto che stavano andando dritti verso il veliero. Non ci si poteva sbagliare, sembrava che avessero acceso tutte le luci, anche se era – guardò l'orologio – l'una e mezza di notte.

Non era stato sicuro che il sergente avrebbe acconsentito a riportarli lì. Conosceva Tex, sapeva quanto potesse essere persuasivo, ma se Annie voleva continuare la vacanza, Frankie avrebbe fatto di tutto per farlo accadere. In tutta onestà, sentiva proprio la necessità di passare un po' di tempo da solo con lei. Dopo quello che era successo, aveva solo bisogno di starle vicino, senza doverla condividere con la famiglia e gli amici. Era egoista da parte sua, ma non gli importava.

Il gommone si avvicinò al veliero e vide Manuel che li aspettava in fondo alla scaletta sul fianco.

*Grazie a Dio, state bene,* segnò, prima di afferrare la corda davanti all'imbarcazione per legarla alla piccola piattaforma annessa e tendere loro la mano.

Annie era vigile ora, ma era evidente che ormai fosse quasi al limite. Era stata al comando della situazione per ore e lui era più che felice di darle una pausa. Le strinse forte la mano e la aiutò ad alzarsi e ad avvicinarsi all'altro lato del gommone dove allungò il braccio verso Manuel. Non la lasciò andare finché non fu sicuro che l'altro l'avesse presa saldamente. Annie salì la scaletta, ma si fermò dopo quattro gradini e si guardò indietro, aspettandolo.

«Grazie» disse Frankie al sergente, porgendogli la mano.

L'altro la strinse con decisione. «Grazie a *voi*. Mia sorella è morta per overdose. Ogni volta che riusciamo a impedire che altra droga entri nel Paese, la giornata diventa migliore.»

Frankie annuì, poi si voltò verso Manuel. Prese la mano del marinaio e ancor prima di riuscire ad arrivare accanto ad Annie, il gommone si allontanò addentrandosi nell'oscurità.

La seguì mentre salivano le scale per raggiungere il ponte dove il capitano li stava aspettando.

«Sono così felice di vedervi» disse con evidente sollievo nella voce.

«Mi dispiace per tutti i problemi che vi abbiamo causato» replicò Annie.

«Non avremmo dovuto infrangere le regole e andare sul percorso off-limits» aggiunse Frankie.

L'ufficiale si limitò a scrollare le spalle. «A essere sinceri, non siete stati i primi a farlo. Continuiamo a dire alla compagnia che dovrebbero decidersi a fare un nuovo percorso che non faccia cadere in tentazione la gente; quest'isola è bellissima, chi non vorrebbe esplorarla?»

Frankie era consapevole che il capitano fosse fin troppo gentile, avrebbe avuto tutto il diritto di incazzarsi. La ricerca aveva interrotto il programma della crociera e molto probabilmente si era dovuto occupare dei passeggeri arrabbiati. Le persone in genere erano egoiste ed esigevano di avere ciò che volevano. A loro non importava se mancava qualcuno, era solo una seccatura non arrivare al porto successivo nei tempi stabiliti.

«Avete bisogno di qualcosa? Cibo? Da bere?»

Annie si voltò a guardare Frankie prima di dire: «In effetti avrei un po' di fame.» Il suo stomaco scelse quel momento per brontolare piuttosto forte.

Tutti ridacchiarono.

«Ma non voglio scomodare nessuno» aggiunse.

«Non è un problema. Il nostro cuoco sta preparando i dolci per la colazione e se non vi dispiace mangiare gli avanzi, sono sicuro che possiamo trovare qualcosa da farvi mettere sotto i denti. Di solito il pollo e il pesce che non vengono mangiati a cena li usiamo per i pasti del pranzo. Dai, andiamo a razziare la cucina.»

Annie tornò a guardare Frankie. *È davvero carino. Continuo ad aspettare che arrivi la mazzata, che inizi a urlarci contro.*

Lui annuì. *Penso che sia solo sollevato di non averci persi. Sarebbe stata una cosa negativa per la sua carriera.*

*È vero.*

Seguirono il capitano nella cucina. Era piccola, larga

come la nave e situata proprio dietro la sala da pranzo. L'uomo li presentò al cuoco, che porse a entrambi una fetta di pane all'uvetta aromatizzato alla cannella che aveva appena tolto dal forno.

Frankie ne prese un boccone e chiuse gli occhi, assaporandolo con piacere.

«Porca miseria, penso che sia la cosa migliore che abbia mai mangiato» disse Annie con entusiasmo.

Il cuoco sorrise. «Ecco, provi questa. È una brioche danese alla mela e lampone.»

E proseguì così. Mentre l'uomo dava loro gli assaggi delle cose che stava cucinando per colazione, il capitano riuscì a scovare gli avanzi dal frigo che sarebbero stati trasformati in insalata per il pranzo del giorno successivo.

Si rimpinzarono stando in piedi e chiacchierando con i due uomini. Una volta placata la fame e bevuti due bicchieri d'acqua ciascuno, Annie sorrise al capitano. «Grazie per non aver aspettato a denunciare la nostra scomparsa.»

Lui sbatté le palpebre. «Perché avrei dovuto?»

«Non lo so. Magari sperava che saremmo usciti dalla foresta da un momento all'altro? Perché non voleva mettersi nei guai con i suoi capi? Perché non avrebbe fatto una bella figura?»

Il capitano scosse la testa. «Quando non vi abbiamo trovati subito, non ho esitato a chiamare aiuto. A volte può volerci fino a un giorno per far arrivare qualcuno da Nassau. Speravo che nel frattempo vi avremmo trovati, ma non volevo ritardare ulteriormente i soccorsi. Sono rimasto comunque sorpreso quando sono arrivati così presto.»

Frankie non riuscì a trattenere la risata. «Gli uomini che sono venuti a salvarci non erano quelli della "ricerca e salvataggio" di Nassau» lo informò. Era esausto ma dannatamente sollevato che lui e Annie fossero lì a riempirsi la pancia di cibo delizioso e non stessero colando a picco nelle profondità dell'oceano dopo essere stati uccisi da Garrett e Travis. Probabilmente non avrebbe detto nulla se non fosse stato così stanco.

«Ah no?»

«No.»

«E chi erano?»

Annie scambiò uno sguardo con Frankie e lui annuì. Aveva già detto troppo, avrebbe lasciato che fosse lei a rivelare i dettagli.

«Mio zio era un SEAL. Conosce molta gente. Nel momento in cui i nostri nomi sono stati inseriti in un computer come persone scomparse, è stato avvertito, così ha mandato i soccorsi» spiegò.

Era una spiegazione molto semplificata, ma sufficiente.

«Quindi la ringraziamo ancora per non aver tardato a chiedere aiuto» concluse Frankie.

«Wow.» Il capitano inclinò la testa e li studiò per un lungo momento. «Ho la sensazione che non siete esattamente ciò che sembrate.»

«Siamo quello che vede» ribatté Annie. «Due

persone follemente innamorate che hanno un disperato bisogno di una vacanza.»

«Mm-mm» disse un po' scettico. «A questo punto vi lascio finire qui così poi potete andare dormire un po'.»

«Abbiamo scombinato tanto il programma?» gli chiese.

«Sorprendentemente, no. Avremmo provato a veleggiare un po' nei dintorni domani mattina prima di dirigerci verso la destinazione successiva, ma ho già detto al mio secondo in comando di accelerare verso il porto. Non perderemo tempo a navigare a vela, e ritarderemo solo di un'ora o giù di lì, ma non ci saranno problemi.»

«Bene.» Guardò Frankie e poi di nuovo il capitano. «So che non abbiamo il diritto di chiedere favori, dopo i guai che abbiamo causato...»

«Avete aiutato a fermare due spacciatori e impedito a un sacco di droga di entrare negli Stati Uniti, direi che i "guai" che avete causato sono valsi la pena» rispose.

«La ringrazio ancora per essere così gentile. Ma volevo chiederle, dato che è il capitano di una nave... può sposarci?»

Frankie sbatté le palpebre sorpreso. «Annie» sussurrò.

«Cioè... se vuoi» gli disse, osservandolo con attenzione.

«Certo che voglio. L'ho sempre voluto. Ma che mi dici di tua madre e del grande matrimonio che sono sicuro stia pianificando proprio in questo momento?»

«Possiamo farlo comunque. Sono stata una stupida,

Frankie. Quello che è successo oggi me lo ha reso ancora più chiaro. Non c'è niente che desideri di più che essere tua. Non voglio aspettare un altro giorno.»

«*Sei* già mia» dichiarò con fermezza. «Non abbiamo bisogno di un pezzo di carta e un anello perché sia vero.»

«Se posso interrompervi un secondo» disse il capitano.

Si voltarono a guardarlo.

«È un errore pensare che tutti i capitani abbiano la possibilità di celebrare un matrimonio, ma nel mio caso *ho* questo potere. La compagnia di crociera ha pagato per registrare la nave alle Bahamas solo per poter celebrare matrimoni a bordo che siano legalmente validi. Tuttavia, sono necessari documenti e altre carte. Non potete semplicemente alzarvi una mattina e decidere di sposarvi... c'è un periodo di attesa e tutto il resto.»

Annie curvò le spalle. «Giusto. Certo. Non c'è problema.»

«Facciamolo comunque» disse Frankie. «Potrà non essere legale senza documenti, ma lo sarà nei nostri cuori.»

«Sul serio?» I suoi occhi scintillavano.

«Ovvio. Credi davvero che potrei negarti qualcosa?» le chiese con una risata.

«Sono sicuro di poter fare una torta in pochissimo tempo» disse il cuoco.

Frankie aveva dimenticato che fosse ancora nella stanza.

«E potremmo mettere delle decorazioni sul ponte posteriore prima di pranzo. Magari non domani, ma il giorno successivo» suggerì il capitano.

«Può sposarci subito?» gli chiese Annie.

«Adesso?»

«Sì.»

«Ma stanno dormendo tutti.»

«Non abbiamo bisogno di un pubblico. Bastiamo noi» disse Frankie, completamente d'accordo con ciò che aveva suggerito.

«Oh, be'… sì, potrei farlo» borbottò.

«Non vogliamo far lavorare nessuno» continuò lei. «Una cosa intima e tranquilla sarà perfetta.»

«Volete farvi prima una doccia e cambiarvi?»

Annie si guardò e rise. «Frank?» gli domandò.

Lui scosse la testa. «No. Penso che ora sia perfetto.»

«Va bene allora. Dove vogliamo farlo?» chiese il capitano sorridendo.

«Di sopra, davanti al ponte di comando» rispose Annie, come se avesse passato del tempo a pensarci.

«Ci sarà vento» la avvertì.

«Non importa» lo rassicurò.

Cinque minuti dopo, Frankie e Annie erano uno davanti all'altra sulla piattaforma del ponte di comando. Il vento soffiava forte, proprio come aveva detto il capitano, dato che stavano andando a tutta velocità per raggiungere il porto successivo. Erano le tre di notte, erano entrambi stanchi, pieni di sabbia su tutto il corpo e puzzavano di sudore, ma avevano dei sorrisi così enormi che era impossibile non vedere quanto fossero felici.

Frankie non aveva mai visto niente di più bello della sua Annie in quel momento. Inoltre, non era sorpreso che fosse riuscita a convincere l'uomo a celebrare il matrimonio. Lei era il tipo di persona per cui gli altri si facevano in quattro pur di compiacerla.

«Pronti?» chiese il capitano.

«Pronti» risposero all'unisono.

«Sarò rapido. Sono onorato oggi di officiare e assistere all'unione di Annie e Frankie. La vita è una serie di alti e bassi e non è facile trovare qualcuno che stia al tuo fianco durante il viaggio. Ma quando lo sai, lo sai, ed è ovvio che voi due siete fatti per stare insieme. Frankie, vuoi prendere Annie come tua legittima sposa, promettendo di esserle fedele sempre, nella gioia e nel dolore, in salute e in malattia e di amarla e onorarla tutti i giorni della sua vita?»

«Lo voglio» disse Frankie.

«Annie, vuoi prendere Frankie come tuo legittimo sposo, promettendo di essergli fedele sempre, nella gioia e nel dolore, in salute e in malattia e di amarlo e onorarlo tutti i giorni della sua vita?»

«Lo voglio» disse Annie.

«Volete scambiarvi le vostre promesse?» chiese il capitano.

Lei guardò Frankie, lasciandogli prendere la decisione.

«Sì!» esclamò. Non era affatto sicuro di cos'avrebbe

detto e per un attimo andò nel panico, chiedendosi come avrebbe potuto trovare le parole giuste per far capire a quella donna straordinaria quanto l'amasse.

Ma poi si riversarono da lui attraverso le dita. Si espresse così perché aveva la gola chiusa, e sapeva che avrebbe fatto un casino se avesse provato a parlare.

*Annie, nell'istante in cui ti ho vista ho capito che volevo fossi mia per sempre. Non sapevo come o quando, ma ero determinato a farti diventare mia moglie un giorno. Sei la mia migliore amica, la mia più grande sostenitrice, il mio amore. Ti prometto che avrò sempre una parola per te quando ne avrai bisogno, sia parlata sia in segni, e quando non ti servirà ti sosterrò in silenzio. Ti supporterò incondizionatamente in qualunque cosa tu voglia fare, che sia essere medico o il miglior clown mai esistito. Sarò l'uomo migliore possibile per te e, se verrà il momento, il miglior papà per i nostri figli. Sono sopraffatto dall'amore e dalla gratitudine di essere qui di fronte a te. Sono orgoglioso e fortunatissimo, lo so. Ti amo, Ann Elizabeth Grant Fletcher, futura signora Sanders.*

Annie fece altrettanto, dicendo le sue promesse con la lingua dei segni.

*Sei stato mio dal momento in cui ci siamo incontrati, Frankie. Non c'è mai stato nessun altro per me. E non ci sarà mai. Eri la ragione per cui ho cercato di essere una persona migliore, e lo sei ancora adesso. Rafforzi le mie debolezze e dai una direzione ai miei sogni. Insieme siamo una squadra perfetta, lo siamo sempre stati. Non verrai mai per secondo nella mia vita. Mai. Sei sempre nei miei pensieri, non importa dove sono o cosa sto facendo.*

«Ti amo» le disse Frankie quando terminò.

«E io amo te» ribatté lei.

Le prese il viso tra le mani e si chinò. I suoi capelli sventolavano tra di loro e quando la baciò le sue ciocche gli riempirono la bocca, ma non se ne curò. Non c'era nulla di più importante del fatto che la donna tra le sue braccia fosse sana e salva.

Stavano entrambi ridendo quando lui si tirò indietro e cercò di infilarle i capelli dietro le orecchie... senza fortuna.

«Immagino che sia il mio turno di dire, vi dichiaro marito e moglie» disse il capitano. «Congratulazioni.»

Mentre fissava Annie, Frankie seppe che quello era ciò che poteva aspettarsi dal resto della loro vita insieme: risate, amore e sicuramente momenti fuori dagli schemi. Avevano superato ogni avversità dal momento in cui si erano incontrati. Chi avrebbe mai pensato che una ragazzina estroversa come Annie avrebbe preso in simpatia un timido ragazzo sordo con cui non poteva nemmeno parlare? Ma lo aveva fatto, e Frankie già allora aveva capito che lei sarebbe stata il suo futuro. Che avrebbe fatto tutto il necessario per renderla felice.

Perché quando Annie era felice, lo era anche *lui*.

«Immagino che non vi vedremo a colazione» disse il capitano con un sorriso.

«Immagina bene» replicò Frankie.

«E per tranquillizzarla, non abbiamo intenzione di sbarcare in nessuno dei porti» aggiunse Annie. «Ho promesso alla mia famiglia che saremmo stati buoni e tranquilli fino al nostro ritorno a Barbados.»

«Ah sì? Quando l'ha fatto?»

«È una lunga storia. Non ho parlato direttamente con mio padre, ma...» rispose con un sorriso fissando Frankie.

«Nessun problema. Non siete obbligati a scendere. Se avete bisogno di qualcosa, fatelo sapere a me o a qualcuno dello staff. Siamo davvero sollevati che stiate bene.»

«Grazie, anche noi» ribatté Frankie.

«Felice matrimonio» disse il capitano, sorridendo a entrambi prima di percorrere il ponte verso le scale, e molto probabilmente verso il suo letto.

Invece di condurla nella loro cabina, la prese tra le braccia e lei lo guardò confusa. «Cosa stai facendo?»

«Ballo con mia moglie. Sai, il primo ballo e tutto il resto.»

Annie sorrise e si strinse a lui, appoggiando la testa sulla sua spalla. Fu più un movimento avanti e indietro che un vero ballo, ma non gli importava. Non avrebbe saputo dire quanto rimasero lì al vento e all'oscurità, era troppo concentrato sulla donna tra le sue braccia, ma capì che era arrivato il momento di portarla in cabina quando lei sobbalzò all'improvviso, come se si fosse addormentata in piedi. «Forza, andiamo.» Ridacchiò, avvolgendole un braccio intorno alla vita. «Non so tu, ma io sono pronto a dormire per dodici ore di fila.»

«Anch'io» ammise e fece un enorme sbadiglio.

Frankie avrebbe voluto avere l'energia per fare l'amore con sua moglie, ma ci sarebbe stato tempo più tardi. Aveva bisogno di una doccia e di dormire. Dato che non c'era spazio nel minuscolo bagno per lavarsi insieme, l'avrebbe lasciata andare volentieri per prima. Di sicuro sarebbe stata profondamente addormentata quando lui avesse finito, ma andava bene così. Si era più che guadagnata il riposo.

Venti minuti dopo, Frankie si rannicchiò dietro sua moglie.

Sua *moglie*.

La cerimonia poteva anche non essere legale agli occhi delle autorità, ma quella sarebbe sempre stata la data in cui avrebbe celebrato il loro anniversario. Era valsa la pena aspettarla per vent'anni. Cazzo, ne avrebbe aspettati altri venti se necessario. Non aveva bisogno di un pezzo di carta per sapere che si appartenevano a vicenda. Erano connessi corpo, mente e anima.

L'indomani, quando tutti gli altri sarebbero stati a terra a mangiare, fare shopping o occupati in qualunque attività la compagnia di crociera avesse programmato per loro, le avrebbe mostrato con il suo corpo quanto significasse per lui.

Frankie si addormentò con un enorme sorriso. Quella giornata era stata un'altra avventura nella vita straordinaria che sapeva avrebbe avuto con la sua Annie. Sperava che quelle future non includessero armi e droga, ma se fosse stato così, la sua irriducibile Berretto Verde li avrebbe tenuti al sicuro.

## CAPITOLO QUATTORDICI

Sᴇɪ ɢɪᴏʀɴɪ ᴅᴏᴘᴏ, durante la loro ultima notte sul veliero, Annie sospirò contenta stesa a letto accanto a Frankie. Avevano mantenuto la promessa di non mettere più piede fuori dalla nave. Quasi tutti gli ospiti, inclusi Megan, Dottie, Joseph e Bill, erano stati molto comprensivi riguardo a ciò che era successo. Nessuno si era arrabbiato perché il viaggio aveva subìto un ritardo ed erano sembrati tutti sollevati che stessero bene.

Non era sicura se i loro compagni di cena della prima sera avessero mentito, ma alla fine non le interessava. L'importante era che fossero al sicuro.

«A cosa stai pensando, signora Sanders?» le chiese Frankie.

Annie sorrise. Non si sarebbe mai stancata di sentirlo. Razionalmente, sapeva che non erano legalmente sposati, non avevano firmato documenti e non se ne preoccupavano, ma quella notte di una settimana prima sarebbe sempre stata il loro anniversario ufficiale. «Che è stato bello» disse. «Ho viaggiato molto grazie all'esercito, ma non sono mai riuscita a rilassarmi così.»

Frankie strinse il braccio intorno a lei. Annie era sul fianco, con la testa appoggiata sulla sua spalla e le dita che tracciavano delicatamente dei cerchi sul suo petto nudo. Avevano fatto l'amore e lei si stava crogiolando nella tranquilla intimità che ne seguiva. L'indomani sarebbe stata una giornata impegnativa, dovevano tornare a Barbados e prendere un aereo, ma per il momento provava la sensazione che lei e Frankie fossero soli al mondo.

«Ammettilo, se rimanessimo qui più a lungo impazziresti» le disse con una piccola risata.

Aveva ragione. Non era mai stata una a cui piaceva oziare. Anche da bambina era costantemente in movimento, da quello che diceva sua madre. «È vero» convenne dopo un momento. «Ti dà fastidio?» gli chiese.

«No» rispose senza esitazione. «Ti amo così come sei. Ci bilanciamo a vicenda.»

Lei annuì. Era vero. Erano sempre stati così. Annie era quella estroversa che amava correre rischi. Frankie era riservato, preferendo restare in disparte e tastare il terreno prima di agire. Sapere che lui le copriva le spalle era uno dei motivi per cui si sentiva così sicura di provare cose nuove. Se non avesse funzionato, Frankie sarebbe stato lì a prenderla quando fosse caduta.

Appoggiando la testa sulla mano, osservò l'uomo che amava praticamente da tutta la vita.

«Che c'è?» le chiese dopo un po', dato che non diceva nulla.

«Mi sento come se ti avessi sottovalutato» rispose.

Aggrottò la fronte. «No, non l'hai fatto.»

«Sì, invece» insistette. Ci aveva pensato molto nell'ultima settimana. «Quando eravamo là fuori, abbiamo lavorato insieme perfettamente. Non mi sono mai trovata in sintonia con nessuno sul campo com'è successo con te.»

«È stato merito tuo» disse Frankie con modestia. «Sei uno dei migliori leader che abbia mai visto. È facile seguirti.»

«No» continuò. «Non ti dai abbastanza credito. Non ti hanno nemmeno legato, Frankie. Erano sicuri che non fossi una minaccia perché hai recitato benissimo la tua parte. Ma quando hai attaccato Travis e poi Garrett... non sono mai stata così spaventata in vita mia.»

«Avrei fatto qualsiasi cosa per impedire loro di toccarti. Di ferirti» dichiarò con fermezza.

«Lo so. È di questo che sto parlando. Per tutta la vita le persone mi hanno detto quanto io sia incredibile. Forte. Intelligente. Divertente. Ho eccelso all'addestramento ufficiali al college e non avevo dubbi che sarei entrata nei Berretti Verdi. Da quando ci conosciamo, sei sempre stato il mio sostenitore silente. Non volevi mai essere sotto i riflettori, non volevi mai alcun riconoscimento. Questa settimana mi ha aperto gli occhi, ho capito che tutto ciò che ho conseguito nell'esercito è stato *grazie* a te. Al tuo supporto. Perché mi hai incoraggiata e non hai mai battuto ciglio quando tornavo a casa e dicevo che ci saremmo trasferiti. Di nuovo. Ogni volta che sono stata chiamata in missione mi rassicuravi che le cose a casa sarebbero andate bene, mi dicevi di non preoccuparmi per te e di andare là fuori e fare il mio lavoro.»

Gli occhi di Annie si riempirono di lacrime. «Mi sono approfittata di te e lo odio. Sono stata egoista e troppo concentrata su me stessa e su ciò che volevo. Sei incredibile, Frankie. È grazie a *te* che ho la forza di essere coraggiosa, e ho bisogno di te molto più di quanto tu avrai mai bisogno di me.»

«Ti sbagli» le disse, rotolando finché non fu stesa sotto di lui. «Non ti sei assolutamente approfittata di me, tutto ciò che ho fatto, l'ho fatto perché ti amo. Se mi dicessi di voler vivere nel deserto dell'Africa, accetterei in un baleno. Significhi così tanto per me che ti seguirei ovunque. Hai creduto in me ogni volta che mi sembrava nessun altro lo facesse. Mi hai sostenuto incondizionatamente. Quando mi hanno applicato l'impianto, la tua voce è stata la prima cosa che ho voluto sentire. Ti amo, Annie. Ero completamente spaesato là fuori e stavo solo seguendo le tue direttive.»

Chiuse gli occhi e sentì Frankie passarvi delicatamente il pollice sotto, asciugandole le lacrime. Cercò di riprendersi e li riaprì dopo un minuto, trovandosi davanti la sua tenera espressione.

«Parlerò con il mio comandante quando tornerò alla base. Voglio lasciare.»

Lui aggrottò la fronte. «Sei sicura? Non devi decidere proprio adesso.»

«Lo so. Ma sono sicura. Ciò che è successo su quell'isola mi ha facilitato le cose. Ero preoccupata di come avrebbero reagito gli *altri* alla mia decisione, quando in realtà le uniche opinioni che contano sono le nostre. Nessun altro vive la mia vita. Nessun altro è in prima linea per scovare i terroristi e vedere il peggio dell'umanità. Solo io. Nessun altro saluta l'amore della sua vita sperando di rivederlo quando la missione sarà finita. Solo tu. Sì, voglio che mio padre e tutti gli altri siano orgogliosi di me, ma finalmente ho capito che lo sono già. Non devo dimostrare niente a nessuno.

Quando eravamo là fuori e ho realizzato che avrei potuto perderti – sarebbe bastato solo che uno di quegli stronzi perdesse la testa – ho capito esattamente cosa devi affrontare ogni volta che vado in missione. Non voglio che tu faccia quella vita, Frankie, e non lo voglio nemmeno per me.»

«Non mollare a causa mia» le intimò in tono severo.

«Non è così» replicò senza esitazione. «Lo sto facendo *per* te. E per me. Posso servire il mio Paese facendo il medico, salvando delle vite in un ospedale. Sono orgogliosa di quello che ho fatto nell'esercito, di essere stata una delle prime donne a diventare Berretto Verde. Mi piace pensare di aver spianato la strada perché altre donne possano fare la stessa cosa, ma posso essere orgogliosa di me anche come medico. Posso salvare vite invece di toglierle, senza mettere in gioco la mia.»

«Certo che puoi. E tuo padre e tutti gli altri saranno orgogliosi di te come lo sono ora.»

«Lo spero, ma se saranno delusi perché lascio... non posso farci niente. Devo fare ciò che è giusto per me e per te. Loro non stanno vivendo la nostra vita, lo stiamo facendo noi.»

Frankie sorrise e Annie vide il sollievo nei suoi occhi. Il suo uomo non le avrebbe mai detto che voleva che smettesse, ma poteva dire che non era affatto turbato per la sua decisione. «Non sarà facile» lo avvertì.

Lui rise. «La vita non è facile» ribatté. «Ma non importa quanto potrà diventare difficile, la affronteremo insieme.»

«Come abbiamo fatto su quell'isola.»

«Esatto.»

Si scambiarono un sorriso, poi Frankie disse: «Ovunque andrai, qualunque cosa farai, io ci sarò. Non mi vergogno né ho paura di stare dietro di te, Annie. La gente può pensare ciò che vuole della nostra relazione, e se pensano che io sia uno zerbino, non me ne frega un cazzo. Ti lascio volentieri la scena, ma sarò sempre lì per proteggerti, a prescindere.»

Era una bellissima sensazione.

«E io proteggerò te.»

«Nessuno deve osare mettersi contro di noi» disse Frankie con un sorriso.

«No. E abbiamo il vantaggio di poter comunicare senza parlare» aggiunse Annie.

«Quello *è* utile. Per esempio quando sarai un medico famoso e dovremo partecipare a eventi di beneficienza e non riuscirò a resistere davanti alla tua bellezza in un bel vestito, potrò dirti dall'altra parte della stanza che voglio portarti a casa e scoparti finché non riuscirai più a camminare.»

Annie fece un sorrisetto. «Odio indossare vestiti» gli ricordò.

«Lo so. Per questo è speciale quando lo fai.»

Era solo un altro motivo per cui amava il suo uomo. Le permetteva di essere chi era, senza che dovesse scusarsi per quello.

«Andranno tutti fuori di testa quando torneremo a casa» lo avvertì.

«Lo so.»

Era certa che lo sapesse. Non sarebbe impazzito solo Fletch per ciò che era quasi successo, ma anche tutti i suoi amici. Sua madre sarebbe stata molto più appiccicosa, avrebbe voluto parlarle al telefono ogni sera finché non si fosse convinta che la sua bambina stava bene. E tutto ciò *prima* che iniziasse l'organizzazione del matrimonio, figuriamoci dopo.

«Le nostre vite saranno frenetiche per il prossimo anno o giù di lì» aggiunse «dato che una volta lasciato l'esercito dovremo trovare una nuova normalità.»

«Già» concordò Frankie.

Annie sospirò e decise che avevano parlato abbastanza. Era quasi impossibile farlo innervosire. Prendeva le cose come venivano ed era la sua roccia quando si stressava eccessivamente. Ora che aveva finalmente preso una decisione, doveva parlare con il suo comandante, fare domanda alle scuole di medicina, trasferirsi e organizzare un matrimonio. Solo pensare al caos che avrebbe sperimentato era sufficiente a farle salire la pressione, ma in quel momento voleva godersi l'ultima notte sul veliero con suo marito.

«Per cos'è quel sorriso?» le chiese.

«Mio marito» rispose semplicemente.

«Mia moglie» replicò.

Annie lo spinse sul petto facendolo rotolare di nuovo, si mise a cavalcioni sulla sua vita e sorrise. Lo vide fissarle il seno e non poté fare a meno di inarcare un po' la schiena, spingendolo in fuori; lui andò subito a giocherellare con i suoi capezzoli facendole accelerare il respiro.

Sapendo che avrebbe potuto facilmente distrarla dai suoi piani, si costrinse a indietreggiare, facendogli cadere le mani lungo i fianchi. Frankie allargò le gambe, dandole spazio per inginocchiarsi tra loro.

Proprio quando pensava che le avrebbe permesso di prendere il comando, le infilò una mano tra i capelli e ne afferrò un po' nel pugno tenendola ferma.

«Non farmi venire» le ordinò.

Lei fece il broncio.

«Dico sul serio. Voglio essere dentro di te quando succederà.»

Lo sentì allentare la presa abbastanza da permetterle di annuire, poi le rivolse il sorriso più sexy del mondo prima di spingerle la testa contro l'erezione.

Annie si lasciò maneggiare con piacere. Amava quell'uomo più di quanto potesse esprimere a parole, quindi avrebbe dovuto semplicemente dimostrarglielo.

———

Frankie era dispiaciuto di vedere il veliero su cui avevano passato le ultime due settimane dissolversi in lontananza verso il sole. Avrebbe sempre avuto un posto nel suo cuore, nonostante quello che era quasi successo a lui e ad Annie. Odiava che fosse andata così vicina a essere ferita, ma era orgogliosissimo di lei. Aveva sempre saputo che era un bravo soldato, ma non avrebbe mai pensato di poterlo vedere in prima persona.

Su quel veliero aveva anche trascorso alcune delle migliori notti della sua vita, a letto con sua moglie. Nonostante la loro cabina fosse stata piccola e senza fronzoli, per lui avrebbe potuto benissimo essere una suite in un castello; l'amore della sua vita era lì, non avrebbe potuto chiedere altro.

Quella mattina a colazione, si erano scambiati gli indirizzi e-mail con alcune persone e poi si erano salutati. Avevano trascorso un po' di tempo con Manuel, promettendosi di rimanere in contatto. Nelle ultime due settimane era diventato molto più sicuro nella lingua dei segni e li aveva ringraziati per l'opportunità di esercitarsi.

Il capitano li aveva sorpresi con un certificato di matrimonio firmato da lui, avvertendoli che non era legale dato che mancava il timbro e le firme delle autorità delle Bahamas, ma a loro non importava. Era stato un regalo che avrebbero apprezzato per sempre.

Li aveva anche informati di aver ricevuto notizia che i trafficanti di droga arrivati per ritirare le casse, erano stati intercettati e ora si trovavano in prigione a Nassau. Non solo, ma sembrava che Garrett avesse mantenuto la parola, raccontando tutto ciò che sapeva sull'operazione. Era una piccola vittoria, anche se Frankie sapeva che altri avrebbe preso il loro posto nei giri del traffico di droga.

Travis era ancora in ospedale, ma si sarebbe ripreso completamente... dopodiché lo avrebbero trasferito in prigione insieme al fratello.

Annie gli strinse la mano e lui la guardò. L'autobus su cui erano saliti dopo essere sbarcati era caldo e affollato, e c'era un odore un po' strano, ma a nessuno dei due importava.

«Ti amo» gli disse.

«Non quanto ti amo io.»

Lei alzò gli occhi al cielo.

Il volo sarebbe partito quel pomeriggio, ma prima di essere portati all'aeroporto avevano fatto il tour dell'isola che era compreso nel pacchetto della vacanza. L'unica sorpresa della giornata fu quando al momento del check-in scoprirono di essere stati trasferiti in prima classe.

«Tex?» le chiese Frankie, mentre facevano la fila per i controlli di sicurezza.

«È quello che ho pensato» rispose, come sempre erano sulla stessa lunghezza d'onda. «O è stato lui, oppure la compagnia di crociera.»

«Dopo che abbiamo causato così tanti problemi?» domandò inarcando un sopracciglio.

Annie ridacchiò. «Giusto. Probabilmente no. È stato sicuramente Tex.»

Alcuni uomini avrebbero potuto sentirsi a disagio per il potere che aveva l'ex SEAL e il modo in cui sembrava sapere sempre cosa stesse succedendo a lui e alla sua donna, ma non Frankie. Tex aveva regalato ad Annie il suo primo paio d'orecchini, con dei localizzatori all'interno. Aveva smesso di portarli quando era diventata un'adolescente, perché la metteva a disagio che l'amico di suo padre sapesse dove fosse tutto il tempo, ma li indossava ogni volta che andava in missione. Era cauta, non stupida.

Annie non aveva mentito sul fatto che le cose sarebbero state frenetiche una volta tornati a casa. Soprattutto perché avrebbero dovuto rassicurare tutti gli amici di suo padre che stavano bene. Anche se lei era un soldato delle forze speciali, per loro sarebbe sempre stata la ragazzina per cui stravedevano.

Doveva anche parlare con i suoi genitori per informarli delle decisioni che aveva preso. Voleva ancora il loro supporto, ma Frankie era sollevato di sapere che non fosse più preoccupata per la loro reazione; stava facendo ciò che era meglio per lei e per il loro futuro. Quella era la cosa più importante.

Trovarono due posti vicini nella sala d'attesa; avrebbero dovuto attendere due ore e mezzo per il loro volo, ma Annie sembrava contenta di stare lì seduta accanto a lui a guardare la gente.

«Stai bene?» le chiese Frankie.

«Sì, perché?»

«Di solito non ti piace stare seduta» rispose con un'alzata di spalle. «Cammini, guardi le vetrine, prendi dell'acqua... lo sai, non stai mai ferma.»

Sorrise e gli prese la mano. «Lo so. Ma oggi voglio solo stare seduta qui accanto a te e apprezzare la vita.»

«Mi fa piacere» disse, alzando le loro mani giunte e baciandole le dita. «Ma se ti assale la smania, sentiti libera di andare in giro. Terrò d'occhio io le nostre cose.»

«So che lo farai. Sei troppo buono con me.»

«Non è vero» ribatté.

La capacità di Annie di stare ferma durò circa quaranta minuti, trenta in più di quanto Frankie aveva previsto. Gli rivolse un sorriso imbarazzato dicendogli che sarebbe andata a fare una passeggiata. La baciò sulla guancia e le disse di stare attenta. La osservò passeggiare per il terminal, notando gli sguardi di ammirazione che le rivolgevano gli uomini. Non era preoccupato che lei flirtasse. Da quando la conosceva, non aveva mai mostrato interesse per nessun altro.

Per quella che sembrò la milionesima volta, ringraziò la sua buona stella che Annie lo avesse scelto. Giurò di essere il miglior uomo possibile per lei. Meritava il mondo, e anche se lui poteva dargliene solo una piccola parte, l'avrebbe riempita di amore, risate e felicità per il resto della vita.

## CAPITOLO QUINDICI

ALLA BASE DELL'ESERCITO, Annie rise mentre suo padre guardava storto l'ostacolo basso sotto cui avrebbe dovuto strisciare.

«Non ricordavo che quella maledetta cosa fosse così vicina al suolo» mormorò Fletch mentre ci girava intorno. «Se vado là sotto, non sarò più in grado di rialzarmi.»

Lei rise più forte. Accidenti, amava suo padre. Non aveva dubbi che sarebbe riuscito a mettersi a pancia in giù nella terra e a rialzarsi dopo aver superato l'ostacolo, ma probabilmente era più preoccupato che una volta tornato a casa, sua moglie lo sgridasse per essersi sporcato la maglietta.

Erano passati dieci mesi da quando lei e Frankie erano tornati dal viaggio ai Caraibi. E non avevano avuto un attimo di sosta. Fletch non era rimasto sorpreso dalla sua decisione di lasciare l'esercito, ammettendo che anche se aveva il massimo rispetto per le sue capacità, era sollevato di non doversi più preoccupare per lei quando era in missione.

Aveva informato il suo comandante che si sarebbe congedata, era stata respinta da tre scuole ma era felice di essere stata ammessa all'Università del Texas di Austin, dato che era stata la sua prima scelta nonostante non fosse la migliore. Le piaceva il pensiero di essere vicina alla sua famiglia per la prima volta in dieci anni. I suoi genitori stavano invecchiando, anche se non dimostravano affatto la loro età.

Avrebbe potuto passare più tempo con John mentre finiva il liceo, e con tutti i suoi cugini. Anche il padre di Frankie aveva deciso di ritirarsi in Texas, più che altro perché aveva conosciuto una donna online che viveva a San Antonio. Il figlio era stato felicissimo di avere la possibilità di vederlo più spesso.

Ora che Annie aveva iniziato a frequentare la facoltà di medicina, era sempre impegnata a studiare.

Lei e Frankie erano sollevati che probabilmente quello sarebbe stato il trasferimento definitivo. Si sentiva in colpa perché lui si stava assumendo di nuovo la maggior parte delle responsabilità. Pulire, cucinare, fare la spesa e occuparsi delle tante piccole cose che emergevano quando si ricominciava in una nuova casa. Ma la rassicurava costantemente che non gli importava, era felice di fare la sua parte per renderle la vita più semplice.

Sua madre si era occupata della maggior parte dell'organizzazione del matrimonio, e Annie si era sentita in colpa anche per quello, ma lei le aveva assicurato che si era divertita un mondo, quindi aveva lasciato perdere.

L'indomani, sarebbe diventata ufficialmente la moglie di Frankie. Anche se entrambi consideravano il giorno del matrimonio caraibico la data del vero anniversario, era un sollievo poterlo finalmente considerare legalmente suo marito.

Quella sera aveva dovuto salutarlo perché avrebbe passato la notte in un hotel con il padre e il padrino. Non ne era stato molto contento, ma non aveva fatto storie. Neanche Annie ne era molto entusiasta; odiava dormire lontana dal suo uomo, ne era diventata dipendente, voleva addormentarsi accanto a lui ogni notte ora che non veniva mandata in missione ogni due mesi.

Intorno alle otto e mezzo, Fletch le aveva chiesto se le sarebbe piaciuto andare alla base e fare il percorso a ostacoli con lui, per un'ultima volta prima di diventare una donna sposata e non essere più la sua bambina. Annie aveva accettato prontamente... dicendogli che comunque sarebbe sempre stata la sua bambina.

Lo osservò superare facilmente gli ostacoli. Era sempre stato mitico ai suoi occhi, e la facilità con cui si tirava su e oltrepassava le barre, nonostante i suoi brontolamenti, la fece di nuovo ridere. Lo seguì, lasciando che suo padre vincesse in ricordo dei vecchi tempi. Dopo aver completato il percorso due volte, Fletch indicò una panchina con la testa.

Se l'era aspettato. Era *ovvio* che non volesse davvero allenarsi a un'ora così tarda il giorno prima del suo matrimonio; voleva parlarle. Si sedette accanto a lui e notò distrattamente che non faceva nemmeno fatica a respirare. Sperava che alla sua età sarebbe stata in forma anche solo la metà di lui.

«Così domani è il grande giorno» le disse.

Gli sorrise. «Sì.»

«La vita è strana» rifletté suo padre.

Aspettò che continuasse, ma quando non lo fece, affermò: «È vero.»

Fletch sospirò. «Non sono pronto» ammise.

«Papà» sussurrò con dolcezza.

«Lo so, lo so. Hai ventotto anni. Sei un'adulta auto-sufficiente che non vive a casa da dieci, ma sarai sempre il mio piccolo folletto. Ricordo la prima volta che ho incontrato tua madre... mi ha chiesto se mi sarebbe dispiaciuto se tu avessi fatto delle domande. Ero confuso. Voglio dire, ovvio che non sarebbe stato così, ma lei disse che non capivo, che eri una bambina *davvero* curiosa e facevi moltissime domande. Nemmeno allora ero pronto per te» confessò. «Ma quel primo giorno, quando hai sbirciato da dietro l'angolo del garage mentre stavo lavorando su un motore, ero già spacciato. Eri coperta di terra e mi hai *effettivamente* fatto un milione di domande. Hai detto che il mio nome era divertente, e il tuo viso si aggrottava quando dicevo qualcosa che non capivi.»

Annie sentì gli occhi riempirsi di lacrime, ma non lo interruppe.

«E mi hai devastato quando sei venuta da me a chiedere aiuto perché tua madre stava male e avevi fame. Sapevo che da quel momento in poi avrei fatto tutto il necessario per garantirti ciò che ti sarebbe servito per crescere e diventare la donna straordinaria che ero certo saresti stata un giorno. E hai più che superato tutte le mie aspettative, folletto.»

Annie stava piangendo ora. «Papà» sospirò.

Fletch non la guardò, fissò davanti a sé e continuò a parlare, come se avesse bisogno di esprimere subito quelle parole altrimenti non sarebbe riuscito a dirle affatto. «All'inizio non ero sicuro di Frankie. Cioè, era un ragazzo gentile, ma viveva in California. Ho pensato che ti saresti annoiata non vedendolo mai. Ma ti ho sottovalutata, proprio come penso facciano molte persone quando ti incontrano per la prima volta. Sei stata così felice per lui quando gli hanno applicato l'impianto cocleare. E lui è stato orgogliosissimo di te quando hai vinto quel concorso di dibattito in terza media. Vi ho visti crescere e innamorarvi sempre di più. Ma è stato solo quando ti sei fatta male al terzo anno di liceo, e Frankie è salito su un autobus ed è venuto fin qui per vedere di persona che stavi bene, che ho capito che un giorno ti avrebbe portata via da me e ti avrei persa.»

«Non mi stai perdendo» ribatté Annie.

Si voltò e la guardò, e rimase sbalordita di vedere le lacrime nei suoi occhi.

Fletch non piangeva. Mai.

«Ti voglio bene, folletto. Sono fiero di te. Sei la mia unica figlia, la mia bambina. Ho così tanti bei ricordi di te, incluso lo scorrazzare con quel maledetto carro armato terrorizzando il quartiere.»

Annie sorrise tra le lacrime.

«Frankie è un brav'uomo. È sempre stato il tuo più grande sostenitore e so che ti proteggerà rischiando la sua vita, se fosse necessario. Un padre non potrebbe chiedere di più per sua figlia. Hai scelto bene. Molto bene.»

Non resistette più, si gettò contro di lui e affondò il viso nel suo petto. Quando chiuse le braccia intorno a lei, non poté fare a meno di sentirsi come se avesse di nuovo sette anni. Fletch aveva sempre rappresentato la sicurezza. Era sempre stato lì quando lei ne aveva avuto bisogno. «Ti voglio bene papà.»

«Anch'io, folletto. Anch'io.»

Rimasero seduti sulla panchina per un po' finché riuscirono a riprendere il controllo delle loro emozioni.

«Un altro giro in onore dei vecchi tempi?» le chiese.

«Pensi di potercela fare senza essere tutto indolenzito domani? Non vorrei che zoppicassi al mio matrimonio.»

«Come se fosse possibile» sbuffò. «Posso ancora farti mangiare la polvere.»

«Vuoi scommettere?»

«No.»

Annie scoppiò a ridere. «Andiamo, papà» disse, alzandosi e tendendogli la mano. «Lo faremo insieme, come una volta.»

«Tranne che a quei tempi ero io che aiutavo *te*» brontolò Fletch.

Alzò gli occhi al cielo. «Ma fammi il piacere. Non hai bisogno di aiuto, papà. Sei ancora un Delta cazzuto. Puoi farcela.»

«Puoi dirlo forte» ribatté.

Camminarono insieme, mano nella mano, fino all'inizio del percorso a ostacoli.

«Pronto?» chiese Annie.

Quando suo padre annuì, contò alla rovescia. «Tre, due, uno, via!»

———

Emily scosse la testa guardando Fletch che zoppicava mentre usciva dal bagno e andava verso il loro letto.

«*Dovevi* proprio strafare la sera prima del matrimonio di tua figlia, vero?» gli chiese.

«Ha iniziato lei» borbottò infilandosi sotto le coperte.

Si rannicchiò contro suo marito ridendo. Era tardi e l'indomani avrebbero dovuto alzarsi molto presto. Aveva programmato manicure e pedicure per tutte, poi l'appuntamento per capelli e trucco. Il fotografo sarebbe passato in chiesa per scattare le foto prima del matrimonio. La giornata sarebbe stata piena dal suono della sveglia fino a tarda notte, o comunque fino a quando fosse finito il ricevimento. Sarebbe stato estenuante ed eccitante... ma Emily non poté fare a meno di sentirsi un po' triste.

«Avete fatto una bella chiacchierata?» chiese a suo marito.

Fletch sospirò e appoggiò la testa sopra la sua. «Ancora non riesco a credere che si sposerà domani.»

«Sapevamo che questo giorno sarebbe arrivato.»

«Lo so.»

«Sono ancora un po' stupita che lei e Frankie ce l'abbiano fatta» rifletté Emily. «Hanno sempre avuto un sacco di cose che remavano contro.»

«Quando lo sai, lo sai.»

«Vero» ribatté, ripensando a quando lei e Fletch si erano conosciuti. «Anche se a volte la vita ti mette degli ostacoli lungo strada.»

«Lì sono stato io a comportarmi da stronzo» ammise senza esitazione, capendo a cosa si stesse riferendo.

Emily scosse la testa. «No, è stata colpa di entrambi, non abbiamo comunicato come avrebbero dovuto fare due persone adulte. Ero troppo preoccupata di prendermi cura di Annie, e tu eri...»

«Troppo occupato a essere geloso» disse lui, finendo la frase.

«Non è quello che stavo per dire» protestò.

«Ma è vero. Sono un figlio di puttana fortunato e lo so. Ne hai dovute sopportare tante, con il fatto che ero nell'esercito e partivo spesso in missione. Maledizione, sei stata rapita a causa mia.»

«Non è vero, Fletch.» Odiava che pensasse ancora alla vicenda con Jacks. Era passato moltissimo tempo.

«Invece sì, ma pazienza. So che non ti piace parlarne. Sei anche sopravvissuta all'esplosione della nostra casa.»

«E mi hai dato tre figli fantastici. E ci hai viziati tutti. La nostra vita non è sempre stata rose e fiori, ma non ho mai dubitato che se avessi avuto bisogno di te, ci saresti stato.»

«Ci sarò sempre per te, Em. A prescindere. Ti amo. Sei la cosa migliore che mi sia mai capitata.»

«E tu sei la cosa migliore che sia capitata a *me*. Domani non avremo un secondo per respirare e dobbiamo cercare di dormire un po'... ma prima, penso che mio marito abbia bisogno di cure amorevoli.»

«Sì, eh?» Fece un sorrisetto.

«Sì. E dato che sono una brava moglie e so quanto sei indolenzito per aver esagerato cercando di dimostrare a nostra figlia che sei in forma come vent'anni fa, farò io tutto il lavoro. Devi solo stare sdraiato lì.»

«Ooh, mi piace quest'idea» ringhiò Fletch mentre si rotolava sulla schiena e metteva le mani dietro la testa.

Sapeva benissimo che suo marito non sarebbe mai rimasto semplicemente "sdraiato lì" mentre facevano l'amore, ma le piaceva quando si stuzzicavano. Si mise a cavalcioni su di lui e si tolse la camicia da notte. Gli occhi di Fletch si dilatarono. Emily non era più tanto giovane e non era più molto tonica, ma lo sguardo di desiderio negli occhi di suo marito, anche dopo tutti quegli anni, non mancava mai di farla sentire la donna più sexy del mondo.

Lui le afferrò subito i fianchi. «Ho fatto bene a dimenticarmi di mettermi le mutande dopo la doccia, vero?»

Emily alzò gli occhi al cielo.

Sorrise per un momento, poi tornò serio. «Ti amo, Emily.»

«Anch'io ti amo.» E gli mostrò esattamente quanto.

———

Annie si trovava in una stanza sul retro della stessa chiesa dove sua madre si era sposata tanti anni prima e stava osservando le persone intorno a lei.

Rayne stava aiutando Mary a sistemare i capelli, Harley stava parlando con Kassie in un angolo, Casey stava cercando di intrattenere la figlia per evitare che stropicciasse il vestito, Sadie si stava sistemando il mascara e Wendy era seduta in disparte con Akilah e sembrava stessero avendo una conversazione intensa.

La giornata era stata molto impegnativa, ma tutto stava procedendo senza intoppi. Sua madre aveva pianificato le cose con cura. La coordinatrice del matrimonio aveva corso qua e là tutta la mattina e il pomeriggio, e secondo Annie era tutto perfetto.

Sua madre si fermò accanto a lei. «Possiamo parlare un momento?» le chiese con dolcezza.

Fece un respiro profondo. «Il mio mascara è waterproof, ma sono sicura che la truccatrice si incazzerebbe se dovesse rifare tutto» scherzò solo per metà.

Emily si limitò a sorridere.

Non poteva dirle di no. «Andiamo» disse, prendendole la mano e tirandola verso la porta. «Torniamo subito!» gridò. «Che nessuno vada fuori di testa o esca da qui. Sposerò Frankie alle quattro in punto. Chi c'è, c'è, chi non c'è, non c'è!»

Tutte risero mentre loro uscivano. Percorsero il corridoio ed entrarono in una stanza più piccola, quella dove Annie si era vestita poco prima. Sembrava più un grande armadio che una stanza vera e propria, aveva una piccola finestra, e al momento non era occupata.

Quando furono sole, Emily sorrise a sua figlia. «Sei bellissima.»

Annie si *sentiva* bella. Non era una fan degli abiti femminili e tutti lo sapevano, ma quando aveva visto il vestito che indossava ora, aveva capito che doveva averlo. Non aveva pizzi, abbracciava la parte superiore del corpo e si allargava sui fianchi. Aveva le maniche ad aletta e, soprattutto, era di un verde smeraldo scuro.

Aveva temuto che Frankie trovasse strano che non fosse bianco, ma quando glielo aveva detto, si era limitato a scrollare le spalle dicendo che avrebbe potuto indossare qualsiasi cosa, a patto che pronunciasse "lo voglio" quando fosse arrivato il momento.

Così agghindata si sentiva come una principessa delle fiabe. I capelli erano tirati indietro, così da lasciarle libero il viso, ma sciolti sulla schiena. Non erano lunghi come quando era adolescente − i capelli più corti erano più pratici nelle missioni − ma non vedeva l'ora di farli ricrescere.

Tirò su l'orlo del vestito e sporse un piede, mettendo in mostra le scarpe. «Adoro le scarpe che papà mi ha comprato.»

«Ha setacciato Internet» disse Emily con un sorriso. «E quando non è riuscito a trovare degli anfibi con i brillantini, ha pagato un'esagerazione a una signora su Etsy per farteli fare su misura.»

«Sono perfetti.» Guardò sua madre. Non ricordava molto della sua prima infanzia, solo frammenti qua e là, ma *ricordava* che lei c'era sempre stata. Aveva sentito la storia di quando era stata male perché mangiava poco, non avendo soldi sufficienti a sfamare entrambe, e di come Annie era andata a casa di Fletch a chiedere aiuto. Nonostante non ricordasse tutti i dettagli, *ricordava* di essere stata molto preoccupata per lei; era una donna sempre in movimento e quando non si era spostata dal divano per più di un giorno, Annie era stata sicura che Fletch l'avrebbe salvata. Che avrebbe salvato entrambe.

Lei era la sua migliore amica. Lo era sempre stata. E ora che aveva sperimentato in prima persona la vita da soldato, apprezzava ancora di più la sua forza.

«Ho un regalo per te» le disse Emily, infilando la mano nella tasca del vestito. Aveva voluto cercarne uno adatto alla madre della sposa con le tasche e che non la facesse sembrare una "vecchia signora". Ci era riuscita.

Le porse qualcosa.

Scoppiò a ridere quando vide cos'aveva in mano: un soldatino di plastica verde. «Dimmi che non è uno di quelli del tuo matrimonio.»

«Ovvio che sì. Eri così orgogliosa di disseminarli lungo la navata insieme ai petali.»

«E sei quasi caduta calpestandone uno» disse Annie con una risata.

«Ho pensato che fosse giusto che lo portassi con te il giorno del tuo matrimonio. Possiamo inserirlo nel bouquet di fiori.»

Sorrise al pensiero. «Ti ho mai ringraziata?» le chiese.

«Per cosa?»

«Per *tutto*. Per aver patito la fame così che io potessi mangiare. Per avermi protetta. Per avermi permesso di farti un milione di domande e di giocare nella terra, di indossare i pantaloni e non avermi costretta a fare cose da ragazza. Per non aver dato di matto quando ho conosciuto Frankie e ho detto che l'avrei sposato. Per essere la madre migliore che si possa desiderare. Se riuscirò a essere la metà della persona che sei, lo considererò un successo.»

«Oh, tesoro» disse Emily prendendole il viso tra le mani. «Mi hai reso facile farti da genitore.»

Annie sbuffò.

«È vero» insistette. «Sapevi giocare da sola per ore. Eri educata e riconoscente per qualsiasi cosa ricevessi. Ho sempre pensato di essere stata fortunata per la tua grande empatia. Ogni volta che vedevi qualcuno che soffriva, il tuo primo pensiero era cercare di farlo sentire meglio. Da Truck e Fish, ad Akilah e Tex. Hai sempre voluto aggiustare gli altri, guarirli. Non avevo dubbi che saresti stata un soldato straordinario, ed è stato così, ma diventerai un dottore ancora migliore. Credo davvero che sia questa la tua vocazione.»

«Mamma» sussurrò, facendo del suo meglio per trattenere le lacrime.

«Voglio solo che tu sappia che Frankie è decisamente l'uomo che avrei scelto per te. Sai... se avessi avuto voce in capitolo» continuò con una piccola risatina. «Ha sempre avuto occhi solo per te. Letteralmente. Ogni volta che eravate nella stessa stanza, il suo sguardo non ti lasciava mai. Se ti capitava di cadere, si muoveva prima che io o tuo padre ce ne accorgessimo. Sarà il tuo guerriero, il tuo più grande sostenitore e il tuo protettore. Sappiamo che sai prenderti cura di te, ma avere un partner su cui poter contare è una benedizione.»

«E tu lo sai bene.»

«Sì, è così» concordò.

«Grazie per aver organizzato questa festa. So di non essere stata di grande aiuto come avrei dovuto.»

Lei scrollò le spalle. «Mi sono divertita.»

«Papà ha esagerato con la sicurezza per il ricevimento?»

«Ovvio. È ancora incazzato che quei delinquenti abbiano osato derubarci durante il nostro» rispose.

«Pensi che se li implorassi, Fish e Tex ricreerebbero

il loro balletto a tre gambe?» chiese Annie con una risatina.

«Solo se Akilah ti permetterà di usare la sua protesi come una mazza da baseball» ribatté Emily.

«Abbiamo passato dei bei momenti, vero?» Era una domanda retorica.

«Sì.» Sua madre rispose comunque. «E sono sicura che in questo momento ci stanno tutti aspettando. Soprattutto Frankie. Hai la tua spilla da Berretto Verde e quella da Ranger che Aspen ti ha regalato anni fa?»

«Sì, sono attaccate sull'orlo della gonna.»

«Bene. Il tuo vestito per il ricevimento è nell'altra stanza. Dopo la cerimonia, il fotografo vorrà scattare altre foto, dato che a Frankie non è stato permesso di vederti finché non avresti percorso la navata. Potrete cambiarvi prima di tornare a casa.»

«Ok, mamma.»

«Non dimenticare di portare i fiori. Li metteremo in tavola vicino alla torta. Oh, e ho già dato la mancia all'officiante, quindi non devi preoccuparti.»

«D'accordo. Mamma, abbiamo...»

Emily non le diede la possibilità di esprimere il suo pensiero. «Non sentitevi in dovere di affrettarvi a tornare a casa. Ci sono già degli antipasti pronti e ovviamente l'open bar, quindi staranno tutti bene finché tu e Frankie non arriverete...»

«Mamma!»

«Che c'è?»

«Andrà tutto bene. Smettila di preoccuparti.»

Emily fece un respiro profondo. «Giusto. Sono felice per te, Ann Elizabeth Grant Fletcher.»

«Anch'io sono felice per me.»

«Dai, poniamo fine alla sofferenza di Frankie. Tuo padre era impaziente il giorno del nostro matrimonio. Cercava continuamente di darmi un'occhiata di nascosto prima della cerimonia.»

Sorrise mentre seguiva la madre fuori dalla stanza e tornava dove tutte si stavano radunando per percorrere la navata. Pensò che Emily non avrebbe apprezzato sapere che lei e Frankie erano riusciti a sgattaiolare via senza che i loro amici si insospettissero e si erano scambiati i regali di nozze.

Avevano usato entrambi la scusa di dover andare in bagno e si erano nascosti in un ripostiglio della chiesa, ridacchiando come bambini che avevano combinato una marachella. Frankie le aveva regalato un bellissimo braccialetto di diamanti e lei l'ultima espansione del gioco *This is War.* Harley aveva usato la sua influenza per averla prima dell'uscita, ed era stata una gioia vedere l'eccitazione nei suoi occhi una volta aperto il regalo.

Avevano limonato come adolescenti per un po', e quando Annie si era resa conto di aver sfidato abbastanza la fortuna e che presto qualcuno sarebbe andato a cercarla, aveva lasciato con riluttanza Frankie nel ripostiglio ed era tornata in mezzo al caos.

Quando mamma e figlia rientrarono nella stanza che avevano lasciato appena dieci minuti prima, Rayne urlò: «Eccole!»

Iniziarono a parlare tutte insieme, l'eccitazione crepitava nell'aria. Non era certo il primo matrimonio a cui partecipavano, ma ogni volta che qualcuno nella loro cerchia ristretta si sposava, sembravano tutti perdere la testa.

Quando Akilah si era sposata con un uomo iracheno che aveva incontrato a un raduno di profughi dell'Iraq, tutti avevano pianto di gioia. Quando si era sposato Jackson, il fratello di Wendy, Annie era certa che fosse un po' sconvolto dal forte entusiasmo di tutti. La sua famiglia sapeva sicuramente come festeggiare, quindi era impaziente che iniziasse il ricevimento. C'erano diverse persone che non vedeva da anni e con cui non aveva ancora avuto modo di parlare, e non vedeva l'ora di recuperare.

Ma prima... doveva sposare l'uomo che amava più di ogni altra cosa al mondo.

## CAPITOLO SEDICI

ANNIE BATTEVA il piede con impazienza sul pavimento, mentre attendeva con suo padre e qualche altro invitato che iniziasse la cerimonia. La stanza in cui si trovava era separata dalla chiesa vera e propria da una serie di porte che lei non vedeva l'ora si aprissero. Era pronta a farlo, a sposare Frankie davanti a tutta la famiglia e agli amici.

Joe e Josie, i gemelli di Gillian e Trigger, avevano il compito di spargere i petali ed erano pure loro agitati, ansiosi di fare la loro parte. Non le era sfuggito che nei cesti ci fossero anche dei piccoli soldatini verdi.

Fletch si avvicinò e le sussurrò: «Sei pronta?»

«Sono pronta a farlo da tutta la vita, papà» gli rispose con sicurezza. Non era nervosa. Non aveva ripensamenti. Apparteneva a Frankie e lui era suo. Senza alcun dubbio. Quel matrimonio era solo una formalità; si erano scambiati le promesse anni e anni prima e, formalmente, dieci mesi prima sul ponte di un veliero nei Caraibi.

Suo padre era davvero bello in smoking, così come tutti i suoi amici; la chiesa era piena di uomini brizzolati attraenti e Annie adorava avere in un unico posto tutte le sue persone preferite.

Un rumore dietro di loro attirò la sua attenzione, si guardò alle spalle e vide qualcuno entrare. Per un secondo rimase immobile, poi con un enorme sorriso andò incontro al nuovo arrivato, ignorando il caos che la circondava. Sentì vagamente la coordinatrice del matrimonio cercare di attirare l'attenzione di tutti, ma lei non si fermò.

L'uomo appena entrato sorrise e aprì le braccia.

Annie accolse l'invito. «Tex!» esclamò felice. «Non pensavo che saresti venuto!»

«E perdere il matrimonio della mia ragazza preferita? Per niente al mondo!»

Tirò su col naso mentre lui l'abbracciava. Akilah le aveva accennato che suo padre era andato in California a trovare un SEAL che aveva perso entrambe le gambe in combattimento; Tex lavorava ancora con i veterani feriti e faceva il possibile per aiutarli nel loro passaggio alla vita civile. Annie era ben consapevole che il soldato doveva essere stato molto importante o in profonda angoscia mentale per aver fatto considerare a Tex di perdere il suo matrimonio, e non era un problema. Voleva che andasse dove c'era più bisogno di lui.

«Grazie» gli sussurrò. Non lo aveva incontrato dopo

che aveva inviato gli uomini a salvarli nei Caraibi, lo aveva ringraziato per telefono, ma non era come farlo di persona.

Tex si limitò ad annuire contro di lei. Era un piccolo miracolo che non avesse respinto i suoi ringraziamenti o protestato, dicendo di non aver fatto nulla. Non era noto per accettare con garbo la gratitudine.

Annie si tirò indietro e osservò l'uomo che aveva il complesso del salvatore più grande di chiunque altro avesse mai incontrato. Si era assunto la responsabilità di proteggere i suoi amici, le loro donne e i figli. Non aveva idea di quante persone tenesse sotto la sua ala, ma era grata di essere una di quelle. Sapeva da sempre che teneva traccia della gente e aveva delle incredibili abilità per quanto riguardava la tecnologia, ma non era mai stata così felice come su quell'isola del fatto che le coprisse sempre le spalle.

«Sapevo che nel momento in cui i nostri nomi sarebbero figurati come "scomparsi", avresti inviato le truppe» gli disse sommessamente. «E apprezzo che tu abbia permesso a me e a Frankie di continuare la vacanza.»

Lui si accigliò. «Meno male che non hai inviato biglietti e fiori tutti i giorni per un anno come ringraziamento» le disse.

Annie sorrise. *Sapeva* che avrebbe visto i filmati dei soldati che li avevano salvati. «Non sono mica matta.»

«Ehi, papà» lo chiamò Akilah da dietro di loro.

Gli occhi di Tex si illuminarono al suono di quella

voce. Baciò Annie sulla fronte e disse: «Ricordami di darti il mio regalo di nozze prima che me ne vada.»

«Adesso non vedo l'ora di vedere che tipo di localizzatore ti sei inventato» dichiarò Annie.

Lui rise, poi si voltò verso la figlia adottiva. Vedere l'amore che provava per lei la fece sospirare. Forse si sentiva più sentimentale perché era il giorno del suo matrimonio, ma adorò assistere al puro affetto che lui non aveva paura di mostrare. Akilah era sulla trentina, era sposata e aveva un figlio, eppure Tex la trattava ancora come se fosse la seconda cosa più preziosa della sua vita.

Seconda, solo perché tutti sapevano che lui viveva e respirava per sua moglie Melody. Avrebbe fatto qualsiasi cosa per lei. Letteralmente *qualsiasi* cosa. Infrangere la legge, spaccare teste, riscuotere tutti i favori fatti. Nessuno toccava la sua Melody. Nessuno.

A proposito di sua moglie, sembrò apparire dal nulla.

«John!» esclamò. «Non ero sicura che ce l'avresti fatta!» gli disse.

Akilah indietreggiò con un sorriso per permettergli di salutarla. Stavano insieme da decenni, ma la guardava ancora come se fosse la donna più bella del mondo e l'unica persona nella stanza.

«Ehi, Mel. Nemmeno io ne ero sicuro, ma se mi fossi perso il matrimonio, Fletch non mi avrebbe più dato pace.» Si baciarono dolcemente e Annie sorrise vedendo l'amore tra loro.

«Dobbiamo iniziare la cerimonia, altrimenti il suo sposo perderà la testa» li informò la coordinatrice.

«Scusa» disse Tex. «Non volevo rallentare le cose.»

Annie sbuffò.

«Hai sbuffato, signorina?» le chiese.

Nascose il sorrisetto e rispose: «Ovviamente no.»

Tex scosse la testa e cinse Melody con un braccio. «Bene.» Baciò Akilah sulla tempia e aprì una delle porte, entrando in chiesa.

«Mi dispiace non sono Annie, ma solo un vecchio con la sua bellissima moglie» lo sentì annunciare ad alta voce, mentre la porta si chiudeva silenziosamente dietro di loro.

Le risate degli ospiti arrivarono fino a lei.

Era proprio da Tex fare un'entrata a effetto.

Sentì un braccio cingerle la vita e guardò suo padre. «Sapevi che ci sarebbe stato?»

«Mi ha detto che avrebbe fatto il possibile, ma sapevo che sarebbe arrivato per il ricevimento.»

«Speriamo che non debba usare la protesi come arma come ha fatto al tuo, eh?» scherzò Annie.

Fletch rabbrividì. «Vederti oscillare il braccio di Akilah verso quel bastardo mi ha fatto avere incubi per anni» replicò.

Annie sorrise. «Ricordo vagamente di averlo fatto. Ciò che ricordo bene è che mi sono divertita moltissimo. Ero così felice che tu e la mamma vi foste sposati e che tutti fossero così gentili.»

«Dai, poniamo fine alla sofferenza di quella povera coordinatrice e andiamo da Frankie, d'accordo?»

«Decisamente.»

Fletch fece un cenno con il mento alla donna esausta che sospirò visibilmente di sollievo. Annie non era turbata che le cose fossero un po' caotiche; con amici e parenti come i suoi, non si aspettava niente di diverso.

———

Frankie, vicino all'altare, teneva gli occhi fissi sulle porte. Non era minimamente nervoso, semmai eccitato. Era impaziente di vedere Annie, nonostante fosse riuscito a portarla via per avere un momento da soli poche ore prima.

Era orgoglioso di rivendicarla di fronte alle loro famiglie e agli amici e, cosa più importante, che *lei* lo rivendicasse. Da bambino c'era stato un periodo in cui aveva pensato di non essere degno di essere amato. Sua madre lo aveva detestato a causa della disabilità, ma con l'aiuto della sua insegnante, ora sua madrina, e di Cooper, aveva iniziato a rendersi conto che forse non era così orribile come pensava.

Aveva desiderato essere un marito per tutta la vita; il marito di *Annie*. Tante persone avevano cercato di convincerlo che ciò che aveva provato per lei sin dall'età di sette anni non era vero amore, ma lui aveva sempre saputo, nel profondo del suo cuore, che lo era.

Vide Tex entrare dalla porta in fondo alla chiesa,

felice che l'uomo ce l'avesse fatta ad andare. Annie non aveva idea di quanto spesso si parlassero, soprattutto durante le sue missioni; quell'uomo lo aveva rassicurato più di una volta sul fatto che lei stava bene. Non sarebbe mai stato in grado di ripagarlo.

Frankie non riuscì a sentire ciò che disse Tex, ma tutti i presenti risero. Era felicissimo che la loro cerimonia fosse gioiosa. Quando Joe e Josie percorsero la navata spargendo fiori e soldatini, risero tutti di nuovo. Percepì i sussurri di alcune delle persone che conoscevano la storia che c'era dietro ai giocattoli; molto probabilmente lo stavano spiegando agli altri. Poi apparvero Akilah e Cooper.

Dopo diverse conversazioni avute con Emily, lui e Annie erano riusciti a convincerla di non aver bisogno di damigelle e testimoni dello sposo come da tradizione. Ma dal momento che Annie e Akilah erano molto legate, lei aveva voluto che la sua amica in qualche modo fosse coinvolta. E Cooper gli aveva letteralmente salvato la vita quando era alle elementari, ed era stato una delle prime persone, dopo il padre e Kiera, a farlo sentire a suo agio con la sua disabilità.

Per quello Cooper e Akilah percorsero la navata dietro ai gemelli di Gillian. Camminavano a braccetto, e guardarla calciare di lato i soldatini di plastica per evitare che la sposa inciampasse, lo fece sorridere.

Quando la musica cambiò e partì la "Marcia Nuziale" di Mendelssohn, tutti si alzarono voltandosi verso l'entrata. Frankie trattenne il respiro mentre aspettava che apparisse la sua Annie.

Le porte si aprirono un'ultima volta e lui inspirò bruscamente quando vide la donna che amava. Era raggiante a braccetto di Fletch; cominciarono a camminare lentamente lungo la navata e non riuscì a staccarle gli occhi di dosso.

Era talmente bella che gli faceva male il cuore. Sapeva che aveva scelto di indossare un vestito verde scuro, ma non avrebbe mai immaginato quanto sarebbe stata incantevole.

Alcune persone avrebbero potuto pensare che era un peccato che non si vestisse in modo elegante tutti i giorni, ma Frankie l'amava ricoperta di terra e sudore. L'amava quando era esausta e con le occhiaie. L'amava quando indossava pantaloni, pantaloncini, vestiti o niente del tutto.

Amava Annie per com'era dentro. Gentile, forte e determinata, testarda, divertente, generosa ed estroversa. Osservarla avanzare lungo la navata era come guardare una principessa reale salutare il suo popolo, tranne per il fatto che lei conosceva ogni singola persona a cui rivolgeva un sorriso mentre proseguiva verso di lui.

Annie, accompagnata dal padre, arrivò ai gradini che portavano dove si trovava Frankie e lui li scese per incontrarli, porgendo la mano all'uomo. Fletch la prese e, stranamente, gliela strinse forte sporgendosi per abbracciarlo, senza lasciargliela.

Quando fu più vicino, gli disse sommessamente: «Non ti sto *dando* mia figlia. La affido alle tue cure. È diverso. Non farmene mai pentire.»

Poi si tirò indietro e sorrise come se non avesse appena lanciato una sottile minaccia.

«Papà, cosa diavolo gli hai detto?»

«Niente, folletto. Gli ho solo dato il benvenuto in famiglia» rispose con un'espressione innocente.

Frankie non fu turbato o sorpreso da quell'avvertimento. Era contento che Annie avesse qualcun altro così protettivo. Annuì a Fletch, prendendo atto delle sue parole.

Lui esitò solo per un secondo, poi unì le mani dei due sposi.

Nell'istante in cui si voltò per andare a prendere posto nella prima panca, accanto a Emily e al resto della sua famiglia, Annie sussurrò: «Cos'ha detto?»

«Niente che io non direi alla persona che sposerà mia figlia.» Si infilò la sua mano nell'incavo del gomito e si voltò per risalire i gradini.

«Aspetta, abbiamo già deciso di avere figli?» scherzò Annie.

Arrivati davanti all'altare si voltò a guardarla. Il cuore gli batteva forte e non riusciva a smettere di sorridere.

Lei ricambiò il sorriso e gli posò una mano sul petto. «Sei bellissimo» sussurrò.

Non gli importava che stessero vivendo quel momento davanti a più di cento persone e che stessero ritardando la cerimonia. Gli interessava solo la donna di fronte a lui. «Anche tu.»

«Guarda» gli disse, tirando su l'orlo del vestito. I suoi anfibi scintillavano anche nella luce soffusa della chiesa.

«Sono perfetti.» Poi indicò i propri piedi, per mostrarle che anche lui ne indossava un paio, anche se i suoi non avevano centinaia di brillantini luccicanti.

Annie ridacchiò.

«Volevo capire cos'avessero di speciale» continuò. «Voglio dire, ti piacciono un sacco e li indossi sempre, quindi ho pensato che dovessero essere comodi.»

«Lo sono?» gli chiese.

Si sporse in avanti e sussurrò: «No.»

Lei gettò indietro la testa e rise mentre lui si limitò a fissarla, ringraziando la sua buona stella che quel giorno fosse finalmente arrivato. Quando Annie riprese il controllo gli spiegò: «Devi usarli per ammorbidirli. Migliorano, te lo assicuro.»

L'officiante si schiarì la gola e Frankie all'improvviso si ricordò dove fossero. «Vogliamo sposarci?»

«Di nuovo?» gli domandò con un sorriso.

«Sì.»

«Certo. Non ho nient'altro da fare in questo momento» scherzò.

Si girarono e Frankie le fece cenno di cominciare.

«Siamo qui riuniti oggi per celebrare l'unione di quest'uomo e questa donna...»

Molto presto, fu il momento di scambiare le promesse.

«Vuoi tu, Franklin Sanders, prendere Ann Elizabeth Grant Fletcher come tua legittima sposa, promettendo di accoglierla e sostenerla sempre, nella gioia e nel dolore, in ricchezza e povertà, in salute e in malattia, e di amarla e onorarla finché morte non vi separi?»

«Lo voglio» rispose senza esitazione.

«Vuoi tu, Ann Elizabeth Grant Fletcher, prendere Franklin Sanders come tua legittimo sposo, promettendo di accoglierlo e sostenerlo sempre, nella gioia e nel dolore, in ricchezza e povertà, in salute e in malattia, e di amarlo e onorarlo finché morte non vi separi?»

«Decisamente sì» rispose Annie con entusiasmo.

«Ora potete scambiarvi le vostre promesse» disse la donna.

Avevano deciso di rendere più personale il rito, ma per quanto li riguardava, avevano già pronunciato le vere promesse su quel veliero nei Caraibi.

«Oggi, di fronte alla nostra famiglia e ai nostri amici, ho la fortuna di realizzare il mio sogno» disse Frankie ad Annie. «Potrei non essere l'uomo più ricco, più intelligente o più coordinato che esista, ma sono l'*unico* uomo al mondo che ti metterà sempre al primo posto. Che sposterà cielo e terra per darti ciò di cui hai bisogno e desideri. Ti proteggerò a costo della vita, ucciderò tutti i ragni che oseranno invadere la nostra casa e cucinerò con piacere per entrambi per il resto dei nostri giorni.»

Aspettò che le risate si placassero prima di continuare.

«Sono consapevole di essere molto fortunato. Ogni

giorno, mi devo dare un pizzicotto perché fatico a credere che tu stia con me. Non ti darò mai per scontata e cercherò di dimostrarti ogni minuto quanto ti amo.»

Gli sorrise, poi borbottò: «Pensavo avessimo deciso di evitare tutto questo sentimentalismo.»

Lui scrollò le spalle. «Non posso farci niente.»

Annie fece un respiro profondo e iniziò a parlare. «Sei sempre stato tu, Frankie. Dal momento in cui ti ho visto, qualcosa dentro di me ha detto: "Questo è l'uomo che sposerai". Non sono la persona più aggraziata del mondo, sono troppo casinista, troppo energica, troppo testarda, troppo maschiaccio, ma ti amo con tutta me stessa. Per tutta la vita ho avuto intorno a me gli esempi migliori di cosa sia l'amore. L'amore è disinteressato; l'amore è dire "mi dispiace"; l'amore è andare in un ristorante di pesce quando avresti davvero voglia di un hamburger. Sei il mio migliore amico, l'ultima persona con cui voglio parlare prima di addormentarmi e la prima che voglio vedere al mattino quando mi sveglio, e non vedo l'ora di scoprire cosa ci riserverà il futuro.»

Frankie strinse le mani di Annie e si voltarono verso l'officiante. Ci fu il tradizionale scambio degli anelli e infine la donna annunciò: «Con il potere conferitomi, vi dichiaro marito e moglie. Può baciare la sposa.»

Annie le chiese: «Che ne dice se invece baciassi io lo sposo?» Portò la mano intorno al collo del marito e lo attirò a sé.

Frankie sentì delle risate prima di chiudere gli occhi

e godersi il bacio; tennero sotto controllo la passione consapevoli di chi li stava guardando. Quando si girarono verso gli altri, Annie alzò le loro mani giunte e fece un urlo.

Tutti risero e applaudirono mentre lei praticamente lo trascinava lungo la navata, sorridendo e salutando le persone con cui non era riuscita a parlare prima della cerimonia.

Due ore più tardi, dopo essersi intrattenuti brevemente con ogni singolo invitato, aver firmato i documenti ufficiali del matrimonio, fatto un altro milione di foto e essersi cambiati con indumenti casual per il ricevimento, Frankie ebbe finalmente un secondo per stare da solo con Annie. Si trovavano nella stessa stanza in cui lei si era preparata e la limousine li stava aspettando fuori per portarli a casa dei suoi genitori, ma prima voleva un momento con sua moglie.

Le porse un foglio di carta arrotolato.

Lo guardò confusa. «Cos'è?»

«Tex me l'ha passato prima di andarsene» rispose, aggirando la domanda.

«Ci sarà al ricevimento, vero?» gli chiese.

«Sì, per quanto ne so. Aprilo e vediamo di cosa si tratta.»

«Merda. Potrebbe essere qualsiasi cosa» disse, fissando il documento arrotolato. «L'atto di proprietà di una nuova casa. Cinque milioni di dollari in azioni. Un documento notarile che dice che prometto di dare il suo nome al mio primogenito.»

Frankie ridacchiò. «Dai, aprilo.»

«Tu sai cos'è, vero?» lo accusò.

«Forse. Lo sapresti anche tu se stessi zitta e lo aprissi.»

Annie alzò gli occhi al cielo, ma fece scorrere l'elastico sul foglio. Srotolò il documento e lo lesse.

Alla fine, sollevò lo sguardo su di lui. «È quello che penso?»

«Se pensi che sia il certificato di matrimonio ufficiale delle Bahamas, con tutte le firme necessarie per rendere la cerimonia di dieci mesi fa perfettamente legale qui negli Stati Uniti, allora sì.»

«Porca vacca! Come diavolo ha fatto a saperlo?»

Lui rise. «L'hai chiesto seriamente?»

«Giusto, domanda stupida. Ma... non siamo passati attraverso i canali appropriati. Avremmo dovuto consegnare tutti i documenti prima di poterci sposare.»

Frankie scrollò le spalle. «Non lo so e non m'interessa come ci sia riuscito, sono solo felicissimo che l'abbia fatto.»

«Questo significa che siamo bigami?» gli chiese.

Rise, ma la guardò con un'espressione confusa. «Cosa?»

«Voglio dire, se eravamo già sposati e ci siamo appena risposati, è legale?»

«Chi se ne frega.» Scrollò le spalle con un enorme sorriso. «Inoltre, ora possiamo celebrare il nostro anniversario due volte all'anno.»

«E ricevere il doppio dei regali.» Gli fece l'occhiolino.

«Fare le vacanze doppie» aggiunse Frankie.

«Doppio motivo per fare sesso selvaggio» replicò lei con un sorriso.

«Perché, abbiamo bisogno di una ragione per quello?» le domandò.

«No, è vero.» Arrotolò il certificato e risistemò con cura l'elastico intorno. «Probabilmente Tex si riferiva a questo quando mi ha vista prima della cerimonia.» Posò il documento e si mise a cavalcioni sulle ginocchia di Frankie. Era seduto su un divanetto e le mise le mani sui fianchi per tenerla ferma. «Ti amo» gli disse Annie.

«Non quanto ti amo io.»

«Pensi che possiamo saltare quella piccola festa e andare a casa?» gli chiese.

Lui sbuffò. «Ehm... no.»

«Chiedevo solo» ribatté con un sorriso.

Era ovvio che lei non volesse perdersi il ricevimento. C'erano troppe persone con cui voleva fare due chiacchiere per mettersi in pari. Le accarezzò i capelli che ora erano tutti arruffati; indossava una maglietta nera con un'ampia scollatura e un paio di pantaloni color cachi. E ovviamente gli anfibi scintillanti. Per il ricevimento era stato consigliato a tutti di mettere qualcosa di comodo, proprio come avevano fatto sua madre e suo padre una ventina di anni prima.

In quel momento Annie era bella esattamente come quando l'aveva vista con lo splendido vestito verde.

Avrebbe *voluto* portarla a casa e mostrarle quanto la amava. La adorava. Assicurarsi che sapesse quanto le era grato che lo avesse sposato. Ma avrebbe avuto un sacco di tempo per fare l'amore con sua moglie. Avevano tutta la vita davanti.

«Che c'è?» gli chiese Annie quando non disse altro.

«Niente» rispose Frankie. «Sto solo cercando di racimolare l'energia per alzarmi e sorridere per le prossime sei ore circa.»

«Quattro» ribatté Annie con decisione.

«Quattro cosa?»

«Ore. Taglieremo la torta. Balleremo. Parleremo. Ma non appena saranno le dieci ce ne andremo.»

«Ci sto.» Avevano prenotato un bed and breakfast a circa quindici minuti di distanza dalla casa dei Fletcher per passare la notte, perché l'indomani sarebbero tornati lì per il brunch e poi si sarebbero diretti ad Austin, in modo che Annie potesse prepararsi per le lezioni della settimana successiva. Non avevano intenzione di fare la luna di miele perché consideravano il viaggio in veliero quella ufficiale.

«Uno di noi deve muoversi» disse Annie dopo un paio di minuti.

Sospirando, Frankie annuì come se fosse contrariato, poi si alzò tenendola in braccio. Lei non strillò né si aggrappò a lui temendo che l'avrebbe lasciata cadere, ma si limitò ad accoccolarsi contro il suo petto dimostrando di fidarsi ciecamente.

«Sei pronta ad affrontare la follia in cui ci troveremo

tra qualche minuto?» le chiese, una volta sistemati nella limousine diretti verso la casa dei suoi genitori.

Annie annuì, ma disse: «No.»

Frankie le diede un leggero bacio e le accarezzò gli anelli sull'anulare sinistro. «Il giorno più bello della mia vita è stato quello in cui ti ho incontrata.»

«Anche per me» sussurrò prima di baciarlo.

Passarono il resto del breve tragitto a baciarsi con foga, poi a cercare di sistemarsi i capelli e rendersi presentabili prima di andare a salutare tutti i loro ospiti.

«Sono a posto?» chiese Annie, mordendosi il labbro mentre aspettavano che l'autista facesse il giro della macchina per aprire la portiera.

Aveva le guance arrossate, le labbra un po' gonfie dai baci e la maglietta lievemente storta, ma Frankie riuscì solo a dire: «Sei perfetta.»

La gente che era lì per accoglierli quando la portiera si aprì era chiassosa. Frankie si limitò a sorridere. Gli piaceva quella confusione. Gli piaceva tutto di quel giorno. Annie era amata davvero da tante persone, e anche se alcuni ospiti erano lì per lui, tipo suo padre, Cooper e Kiera, la maggior parte erano lì per sua moglie. Le baciò la tempia. «Pronta?»

«Pronta» rispose con sicurezza. «Insieme, possiamo affrontare qualsiasi cosa. Anche un'enorme festa organizzata da mia madre e dalle sue pazze amiche.»

Il signore e la signora Sanders scesero dalla limousine mano nella mano e andarono al loro ricevimento.

## CAPITOLO DICIASSETTE

Annie non riusciva a smettere di sorridere. Tutti si stavano divertendo un mondo. Ridevano, chiacchieravano, ballavano. Lei e Frankie avevano cenato, posato per altre foto, tagliato la torta, fatto il tradizionale primo ballo e ora finalmente aveva un po' di tempo per andare in giro e parlare con le persone che conosceva da tutta la vita.

Di tanto in tanto, si guardava intorno per cercarlo, e ogni volta trovava i suoi occhi su di lei. Erano veramente anime gemelle, attratti l'uno dall'altra anche quando non erano fianco a fianco. Era ciò che aveva sempre desiderato, ciò che nel tempo aveva visto nei suoi genitori e in tutti i loro amici. Quella connessione quasi soprannaturale era qualcosa che aveva sognato ardentemente, e l'aveva trovata con lui.

Aveva già ringraziato Tex per il certificato di matrimonio delle Bahamas e chiesto quante leggi avesse infranto per procurarselo, ma lui aveva tenuto la bocca chiusa dicendole di non preoccuparsene.

Suo fratello Ethan era lì con la sua ragazza del college, Doug stava passando il tempo con due dei suoi amici che erano stati invitati e John stava giocando a carte con alcuni figli degli altri membri della Delta con cui suo padre aveva legato nel corso degli anni.

C'erano alcune persone che Annie non conosceva ed era anche sorpresa da quanti bambini fossero presenti. Era stata così impegnata a pensare a sopravvivere da una missione all'altra, che non aveva proprio pensato di avere dei figli un giorno, ma ora non riusciva a *smettere* di farlo.

Voleva dei bambini? Pensava di sì. Un maschietto turbolento a cui avrebbe potuto trasmettere il suo amore per i percorsi a ostacoli, che suo padre avrebbe potuto viziare e che tutti i suoi amici avrebbero potuto convincere ad arruolarsi nell'esercito? Sì, avrebbe potuto conviverci.

A proposito degli amici di suo padre, Annie andò dritta verso l'uomo con cui non era ancora riuscita a parlare: Truck. Era seduto a un tavolo in un lato del cortile, lo sguardo fisso su sua moglie Mary. Lei e Rayne stavano ridendo a crepapelle di chissà cosa vicino al bar.

Aveva un mezzo sorriso stampato in faccia e l'amore nei suoi occhi era evidente.

«Ehi, straniero» gli disse avvicinandosi.

Lui girò la testa e il mezzo sorriso si trasformò in uno enorme. «Annie!» esclamò alzandosi. La avvolse in un caloroso abbraccio stringendola per un lungo momento. «Congratulazioni» disse, quando la lasciò andare.

«Grazie. Mi dispiace di non aver avuto la possibilità di salutarti finora.»

Lui liquidò le sue scuse con un cenno della mano. «Sei stata un po' impegnata» disse in tono ironico.

«È vero.» Prese una sedia anche lei e si accomodarono. Puntò il gomito sul tavolo appoggiando la testa sulla mano e fissò l'uomo che per lei era un padre quasi quanto Fletch.

«Sai, tutto questo quasi mi ricorda il ricevimento dei tuoi» le disse.

«Senza le armi e il caos, vuoi dire?» scherzò Annie.

«Esatto» replicò con una risata. «Sul serio, tutti vestiti casual, le risate dei bambini, tu che assomigli così tanto a tua madre... è bello.»

Era d'accordo, era bello. «Tu e Mary siete in forma» disse. «Come stanno i vostri figli?»

«Erano dispiaciuti di non poter essere qui. Ford quest'anno al college ha un programma micidiale, tutti corsi avanzati, ed è determinato a entrare nella lista dei migliori studenti. Continuo a dirgli che non ci aspettiamo che prenda tutte A, ma rimane fermo nel suo intento.»

Lei ridacchiò.

«Elizabeth è al campus della banda questa settimana. Le è dispiaciuto tantissimo aver perso il matrimonio, ma dato che è all'ultimo anno ed è una delle responsabili, non poteva davvero saltarlo.»

«Non c'è problema. Mi dispiace non averli visti, ma sono sicura che ci incontreremo la prossima volta che saremo tutti in città.»

Truck annuì distrattamente. «Quanto vecchio sono diventato?» mormorò.

Annie sbatté le palpebre. «Non sei vecchio.»

Si limitò a scuotere la testa. «Sì invece. Ricordo quando ti lasciavamo investirci con il tuo carro armato. Accidenti, ricordo quando tu e Frankie vi siete conosciuti come fosse ieri. Hai venduto i tuoi soldati per comprargli quell'aggeggio per il suo iPad in modo che poteste parlare tra di voi, e *lui* ha venduto il suo iPad per comprarti le custodie per i tuoi soldati.» Truck scosse la testa. «Siete sempre stati fatti l'uno per l'altra.»

Lei annuì. Era stata felicissima che sua madre e Kiera, la madrina di Frankie, avessero avuto l'accortezza di non vendere veramente i beni preziosi dei loro ragazzi. Così lei aveva ricevuto le custodie di plastica per i suoi soldati e Frankie la tecnologia che gli aveva permesso di parlare con lei quando era tornato a casa.

«Ricordo la prima volta che ti ho incontrato» disse con dolcezza Annie. «Eri enorme seduto lì su una sedia nel cortile di Fletch. Avevo fame e paura per mia madre, e hai fatto il possibile per non spaventarmi a causa della tua corporatura.»

«Sì. E tu mi sei salita in braccio, hai messo la mano

sulla cicatrice e mi hai chiesto se mi facesse male. Mi hai avuto in pugno fin dall'inizio.»

«Grazie per avermi insegnato cos'è *veramente* l'amore» gli disse, senza dargli la possibilità di rispondere prima di continuare. «È mettere l'altra persona al primo posto, a prescindere. È amarla anche quando non è perfetta. È proteggerla quando non può farlo da sola. Ma, soprattutto, è amare incondizionatamente. Tu e Mary siete i miei idoli. A prima vista non sembrate compatibili, ma tra tutti i compagni di squadra di papà e le loro mogli, voi due siete probabilmente i più legati.»

«Lei è tutto per me» replicò semplicemente. Poi la fissò con il suo sguardo intenso. «Sono fiero di te.»

Bastarono quelle quattro parole per farla piangere. Rispettava davvero tanto quell'uomo, e non ricordava che le avesse mai detto una cosa del genere prima.

«Sei stato un ottimo soldato e un operatore delle forze speciali ancora migliore. Il nostro Paese ha perso uno dei suoi migliori Berretti Verdi quando ti sei congedata, ma non ho dubbi che tu abbia preso la decisione giusta. Ogni volta che dovevo lasciare Mary e i nostri figli per andare in missione, mi preoccupavo ininterrottamente di cosa sarebbe successo loro se non fossi tornato a casa. Sappiamo entrambi che le probabilità di sopravvivere in quelle operazioni sono dannatamente basse. Ho sempre pensato che Mary meritasse di meglio, soprattutto dopo tutto quello che aveva passato e a cui era sopravvissuta. A volte la decisione più semplice è quella di attenersi a ciò che sai fare e, nel tuo caso, è stato lavorare nell'esercito ed essere un Berretto Verde. Ma la decisione più difficile è stata scegliere di fare qualcosa di totalmente nuovo. Diventerai un dottore straordinario, Annie, e Frankie dormirà più tranquillo sapendo che non stai più mettendo in pericolo la tua vita.»

Annie strinse le labbra e annuì. «Mi preoccupavo sempre per voi ragazzi e per mio padre, ma non avevo davvero capito le difficoltà che dovevate affrontare finché non sono stata nei vostri panni.»

«Non si può tornare indietro, folletto» disse, usando il suo soprannome. «Puoi solo andare avanti. Tu e Frankie avete quel qualcosa di speciale. Quella scintilla. Quella connessione. Sopravviverete a qualunque cosa la vita vi riserverà. Non ho alcun dubbio.»

«Lo spero.»

«Ne sono sicuro» ribatté Truck. Poi fece un cenno con il mento a qualcuno dietro di lei.

Annie si voltò, aspettandosi di vedere suo padre o uno dei suoi tanti zii, invece c'era Frankie.

«Stai bene?» chiese un po' cupo.

Annuì confusa.

«Ti ho vista piangere» spiegò. «Volevo solo assicurarmi che fosse tutto a posto.»

Sentì il cuore sciogliersi. Si alzò e si appiccicò a suo marito. «Truck si è lasciato andare al sentimentalismo» chiarì.

Frankie sollevò un sopracciglio con aria un po' scettica e lei sentì Truck ridacchiare a quella reazione. «Lo so, lo so, è un'anomalia, ma è successo.»

«Va bene. Posso portarti qualcosa? Vuoi un altro bicchiere di champagne?»

«Sono a posto. Grazie.»

«Bene. Volevo anche avvertirti che... tuo padre si sente nostalgico ed è andato in garage per scovare quel dannato carro armato» le disse.

Annie alzò gli occhi al cielo, ma sotto sotto era eccitata. Amava quell'affare, lo aveva guidato finché non era diventata un'adolescente. Avrebbe colto al volo l'occasione per fare un giro nel cortile.

«Ed Emily ha detto che ha un regalo per noi» continuò.

«Un altro?» Sua madre era già stata troppo generosa. Doveva scambiare due parole con lei e dirle di smetterla.

«A quanto pare.»

«Vai» le disse Truck alzandosi. «Devo comunque controllare Mary.» Si chinò, le baciò la testa, fece di nuovo un cenno con il mento a Frankie e si voltò per andarsene. Dopo aver percorso qualche metro, si fermò e tornò indietro. «Complimenti per come vegli su tua moglie.» Poi si allontanò di nuovo.

Frankie si limitò a scuotere la testa. «Gli amici di tuo padre a volte mi spaventano, ma sono veramente delle bravissime persone.»

«È vero» concordò Annie. «Andiamo a cercare mia madre e vediamo cos'ha in serbo per noi? Abbiamo» sollevò il braccio sinistro e fece un movimento esagerato per controllare l'orario, «un'ora e ventitré minuti prima di andarcene.»

Le afferrò il polso girandole la mano per baciarle il palmo, poi intrecciò le dita con le sue. «Sì.»

Attraversarono il cortile, fermandosi più volte per parlare con altri invitati, prima di trovare Emily.

«Ehi, mamma, Frankie ha detto che volevi vedermi.»

«Sì. Venite dentro tutti e due.»

La seguirono in casa e su per le scale fino alla sua vecchia stanza. Posati sul letto c'erano due dei beni più preziosi di Annie. Solo che sembravano molto diversi dall'ultima volta che li aveva visti.

Guardò sua madre con gli occhi pieni di lacrime. «Mamma?»

«Sono i tuoi soldati. Quelli che Fletch ti ha regalato poco dopo averci conosciute. E sì, quelle sono le stesse custodie di plastica che ti ha regalato Frankie, ma mi sono presa la libertà di portarle in un negozio di collezionisti e chiedere loro di fare il possibile per ripulirle. Erano graffiate e ridotte piuttosto male come sai.»

Si avvicinò al letto e ne prese una. Aveva lasciato i soldati giocattolo ai suoi genitori quando era andata al college per paura di essere presa in giro, e dopo la laurea non aveva voluto rischiare di perderli a causa dei trasferimenti da una base all'altra. Aveva avuto intenzione di chiederle di loro diverse volte, ma a causa dei troppi impegni le era sfuggito di mente.

Anche se erano passati dieci anni dall'ultima volta

che li aveva visti, i ricordi di quanto avessero significato per lei furono quasi travolgenti.

Frankie le si avvicinò e prese la seconda custodia. Aveva portato uno di quei soldati con sé in California dopo che si erano conosciuti, e avevano trascorso molte ore a giocarci via Internet, sempre tenendoli nei contenitori di plastica ovviamente. Aveva riportato il suo ad Annie quando si era diplomata, così che potessero essere conservati insieme a casa dei suoi genitori.

«Sembrano ancora nuovi di zecca» commentò.

«Vero?» disse Emily. «Devo dirti che il ragazzo al negozio ci stava sbavando sopra. Ha detto che se mai avessi voluto venderli, avrebbe pagato un sacco di soldi.»

«Venderli? Nemmeno per sogno» replicò Annie. «Non hai voluto venderli quando praticamente morivamo di fame, ora non mi separerei mai da loro per niente al mondo.»

Fletch entrò nella stanza, ovviamente dopo averli visti intrufolarsi in casa. Circondò la vita della moglie con un braccio, appoggiando delicatamente il mento sulla sua testa. «Ricordo il giorno in cui te li ho regalati come se fosse ieri» disse. «Eri così elettrizzata e orgogliosa di avere un nuovo giocattolo che mi hai spezzato il cuore.»

«E il mio» aggiunse Emily.

«Non è stato solo per quello» spiegò Annie, posando la custodia di plastica sul letto e andando dai suoi genitori. «Sì, era bello che fossero nuovi, ma la cosa speciale era che me li avesse regalati *Fletch*. Ricordo che avevo un po' paura degli uomini perché molti erano stati cattivi con me, ma non tu. Hai risposto alle mie domande e mi hai trattata come se fossi importante. È stato perché erano un regalo di un uomo che ero arrivata ad apprezzare e a guardare con ammirazione, e perché non erano giocattoli da bambina. Mi hai capita. Anche allora. Questo è uno dei motivi per cui significavano così tanto.»

«Ah, folletto» disse Fletch, poi strinse forte le labbra senza dire altro. Era ovvio che stesse cercando di mantenere la sua compostezza.

«Bene, ora puoi portarli a casa. E forse quando avrai dei figli tuoi, potrai finalmente tirarli fuori dalle loro prigioni di plastica e lasciarli liberi» disse sua madre con un luccichio negli occhi.

«Mamma! Sul serio? Siamo sposati da due secondi e tu stai già aspirando a dei nipotini?»

«Sì» disse Emily senza rimorso. «I tuoi fratelli sono troppo giovani e tu stai invecchiando.»

«Cavolo, non è che mi stiano venendo i capelli grigi o altro» si lamentò Annie.

«Tua madre adora essere circondata da bambini» affermò Fletch. «John è ormai arrivato a quell'età in cui pensa che i suoi genitori siano stupidi e preferisce stare tutto il tempo con i suoi amici. E nessuna delle sue amiche ha più figli piccoli. Joe e Josie un po' la appagano, ma non riesce a vedere abbastanza Gillian e Trigger. Quindi...»

Annie alzò gli occhi al cielo. «Devo finire almeno la

scuola di medicina prima di pensare ad avere figli» replicò con fermezza.

«Un anno o giù di lì posso aspettare» disse Emily compiaciuta.

Non voleva dire a sua madre che la scuola richiedeva molto più di un anno. Per non parlare del tirocinio e delle eventuali specializzazioni.

«Fletch! Sei lassù? Forza amico! Abbiamo messo in moto il carro armato!» gridò Coach dal piano di sotto.

Annie rise. «Sul serio, papà?»

Le fece un sorrisetto. «Dai, lo sai che vuoi farci un giro.»

«Un giro? È il mio carro armato, il *primo* turno è mio!» Corse giù per le scale ridendo, mentre cercava di non farsi sorpassare dal padre che le stava alle calcagna.

———

Emily scosse la testa guardando il marito di sua figlia. Frankie stava fissando la porta dov'era scomparsa Annie con un piccolo sorriso.

«Grazie per averla resa così felice» gli disse con dolcezza.

«Grazie per aver cresciuto una donna così meravigliosa» ribatté lui.

Si sorrisero, poi Frankie si voltò di nuovo verso il letto per guardare i soldati giocattolo. «Non posso credere che le custodie siano state ripulite così bene.»

«Il ragazzo che ci ha lavorato mi ha detto che uno dei soldati non era proprio immacolato come l'altro.»

Frankie scrollò le spalle, per niente turbato. «Sì, quello che avevo io l'ho tolto dalla confezione, ma solo quando non ero al computer con Annie. Ci giocavo tutto il tempo. Mio padre mi aveva comprato dei vestiti aggiuntivi perché sapevo che se avessi danneggiato l'uniforme originale, lei avrebbe perso la testa.»

Emily rise. Non aveva torto. «Sei un buon uomo, sai chiudere un occhio alle sue... stranezze.»

«Le stranezze di Annie sono ciò che la rendono così straordinaria» ribatté con un'alzata di spalle.

«Il tuo segreto è al sicuro con me» lo rassicurò. «Ho anche trovato un biglietto nascosto nella scatola.» Andò al cassettone e poi gli porse un pezzo di carta piegato.

Frankie lo prese e sorrise. «L'hai letto?»

«Penseresti male di tua suocera se lo ammettessi?» gli chiese.

Frankie rise e scosse la testa. «No.»

«Allora sì, l'ho decisamente letto» ammise.

«Io, Frankie Sanders, dichiaro che un giorno sposerò Annie Fletcher» recitò lui senza aprire il foglietto. «La amo più del burro di arachidi e della marmellata e farò di tutto per farmi amare allo stesso modo da lei.» Sapeva perfettamente cos'aveva scritto su quel pezzo di carta. «Ero uno sfigato» disse ironicamente.

«Penso che sia la cosa più romantica che abbia mai visto» ribatté Emily.

«L'ho scritto quando avevo più o meno otto anni.

Parlavo con lei tramite l'iPad da circa un anno. Mi ha dato la sicurezza di cui avevo bisogno per essere più estroverso, il coraggio di accettare di mettere l'impianto cocleare. L'ho sempre amata e prometto che la proteggerò e la amerò per il resto della mia vita.»

Emily sorrise. «So che lo farai.»

Frankie strofinò il biglietto poi se lo mise nella tasca posteriore. «Sono sicuro che quando Annie avrà finito di terrorizzare tutti con le sue abilità di guida, vorrà che questi tornino a casa con noi.»

«Cerco una borsa adatta e li metto insieme agli altri regali di nozze. Domani, quando verrete qui per il brunch, caricheremo tutto sul vostro SUV.»

«Grazie.»

Udirono una fragorosa risata provenire dal cortile ed Emily fece un sospiro. «Dai, è meglio che tu vada a controllare tua moglie. Tende a diventare un po' competitiva, soprattutto con i ragazzi.»

Frankie si avvicinò a lei e l'abbracciò prima di lasciare la stanza. Emily rimase lì ferma per un momento. Avevano avuto una vita dura quando era una madre single, ma aveva sempre fatto ciò che riteneva fosse meglio per sua figlia. Faticava ancora a credere a quanto fosse stata fortunata a incontrare l'uomo dei suoi sogni. Fletch le aveva mostrato cosa fosse veramente l'amore e aveva preso Annie sotto la sua ala protettiva come se fosse stata sua.

A volte era difficile credere che la sua bambina fosse

diventata adulta e un letale operatore delle forze speciali, ma finché era felice, lo era anche Emily.

Quando udì un altro grido e molte risate, si voltò verso la porta. Non voleva perdersi un altro secondo del caos che stava succedendo nel cortile. Assicurandosi di avere il telefono in tasca in modo da poter registrare un video di quella follia, sorrise scendendo le scale, e lo fece per tutto il tragitto fino al giardino.

_DIECI ANNI dopo_

«No!» gridò la bambina, pestando i piedi per terra. «Voglio indossare il vestito da principessa! E la corona. E i gioielli.»

Annie sospirò e si sedette sui talloni. Era nel mezzo della stanza di sua figlia, stava cercando di vestirla in modo che potessero andare a casa dei suoi genitori. Erano già in ritardo di trenta minuti dato che prima Melanie non era voluta uscire dalla vasca.

«Melanie Emily Sanders, vieni subito qui» le ordinò con la voce da "mamma".

La piccola di tre anni mise il broncio, ma si trascinò verso sua madre.

«Andiamo a trovare i nonni e fuori fa freddo. Le tue gambe si congeleranno con un vestito» le spiegò.

Ma il suo piccolo mostriciattolo testardo scosse la testa e le sue labbra cominciarono a tremare.

Sentì la mano di Frankie sulla spalla una frazione di secondo prima che parlasse.

«Che ne dici se invece del vestito da principessa indossi l'abito tutù rosa, quello con i brillantini? E i leggings morbidi rosa che ti piacciono perché non graffiano, eh? Si abbinano al tutù.»

«Sì!» urlò Melanie felice, correndo dritta verso l'armadio, che era pieno di roba rosa e scintillante più di quanta Annie ne avesse mai vista in vita sua.

Si alzò abbandonandosi contro il marito e appoggiando la fronte sulla sua. «Se non l'avessi partorita, mi chiederei se è mia figlia» rifletté.

Lui ridacchiò, le accarezzò i capelli e la baciò sulla guancia prima di scostarsi. «Perché non vai ad assicurarti che abbiamo abbastanza snack per il viaggio, per stare tranquilli finché non arriviamo dai tuoi genitori? Sappiamo entrambi che avrà fame cinque minuti dopo essere usciti dal vialetto.»

«Vero. Oh, e oggi vuole portarsi la borsa viola. Sai, quella che le ha regalato mia madre per Natale. E non dimenticare di inserire almeno due burrocacao diversi.»

«Sai che vorrà truccarsi prima dei dieci anni, vero?» le chiese con un sorriso.

«Sul serio, come possono due persone essere così diverse?» rifletté Annie. «Si è rifiutata di uscire dalla vasca perché continuava a dire di essere ancora sporca. Quando avevo la sua età, davo di matto se dovevo fare il bagno. Preferivo di gran lunga essere sporca che lavarmi il viso o pettinarmi. E si mette costantemente il burrocacao fingendo che sia rossetto. Dove ho sbagliato?» si lamentò.

Frankie rise di nuovo, poi la accompagnò alla porta della camera da letto della figlia. Dopo aver lanciato un'occhiata a Melanie, che era occupata con i suoi vestiti e non prestava loro alcuna attenzione, si chinò e la baciò. Non fu un bacio breve e veloce.

Annie si sciolse contro di lui; era l'unico che riusciva a calmarla così facilmente. Era ancora la sua roccia, il suo più grande sostenitore, compagno di studio e miglior amico. La scuola di medicina era stata la cosa più difficile che avesse mai fatto, ancora più difficile che diventare un Berretto Verde. C'erano stati dei momenti in cui aveva pensato di non farcela, ma ogni volta Frankie le aveva fatto un discorso di incoraggiamento, ricordandole i risultati che aveva già raggiunto e quanta strada avesse fatto, e lei era stata pronta a proseguire.

Ora stava lavorando in uno dei pronto soccorso più frequentati di Austin. Ogni giorno era un'avventura che le portava nuovi casi e le assicurava di non abbassare la guardia o annoiarsi. Annie lavorava a orari assurdi e turni lunghi, ma sapeva senza ombra di dubbio che suo marito e sua figlia erano al sicuro e felici.

Frankie aveva ridotto le ore e lavorava solo part-time all'ospedale dei veterani. Continuava a incontrare gli ex soldati colpiti da sordità e li aiutava ad adattarsi al mondo degli udenti, ma la sua più grande gioia nella vita era stare a casa con Melanie.

Annie non aveva mai visto due persone connettersi a un livello così profondo. La bambina amava la madre, ma *adorava* il padre. Mel era diventata abbastanza fluente nella lingua dei segni già a due anni ed era affascinata dal processore vocale di Frankie. Qualche mese prima era andata in crisi perché ne voleva uno anche lei, e quando il padre le aveva spiegato che non le serviva perché le sue orecchie funzionavano perfettamente, aveva tenuto il broncio per settimane.

Fissò il marito e si leccò le labbra. Lo amava così tanto. Quando avevano preso la decisione di provare ad avere un bambino, non era sicura che avrebbero avuto successo, dato che lei non era più esattamente giovane e usava anticoncezionali da anni, ma con sua sorpresa, era rimasta incinta solo un paio di mesi dopo.

Tutti erano stati felicissimi quando era nata una femmina. Annie aveva immaginato di insegnarle a correre i percorsi a ostacoli che aveva amato così tanto da bambina, a giocare nella terra e in generale ad avere una sua copia in miniatura. Ma non era stato così. La sua piccola si arrabbiava quando doveva indossare i jeans perché grattavano. Quando all'asilo nido le avevano dato un adesivo blu, aveva pianto perché era un colore "da maschio".

Melanie amava le bambole e i peluche, e nove volte su dieci preferiva indossare abiti. Odiava anche sporcarsi. Quando il giorno del suo primo compleanno le avevano messo davanti una torta gigante, aveva pianto perché si era sporcata là mano con la glassa e non riusciva a togliersela.

Nemmeno i nonni erano d'aiuto. Compravano costantemente alla loro nipotina gonne vaporose, magliette con paillettes e oggetti creati con il glitter. Annie non sarebbe mai riuscita a togliere tutti quei brillantini dal tappeto e dal pavimento; quando pensava di averli aspirati tutti, ne apparivano altri dal nulla.

«Questo, papà!» esclamò Melanie dietro di loro.

Si voltarono e la videro con in mano un top corto di paillettes viola che aveva indossato quell'estate all'esibizione di danza dei piccoli.

Annie gemette.

Frankie rise. «Tu vai, io cerco di farle indossare qualcosa di più appropriato» disse. Poi si leccò le labbra e chiese con dolcezza: «Pensi che a Fletch e a tua madre dispiacerà se la lasciamo lì e andiamo subito a quel bed and breakfast?»

Vide il desiderio negli occhi di suo marito e sentì un rimescolio nella pancia. Anche se erano insieme da tanti anni, la loro vita sessuale non era diminuita. «Saranno entusiasti» gli rispose.

«Bene.» La baciò velocemente, poi la spinse con dolcezza nel corridoio. «Vai. Scenderemo presto.»

«Buona fortuna» disse andando verso le scale. Lo sentì parlare con la figlia mentre lei scendeva. Era un padre straordinario. Amorevole, ma non si lasciava manipolare. Severo, ma non aveva nemmeno paura di fare cose stupide con la piccola. Aveva trasmesso alla figlia l'amore per i libri e ogni sera si sdraiava a letto e le leggeva qualcosa.

Melanie poteva anche essere diversa da lei come il giorno e la notte, ma non l'avrebbe cambiata per niente al mondo. Anche se non sempre capiva le sue stranezze ed era difficile relazionarsi con la sua estrema femminilità, si sentiva fortunata. La bambina era sana, intelligente, estroversa e non aveva mai incontrato qualcuno che non le piacesse. Proprio qualche giorno prima, quando Annie era tornata a casa dopo un lungo turno, Melanie stava parlando di un bambino nella sua classe d'asilo che era in sedia a rotelle. Mason era stato l'argomento di conversazione per tutta la sera, e quando Frankie l'aveva guardata con un sopracciglio alzato da sopra la testa della figlia, non aveva potuto fare a meno di ridere.

Non si sarebbe assolutamente sorpresa se un giorno Mel e Mason fossero finiti insieme. Proprio come avevano fatto lei e Frankie.

Annie aveva sempre rispettato e amato sua madre, ma ora che lo era diventata, comprendeva perfettamente i sacrifici che Emily aveva fatto prima di conoscere Fletch. Anche lei avrebbe fatto di tutto per sua figlia. Avrebbe sofferto la fame se ciò avesse significato poter far mangiare la sua bambina. Avrebbe dato la vita per proteggerla. Alcuni dei momenti più belli con Melanie erano i tea party con i suoi peluche e bambole, o stare accoccolata con lei e guardare un film di principesse per la milionesima volta.

Annie prese dei bastoncini di formaggio dal frigorifero, sbucciò velocemente un'arancia e la mise in un sacchetto di plastica. Aggiunse un succo e dei cracker a forma di pesce rosso alla scorta di snack e dopo averli impacchettati, insieme a un sacco di tovaglioli e salviettine umidificate in modo che Melanie si potesse ripulire dopo aver mangiato, si fermò a guardare fuori dalla finestra dietro al lavello.

A volte le sembrava incredibile che quella fosse la sua vita. Aveva un marito che l'amava alla follia e che lei ricambiava, una figlia precoce che la teneva costantemente sulle spine, una bella casa e un lavoro che adorava. Stava facendo la differenza nella sua comunità, aiutando a salvare la vita di pazienti che arrivavano con gravi traumi. I suoi genitori erano sani e non avevano problemi a tenere la nipote quando Annie e Frankie avevano bisogno di una piccola pausa.

Girò la testa e sorrise ai due soldati di plastica racchiusi nelle loro custodie. Erano su uno scaffale che aveva costruito Frankie, sistemato in un posto d'onore nel loro soggiorno. Era fortunata e davvero grata che i suoi genitori avessero incoraggiato la sua amicizia con il bambino sordo che aveva incontrato quando aveva solo sette anni. Senza il loro supporto, chissà come sarebbe andata. Di sicuro non sarebbe stata così meravigliosamente felice. Lo sapeva senza il minimo dubbio.

«Mammina!» urlò Melanie mentre scendeva le scale con passo pesante. «Pronta!»

Annie si voltò e vide sua figlia scendere l'ultimo gradino che portava in soggiorno. Indossava dei calzini in pile e le scarpe di plastica con il tacco fornite con uno dei costumi che Fletch le aveva regalato al suo ultimo compleanno. Sopra una maglietta a maniche lunghe rosa e ai leggings dello stesso colore, aveva indossato un abito a tutù e il top corto viola. Teneva su una spalla la piccola borsetta e in mano un'enorme piuma di pavone ricevuta l'ultima volta che erano stati allo zoo.

Era ridicola e terribilmente carina. Annie poté solo scuotere la testa.

Frankie scrollò le spalle e segnò da dietro la figlia. *Non voleva accettare un no come risposta riguardo al top, ma sono riuscito a convincerla a indossare la maglietta sotto, così non si congelerà.*

C'erano due valigie nel portabagagli del loro SUV, così i nonni avrebbero avuto un sacco di vestiti tra cui scegliere. Quando Melanie decideva cosa indossare, era quello e basta. La maggior parte delle volte era più facile accettarlo che cercare di convincerla a mettere altro.

In realtà, amava che sua figlia avesse opinioni così forti. Sperava che crescendo non perdesse quella qualità.

«Sei pronta per andare, piccola?» le chiese Annie.

«Sì! È l'ora di stare con i nonni!» urlò Melanie, poi si incamminò più veloce che poté, che non era molto con quelle scarpe, verso il garage.

Frankie ridacchiò e le prese il sacchetto di snack, baciandole la tempia. «Ti amo.»

«Ti amo anch'io.»

«Sei la cosa migliore che mi sia mai capitata» mormorò più a se stesso che a lei, e si affrettò a raggiungere la figlia per aiutarla a salire in macchina e a sistemarsi sul seggiolino sul sedile posteriore.

Annie si assicurò che tutte le luci fossero spente prima di camminare lentamente verso il garage. La casa era un disastro, non aveva messo via i piatti ed era abbastanza sicura che ci fosse ancora un carico di vestiti nell'asciugatrice, ma quella roba non aveva importanza. L'importante era l'amore. Stare con la famiglia. Assicurarsi che suo marito sapesse quanto lo apprezzava. Far ridere la loro figlia. Dire a sua madre e a suo padre quanto fosse grata per tutto ciò che avevano fatto per lei.

La vita era bella. Meravigliosa. E tutto era iniziato con l'incontro con un bambino di nome Frankie quando aveva sette anni.

Sorrise quando sentì Melanie ridere in garage. Poteva non essere la bambina che si aspettava, ma era assolutamente perfetta in tutti i sensi.

Con un enorme sorriso ancora sul volto, Annie raggiunse il marito e la figlia.

* * *

Nuova serie! Ottieni il Libro 1 ora!

## Ricerca e soccorso Eagle Point

*In cerca di Lilly*

*Soccorrere Sidney (15 Aprile)*
*Soccorrere Piper (1 Giugno)*
*Soccorrere Zoey*
*Soccorrere Avery*
*Soccorrere Kalee*
*Soccorrere Jane*

## Armi e Amori

*Proteggere Caroline*
*Proteggere Alabama*
*Proteggere Fiona*
*Il Matrimonio di Caroline*
*Proteggere Summer*
*Proteggere Cheyenne*
*Proteggere Jessyka*
*Proteggere Julie*
*Proteggere Melody*
*Proteggere il Futuro*
*Proteggere Kiera*
*Proteggere i figli di Alabama*
*Proteggere Dakota*

## Forze Speciali alle Hawaii

*Trovare Elodie*
*Trovare Lexie*
*Trovare Kenna (19 Oct 2021)*
*Trovare Monica (10 Maggio 2022)*
*Trovare Carly*
*Trovare Ashlyn*

*Trovare Jodelle*

## Mercenari di Montagna

*Difendere Allye*

*Difendere Chloe*

*Difendere Morgan*

*Difendere Harlow*

*Difendere Everly*

*Difendere Zara*

*Difendere Raven*

## Ace Security

*Il riscatto di Grace*

*Il riscatto di Alexis*

*Il riscatto di Bailey*

*Il riscatto di Felicity*

*Il riscatto di Sarah*

## Una raccolta di storie brevi

*Un momento nel tempo*

# BIOGRAFIA

L'autrice best seller del *New York Times*, *USA Today,* e *Wall Street Journal*, Susan Stoker ha un cuore grande come lo stato del Texas, dove vive, ma questa tipica ragazza americana ha trascorso gli ultimi quattordici anni vivendo nel Missouri, in California, in Colorado, e nell'Indiana. È sposata con un ex militare dell'esercito, che ora la segue in tutto il Paese.

Ha debuttato con la sua prima serie nel 2014, seguita dalla serie SEAL of Protection, che ha consolidato il suo amore per la scrittura, e la creazione di storie in cui i lettori possono perdersi.

Se ti è piaciuto questo libro, o qualsiasi libro, per favore considera di lasciare una recensione. Gli autori lo apprezzano più di quanto tu possa immaginare.

www.stokeraces.com

susan@stokeraces.com